# 古典文學研究輯刊

五 編

曾永義 主編

第 20 冊

## 吳趼人諧趣文學研究

鄭美茹 著

國家圖書館出版品預行編目資料

吳趼人諧趣文學研究／鄭美茹 著 — 初版 — 新北市：花木蘭
文化出版社，2012〔民 101〕
目 4+200 面：19×26 公分
（古典文學研究輯刊　五編；第 20 冊）
ISBN：978-986-254-941-4（精裝）
1.（清）吳沃堯 2. 清代文學 3. 文學評論
820.8　　　　　　　　　　　　　　　　　101014725

ISBN-978-986-254-941-4

古典文學研究輯刊
五　編　第二十冊　　　　　　　　　ISBN：978-986-254-941-4

## 吳趼人諧趣文學研究

作　　　者　鄭美茹
主　　　編　曾永義
總 編 輯　杜潔祥
出　　　版　花木蘭文化出版社
發 行 所　花木蘭文化出版社
發 行 人　高小娟
聯 絡 地 址　新北市永和區中正路五九五號七樓
　　　　　　電話：02-2923-1455／傳真：02-2923-1452
網　　　址　http://www.huamulan.tw 信箱 sut81518@gmail.com
印　　　刷　普羅文化出版廣告事業
初　　　版　2012 年 9 月
定　　　價　五編 20 冊（精裝）新台幣 33,000 元　　　版權所有·請勿翻印

# 吳趼人諧趣文學研究

鄭美茹　著

## 作者簡介

鄭美茹，民國 67 年出生於新竹市，現定居於台中市。新竹女中畢業後即負笈台中，中興大學中國文學系大學部和研究所畢業，目前於台中市立向上國中擔任國文科教師一職。教學認真嚴謹、喜愛文學，課餘時間除研讀書籍外，亦從事創作。

## 提　　要

　　本論文旨在探討晚清小說家吳趼人之諧趣文學，冀能呈現其笑話與寓言作品的諷刺性，並深究其諧趣文學在中國文化史與寓言文學史方面的成就與影響。研究對象以《新笑史》、《新笑林廣記》、《俏皮話》、《滑稽談》四部諧趣文學作品為主。論文首章先敘述晚清社會情狀與吳趼人生平、作品；第二章概述諧趣文學的流變與理論基礎；第三、四章依序說明諧趣文學的主題意蘊和萬物群相，以及藝術手法，冀能揭示作者以詼諧之筆寓意人生之旨的苦心；第五章則以三、四章的研究成果為論述基礎，探討趼人諧趣文學作品在諧趣文學傳承與新變的文學價值，和在社會與通俗文化展示方面的文化意義；最末章歸納研究結果與未來研究方向之開展。

　　笑話和寓言自古即有不解之緣，寓莊於諧的諷刺手法，更可達到言之者無罪，聞之者足以戒的功能。吳趼人充分地運用擬人、雙關、比喻、倒反的筆法，達到戚而能諧、婉而多諷的效果，進而嘲弄晚清社會的亂狀。他的諧趣文學宛如一部生動鮮明的時代縮影，在笑聲中隱含著一種悲喜交融的色調，流露著作者詼諧幽默的性格，以及對於社會現實的深沉無奈與哀痛。

# 致　謝　辭

　　重拾書本回到校園，一圓攻讀研究所的夢，是我大學畢業時對自己的承諾。很高興地在擔任教職的兩年後，有機會回到母校繼續進修，並且順利地完成論文，取得學位，在我心中除了喜悅，更多的是感謝，要衷心地感謝這一段日子以來給我支持與鼓勵的許多人。

　　首先，最要感謝的是指導教授林淑貞老師，她不僅認眞嚴謹地指導我，爲我解惑；更適時地鼓勵我，給我信心、爲我加油。而陳清俊老師和許建崑老師在論文初審和口考時，給予我的指正是那麼的鉅細靡遺，點出了論文寫作過程中未能發現的盲點，更是令我獲益良多。

　　再者，家人與朋友們總是在我精疲力竭時，給予我最溫暖的鼓勵，關懷的電話、鼓舞的簡訊、熱情的擁抱，都是我持之以恆的努力泉源。而向上的同事與學生們，研究所的師長與同學們，更是陪我共度進修歲月的重要伙伴，正因爲有你們，我在論文寫作的過程才不會太過孤單，要感謝你們總是不間斷地爲我打氣，使我的進修生活充滿喜樂。

　　兩年半的興大豐富之旅，在二○○八年十二月十二日劃下完美的休止符，這是我三十歲最棒的生日禮物。而我要感謝的人著實太多，這一路走來，眞的受到許多人的照顧，掛一漏萬，請原諒我不一一具名感謝。

　　最後，謹以這篇論文完成的喜悅與感恩，獻給所有使我生命發光發熱的師長、親友、學生們！

美茹　　書於台中　　2008/12/20

目次

# 第一章　緒　論

　　晚清小說家吳趼人，是個成功的譴責小說家，他對人情世態看得真切，且富正義感，因而書中對於官場黑暗、科舉弊端、為富不仁、世風澆薄……等各方面，都給予辛辣的嘲諷，無論是寓意明快或嬉笑怒罵，皆成文章。其笑話與寓言的詼諧文學代表作品有《新笑史》、《新笑林廣記》、《俏皮話》、《滑稽談》四本，吳趼人充分利用了「寓莊於諧」的手法，融笑話之諧趣和寓言之諷諭特點於一爐，極為大膽潑辣地揭露官場黑暗腐敗，堪稱為晚清帝國種種腐敗跡象的社會圖卷。本文研究重點乃在探討吳趼人諧趣文學中的主題意蘊、萬物群相、藝術手法，希冀能藉此進一步檢視他的諧趣文學在文學與文化方面的價值與意義。

## 第一節　研究動機

　　吳趼人雖然活了四十五歲，創作數量卻不勝枚舉，可說是晚清時期小說多產的作家，計有長篇小說十九篇，短篇小說十三篇，五本筆記小說，四本笑話寓言專著，兩本詩作，兩齣戲曲，及廣告文章、演說詞、雜論、小品文、小說評論、雜文、書信、序跋、傳記、評點編輯的作品等，作品內容和數量可說是應有盡有〔註1〕。吳趼人一生境遇困頓，曾浪跡大江南北，接觸多方面的社會生活，除了參與辦報、辦校外，更直接參加過當時的社會運動如：在清光緒二十七年的上海張園所舉行的反俄約大會，即有其慷慨激昂的演說；在清光緒三十一年投身反美華工禁約運動的他，除了辭去美商英文《楚報》

〔註 1〕參附錄二：吳趼人作品發表先後一覽表，頁 161。

的中文版編輯，更到處撰文演說，深受群眾歡迎〔註2〕。也就是這種根源於和中下層社會人物的密切聯繫，遂使他深刻感受到民族的危機、社會的黑暗和人民的痛苦，故其創作每每是逼近生活原生態的作品，內容和形式都是一部對人性、現實進行積極思考的作品，是走在批判時代的前面。他對黑暗社會充滿了反抗的精神，故其作品寫實性、諷刺性均十分強烈，每每能以辛辣的筆觸直陳社會弊端。

魯迅曾批評趼人作品的特質為：

> 惜描寫失之張皇，時或傷於溢惡，言違真實，則感人之力頓微，終不過連篇「話柄」，僅足供閒散者談笑之資而已。〔註3〕

張皇、溢惡、違真、僅供談笑之資是魯迅所提及的趼人作品特質，然而，筆者在閱讀趼人的作品中，卻發現趼人總喜以諧趣的方式表露個人深沉的悲痛，藉笑聲以發不平之鳴，實在是遠超過了魯迅所說的無意義資談的批評。

在他的諧趣文學中，我們看到的盡是一種悲涼色調的含淚苦笑，其中更深深隱藏著作者深沉的哀痛，表現出戚而能諧、婉而多諷的特質。一如他自己所言：「竊謂文字一道，其所以入人者，壯詞不如諧語。」〔註4〕因此，魯迅口中的「僅供談笑的話柄」其實是趼人有意地運用擬人、雙關、比喻、倒反的筆法，來嘲弄晚清社會的亂狀，若僅以「傷於溢惡，言違真實」論定其文，畢竟有失公允。

長期以來，有關吳趼人的研究，研究者大都著眼於趼人的小說創作〔註5〕，其中暢言趼人小說創作的敘事技巧、修辭技巧、寫作技巧、小說理論、小說中的主人公研究、甚或與同時期的小說進行比較研究，可說是形式結構、思想內容無所不包。

大體而言，與趼人相關的研究對於其小說理論創作特點和思想意涵都是一大肯定，彰顯了趼人諷刺的筆法和揭露世俗弊端的苦心。然而，筆者卻發現在那麼多的研究著作中卻始終缺少對於趼人諧趣文學專門研究的面向，前人的研究大都只是提及趼人為人的詼諧幽默，或以隻字片語交代趼人在諧趣

〔註2〕 王俊年：〈吳趼人年譜〉，收錄於海風主編、魏朝昌顧問：《吳趼人全集第十卷》（哈爾濱市：北方文藝出版社，1998年2月第一版），頁25、32。
〔註3〕 魯迅：《魯迅中國小說史論文集：中國小說史略及其他》（台北市：里仁書局，1992年），頁266。
〔註4〕 海風主編、魏朝昌顧問：《吳趼人全集第七卷》（哈爾濱市：北方文藝出版社，1998年2月第一版），頁335。
〔註5〕 參附錄三：吳趼人研究相關論文目錄，頁171。附錄四：吳趼人研究相關期刊目錄，頁173。

方面的幾部作品，未能進一步探究何以會有這樣子的作品產生的緣由，以及這些作品的特色，實屬可惜。

又陳蒲清於《寓言文學理論・歷史與應用》中提及：

> 著名譴責小說家吳趼人（1866～1910）的寓言專著《俏皮話》……在藝術上廣泛採用歐洲寓言的擬人化手法，並承繼明清詼諧寓言的傳統，將兩者融爲一爐，並進一步開拓了中西合璧的道路。〔註6〕

因爲《俏皮話》緊緊把握了晚清社會的特有現象，反映時代的現實，又通篇以動物爲主人翁，筆法誇張、貼切生動，所以，陳蒲清先生對於趼人的寓言創作給予極高的評價。而詼諧幽默的趼人所創作的諧趣作品當然不僅於此，其他如《新笑史》、《新笑林廣記》、《滑稽談》等諧趣專著也同樣有著憤激辛辣的笑罵。

因此，筆者有感於趼人「諧趣文學」研究乏人問津，以及對於「寓莊於諧」諷刺手法的喜愛，希望能透過趼人的諧趣作品掘發「笑話」和「寓言」自古以來的不解之緣，一窺中國寓莊於諧的文學淵源與理論基礎，以及趼人諧趣文學的表現手法、萬物群相、主題意蘊、美學特點，揭示他在中國文化史與寓言文學史上的地位與影響。

# 第二節　晚清吳趼人的生平與作品

由於本論題乃針對特定時代——晚清，特定對象——吳趼人，特定作品——諧趣文學爲研究中心。因此，本節需清楚說明晚清的學術背景、吳趼人的生平、及其全部作品和諧趣文學作品以爲憑依。希冀能從晚清大社會的「面」，和趼人個人生平創作的「線」，進入其諧趣文學的「點」，如此由大而小、循序漸進的闡發他如何以詼諧諷刺之筆，營造嬉笑怒罵的諧趣寓言和滑稽故事，來反映社會生活、鞭撻現實弊端。

## 一、晚清社會的背景探討

晚清是一個風雨飄搖的動亂時代，一如林明德所言：「晚清，大約是指一八四○到一九一一……，是個內憂外患頻仍的時代，也是個無論在外交、政

---

〔註6〕陳蒲清：《寓言文學理論・歷史與應用》（台北市：駱駝出版社，1992年），頁227～228。

治、經濟、社會、文化各方面新舊轉型的時代。」〔註7〕從一八四〇年的鴉片戰爭開始，一連串驚心動魄的慘痛經驗，的確有著振聾發瞶的作用，促使晚清政治社會的每一環節都在新舊交替當中不停轉變和努力，政治、社會、經濟如是，文學亦如是。而生活在這樣一個動盪時局的趼人，敵國外患的侵略、政治領導的無能、官員紳商的貪鄙、道德品行的敗壞……，一切的實況都是他寫作題材的來源，作品中處處可見的官師士商的人物言行，和敘寫的多樣貌擬人譬喻手法，都是他感時憂國的悲憤表現。因此，下文即就政治、社會、經濟、文學四大面向探勘晚清的學術背景，期能呈現趼人的寫作題材，以體悟他寓意人生的意涵。

### （一）戰爭頻仍，政治動盪

晚清的時局動盪，從一八四〇年的鴉片戰爭開始，紛至沓來的戰爭失利，造成了前所未見的災難，俄、英、法、德、日、美等外強蠶食鯨吞，中國遂被一個個的不平等條約，嚴重侵犯了領土、司法、關稅、領海的主權，成了名存實亡的國家。而生存在水深火熱中的人民，卻只能無奈地面對外來列強無止盡的侵略與豪奪，以及國內貪官污吏的腐敗與墮落。這樣的「奇慘大痛」康有為說的真是貼切：

> 吾中國四萬萬人，無貴無賤，當今日在覆屋之下，漏舟之中，薪火之上，如籠中之鳥，釜底之魚，牢中之囚，為奴隸、為牛馬、為犬羊，聽人驅使，聽人割宰，此四十年中二十朝未有之奇變，加以聖教式微，種族淪亡，奇慘大痛，真有不能言者也。〔註8〕

然而，在這些戰爭中，1900 的庚子國變可說是一場全民族的災難，他不僅加重了全民族的危機感，也預示著新的改革時期的來臨。愛國的知識分子紛紛發出了改革政治、維新愛國的呼聲，在教育、軍事、行政、財政、法律都採取了一系列的措施，希冀打開禁錮的思想和針砭時弊以救亡圖存。而面對著坎坷時局的趼人，不僅透過文章傾訴想法諷刺官吏的腐敗，更挺身參與愛國活動並發表演說，如於 1901 年 3 月 24 日參加上海各界愛國人士在張園舉行的第二次反俄約大會，一展他熾熱的愛國之心。

---

〔註7〕林明德編：《晚清小說研究》（台北：聯經出版事業公司，1988 年 3 月初版），編序頁 1。

〔註8〕康有為：《康有為政論集（上）‧京師保國會第一集演說》（北京：中華書局，1981 年），頁 237。

## （二）唯利是圖，社會黑暗

　　強大的西方文化與資本主義的衝擊，使中國社會產生了巨大的變動，新舊思想雜陳，買辦、仕紳、官僚、新知識份子、新興的商人無不圖謀私利。當時的社會情形一如魯迅所言：

> 中國社會上的狀態，簡直是將幾十世紀縮在一時。自油松片以至電燈，自獨輪車以至飛機，自鏢槍以至機關炮，自不許「妄談法理」以至護法，自「食肉寢皮」的吃人思想以至人道主義，自迎屍拜蛇以至美育代宗教，都摩肩挨背的存在。〔註9〕

而資本主義所造成的棄儒經商風氣，更造成從商者眾，讀書者寡的情形，品德敗壞者有之、自甘退居下流者有之、汲汲營營者亦有之。曾在江南製造局工作的趼人，親眼目睹了許多社會黑暗情狀，於是，他便開始於業餘學習為文，冀能透過文筆鞭刺時局，不論是貪官污吏的奸險擾民，世態的炎涼，品德的敗壞，又或是一步步戕害著百姓的賭博、妓女、鴉片……等社會問題，都是他創作的材料。如社會小說《發財秘訣》一文即是寫為了發財而出賣軍事情報，和依仗外國人勢力而欺壓同胞的走狗，痛詆這種為虎作倀，出賣國家的無恥行徑。

## （三）財政失策，經濟困頓

　　晚清時期出現了許多如上海、天津、武漢、廣州的通商口岸，透過這些通商口岸，外國的工業產品與棉紡織品得以不斷傾銷中國，再加上科舉停考，導致晚清的經濟結構產生了變化，「農民流向工人，地主、官僚流向資本家階級，傳統的封建等級制度受到破壞」〔註10〕，而晚清政府財政的失策、軍費的浩繁、和皇室的任意揮霍，更是雪上加霜，使得整個國家著實處於國困民窮的地步，一如趼人〈轉貧為富〉中所云：「修一洋式宮房，動言若干百萬……遣一二親貴到外洋閒逛一次，動支盤費輒數十萬……一官之任時，雖或行李蕭條；及其滿任而去，則千倉萬箱，陸行滿車，水行滿舟……」〔註11〕，這樣的橫征暴歛，吸取民脂民膏，無怪乎富者愈富、貧者愈貧，晚清財政經濟會身陷窘境，人民的生活會苦不堪言。

---

〔註9〕 魯迅：《魯迅全集（一）》（北京：人民文學出版社，1981年），頁343。

〔註10〕 嚴雪櫻：《《官場現形記》與《二十年目睹之怪現狀》比較研究》，臺北：臺灣師範大學國文研究所碩士論文，2002年。頁65。

〔註11〕 海風主編、魏朝昌顧問：《吳趼人全集第七卷》，頁460。

## （四）新舊雜陳，文學蓬勃

文學成為反映時代真實面貌的工具，晚清興起的新體散文、新派詩、譴責小說等等，在形式、內容方面都產生了相當的變化，由此可見清代文學是一個總結、也是一個開創，更是一個從傳統到現代的過渡。「新聞事業的發達，小說理論的推動，知識份子的覺醒，創作風氣之興盛，文禁之鬆弛，作品商業化之傾向，西方文化的影響」〔註 12〕，在在都讓文學成為作家愛國之心的體現。梁啟超所提出的「新民」理念，便是希冀透過小說創作以達振聲發聵的功用，在他的〈論小說與群治之關係〉即有所提及：

> 欲新一國之民，不可不先新一國之小說。故欲新道德必新小說，欲
> 新政治必新小說，欲新風俗必新小說，欲新學藝必新小說，乃至欲
> 新人心，欲新人格，必新小說。何以故？小說有不可思議之力支配
> 人道故，……故今日欲改良群治，必自小說界革命始；欲新民，必
> 自新小說始。〔註 13〕

在這樣一個風雨飄搖的時代裡，有志之士就在晚清的傳統與新變中，力圖藉由創作宣傳理念、開啟民智，並在西學東漸中，更全面的吸收運用，讓創作成為批判社會現實的利器，使文學充分反映社會生活，達到移風易俗之效果。另一方面印刷事業的革新改良，石印和鉛印技術的引進，則是造成出版事業發展的基礎，也成為文學繁榮的直接原因。

因此，趼人除了透過朋友周桂笙接觸泰西小品和翻譯故事外，更在《寓言報》中刊登許多精彩的寓言，並且善於寓莊於諧、寓教育於閒談中的他，更在作品中表現著啟迪民智的理念。

## 二、吳趼人生平

吳趼人，廣東南海人，生於清同治五年（西元 1866），卒於清宣統二年（西元 1910 年），名沃堯，又名寶震，從其父名允吉取字小允，初號繭人、後改趼人，均以號行。因他甚愛自己的家鄉佛山，故又號「我佛山人」，別署趼、趼叟、趼廛、繭闇、野史氏、老少年、嶺南將叟、老上海、中國老少年、抽絲主人等。未滿二十歲就寓居上海，以辦報為生，曾客居山東，遊歷日本。一生寫作甚豐，筆鋒辛辣、諷刺時弊，為晚清一代的多產作家，作品以《二

---

〔註 12〕嚴雪櫻：《《官場現形記》與《二十年目睹之怪現狀》比較研究》，頁 67～81。
〔註 13〕梁啟超：《飲冰室文集（十）》（台北：中華書局，1960 年），頁 6。

十年目睹之怪現狀》較爲流行，諧趣文學作品有《新笑史》、《新笑林廣記》、《俏皮話》、《滑稽談》等，文中多以詼諧之筆寓意人生，是清末有名的譴責小說家。

　　下文有關吳趼人的生平資料〔註14〕，筆者主要是參考海風主編的《吳趼人全集第十卷》一書，書中王俊年〈吳趼人年譜〉是以年份依序載明國內外大事和趼人生平事蹟，並無分期介紹；中島利郎〈吳趼人傳略稿〉則分爲出身及其家譜、從幼年時期到上海階段、筆耕生涯三期；李育中〈吳趼人生平及其著作〉乃分爲四期介紹，依序爲趼人出生到回佛山老家、年少求學和到上海任職、辦報時期和參與愛國運動、寫小說和從事教育的晚年生活四個階段。此外，袁健《吳趼人的小說》則是以「生不逢時」四字，來概述吳趼人的生平。

　　職是，筆者在閱讀以上各家的趼人生平資料中，覺得最爲詳細的是王俊年〈吳趼人年譜〉，文中詳載了國內外大事和趼人生平事蹟，但是內容稍嫌龐雜，筆者遂參照此而編寫附錄一：吳趼人年表（頁 149）。再者，筆者據此進一步參照以上各家的分期說法，將趼人的生平分爲三期加以說明，依序爲「少年時期」、「青年時期」和「中年時期」，以下即分別論述之：

### （一）少年時期：佛山書院求學

　　1866 年 5 月 29 日趼人生於北京，1867 年因爲祖父吳尚志過世，趼人隨父親吳升福奉喪回到佛山老家。之後因爲趼人的父親官愈作愈小，家道逐漸中落，而爲了養家活口，父親只好一人趕赴浙江，留下趼人與母親和妹妹在家辛苦度日。

　　趼人於八歲啓蒙讀書，十三歲至佛山書院求學，十七歲因父親病死於浙江而趕赴處理喪事，惜父親於臨終前所留下的錢都被三叔侵佔，遂家境益窘。之後，二叔去世之時，三叔也放著不管，只好靠趼人一手處理喪事和撫養了兩個堂弟。三叔的事讓趼人倍感人世冷暖與無情，而如此深沉的悲痛感受也都寫入了後來的作品中。

　　父親死後，一家的生計可說全都落在趼人身上，家境更是窘迫不堪，於

---

〔註14〕有關吳趼人的生平資料主要是參考海風主編、魏朝昌顧問：《吳趼人全集第十卷》，頁 3～65 王俊年〈吳趼人年譜〉，頁 66～83 中島利郎〈吳趼人傳略稿〉，頁 84～102 李育中〈吳趼人生平及其著作〉。和袁健：《吳趼人的小說》（瀋陽市：遼寧教育出版社，1992 年 10 月），頁 1～14。

是趼人只好隻身趕赴上海打拼。

## （二）青年時期：任職江南製造局

1883 年趼人隻身前往上海謀生，先投靠同鄉江裕昌茶莊，後來又在李鴻章等人主辦的「江南製造局」，先後擔任抄寫員和繪圖員的工作，月薪甚為微薄，但在這的生活卻直擊了晚清社會官場的黑暗，可說是為趼人打開了眼界，成為他後來小說創作的基石。

1895 年因為政府簽訂喪權辱國的馬關條約，康有為聯合十八省入京會試舉人簽名上書，要求拒和、遷都、練兵、變法，史稱「公車上書」，而趼人的堂叔吳荃選也參與其中，這次的事件對趼人思想產生很大的影響，大大激發他的愛國之心。

而此階段，趼人在工作之餘，也開始創作一些未發表的舊體詩歌，或寫些趣味性的短文，除了可以打發獨居的寂寞外，也可以掙些稿費多點收入。

## （三）中年時期

### 1. 進入辦報生涯

1897 年趼人開始進入辦報生涯，擔任《字林滬報》編輯，也為李伯元的《遊戲報》撰稿，盡情傾訴滿肚皮的不合時宜，二人即由此相識並成為莫逆之交。

1898 年趼人主持《采風報》，據為無風不采，但不采文謟謟之酸風，立意在佯狂諷世。並聘請周桂笙翻譯一些西方小品和故事，二人也因此結下文字因緣。同年政府方面則發生戊戌政變，慈禧太后再出訓政，光緒帝被禁，譚嗣同等六君子被害，康有為和梁啟超則逃往日本，梁啟超更在日本創辦《清議報》宣傳變法維新。

1900 年因義和團起事，而慈禧太后則因仇外情節和相信團民能刀槍不入，故使義和團以「扶清滅洋」的口號，到處殺害外國人，於是英、法、德、美、日、俄、義、奧八國，聯軍佔領首都北京，到處掠奪屠殺，清軍大敗，慈禧太后只好倉皇地挾光緒帝西逃，清廷也派兵鎮壓義和團。八國聯軍之役使得中國在人員、文化、財產方面大量損失，於 1901 年簽訂辛丑條約，2 月俄國更提出合約企圖剝奪東北主權，愛國志士集會反對俄約，於王俊年〈吳趼人年譜〉即記載趼人在此時發表演說，希冀能「合大眾之熱力以為拒力，

庶幾收眾志成城之效，共勉臥薪嘗膽之心」〔註15〕，充分表現愛國之心。

後來，趼人還先後於 1900 年、1901 年陸續主辦《奇新報》、《寓言報》，至 1902 年止，並於《寓言報》上刊登許多精彩寓言，特別是寫水族的魚類和俄國謝德林有異曲同工之妙。

趼人在此階段因爲受了改良派的影響，和目睹了內憂外患之事，文學創作上便開始大量書寫寓莊於諧、筆觸辛辣之文，以詼諧之筆揭露晚清官場與社會的腐敗。而 1902 年趼人的思想發生變化，因倦於辦小報遂於 3 月辭去主筆之職，在家閉門謝客，寫《吳趼人哭》五十七則傾訴天下可哭之事，表現作者對社會現實的不滿和心中的憤慨之情。然而，在此時堅持進步辦報宗旨的《漢口日報》聘趼人與沈敬學爲主筆，因爲此報勇於針砭時弊，故多次得罪官府人員，最後更被改爲官辦，而趼人也爲了堅持理想，辭去職務，開始致力於小說創作之路。

### 2. 創作章回小說

時局的變動一直是趼人創作題材的來由，落拓抑鬱和牢騷滿腹的他，因爲《漢口日報》被迫改爲官辦之事的影響，和好友李伯元發表譴責小說揭露政府腐敗、社會黑暗的行事。更爲了響應梁啓超等維新派人士倡導的「小說界革命」，深感社會亂狀的趼人，遂於 1903 年開始投身章回小說創作的行列，冀能改良社會、推動時代進步。趼人除了於同年 10 月開始發表《二十年目睹之怪現狀》之成名作外，並擔任《新小說》雜誌撰述，且於歲末東遊日本。

1905 年趼人應友之請，赴漢口編輯由美人辦的《楚報》，5 月因爲發生反美華工禁約（反對美國虐待中國工人的條約）運動，滿懷愛國之情的趼人便於 7 月辭去工作，並參加反美華工禁約運動，到處寫文演說，趼人眞誠的行動和話語感動了許多在美國商行工作的人，使他們也都紛紛響應而辭職。

1906 年趼人擔任在上海創刊的《月月小說》總撰述，並於《月月小說·序》，表達恢復舊道德，挽救社會危機之心，強調小說的教育作用，務使導之以入於道德範圍之內。

### 3. 投身教育事業

1907 年秋以前，趼人仍編《月月小說》，並積極從事於小說工作。冬，趼人與同鄉開辦廣志小學，他並親自制訂學校章程，日從事於學務。

---

〔註15〕 王俊年：〈吳趼人年譜〉，收錄於海風主編、魏朝昌顧問：《吳趼人全集第十卷》，頁 25。

　　1910 年 10 月 21 日趼人從乍浦路多壽里遷至漲寧路鴻安里新居，親友相集慶賀，宴飲談笑甚歡，惜當夜喘疾發作，而卒於上海，年 45 歲。早逝的趼人病卒之日，家無餘財，喪事還有賴好友捐助辦理方能完成。

　　趼人的一生除了深刻體驗人情冷暖和世事艱難外，更對內憂外患不斷的國家深感無奈，但他始終秉持著滿腔激憤，勇於譴責社會亂狀，充分表現著個人正直、無畏懼的特質，這一切一如甘慧傑所言：

> 早年，吳趼人初來上海時生活窮困，卻「岸然自異，無寒酸卑瑣之氣」，至中年則「奔放不羈，有長江大河之概，能道人所不能道」。
> 許嘯天稱他為「一位道德完全、肝膽照人的義士」〔註 16〕

的確，趼人「性強毅，不欲下于人」〔註 17〕，所以，剛毅正直的他每每因為愛國之心而毅然決然的辭去職務，投身於愛國之列，一生中他始終用盡全力，給予晚清社會最奮力的一擊。

## 三、吳趼人作品

　　趼人的著作就像是一面鏡子，映照出晚清社會的各個面向，諸如社會狀況、人文面貌、官場醜態、市井畫面等無所不包，錢念孫《中國文學史演義》即說：「由於吳趼人的小說創作數量多、影響大，在當時被稱為『小說鉅子』」〔註 18〕，足證他在晚清文壇具有舉足輕重的地位。吳趼人以多方面的藝術實踐，猛烈地抨擊了晚清社會的種種陰暗面，表達了強烈的愛國主義情緒，歌頌了近代歷史背景下的故事，且大膽地吸收了古典文學和西方文學的敘事技巧，有著重要的承繼意義。《二十年目睹之怪現狀》是他的成名作，而其他的小說、寓言、笑話、花柳界見聞記、詩作等創作，也都有著現實的素材，和諷刺社會、開通民智的苦心。

　　有關趼人的作品可參見附錄二之「吳趼人作品發表先後一覽表」（頁 161）〔註 19〕，以下則將吳趼人作品分為四類，小說、詩歌戲曲、雜著作品與諧趣

---

〔註 16〕甘慧傑：〈容易傷生筆一枝：吳趼人在上海的生活和經歷〉《史林》，1997 年第 4 期，頁 91。

〔註 17〕魯迅：《魯迅中國小說史論文集：中國小說史略及其他》，頁 266。

〔註 18〕錢念孫：《中國文學史演義增定版（參）元明清篇》（台北：正中書局股份有限公司，2006 年 6 月），頁 791～792。

〔註 19〕有關趼人的作品介紹主要是參照海風主編、魏朝昌顧問：《吳趼人全集》（第一卷至第十卷）。

文學作品等四類：

## （一）小說作品

小說，是趼人最爲人知的作品，身爲晚清職業的小說家，從 1903 年（清光緒二十九年）趼人便開始致力於小說創作，長篇小說、短篇小說、筆記小說無所不包，作品不勝枚舉，他秉持審愼的態度，力求小說能盡社會之義務，導人民以入正道。就內容而言，他的小說主要可分爲社會小說、歷史小說、寫情小說、迷信小說四類，茲分述於下：

### 1. 社會小說（譴責小說）

「社會小說」的內容主要是揭露社會黑暗面，給予鞭撻諷刺，冀能挽救當時的淺風薄俗，故又稱「譴責小說」。趼人對於社會小說的創作特別關注，此類的作品頗多，有試筆之作《海上名妓四大金剛奇書》；代表作品《二十年目睹之怪現狀》及其續編《最近社會齷齪史》（初名《近十年之怪現狀》）；據清嘉慶時粵人安和所著《梁天來警富新書》（又名《七屍八命》）所改編的 《九命奇冤》；述其政治改革主張、自詡爲「兼理想、科學、社會、政治而有之的小說」《新石頭記》；揭露晚清官場及社會卑污苟賤的《糊塗世界》；面對黑暗現實，作者終於悲觀失望，走向厭世主義道路的《上海遊驂錄》；痛詆爲虎作倀，出賣國家的無恥行徑，反買辦階級的代表作《發財秘訣》（又名《黃奴外史》）；對清廷的假立憲作了無情揭露與嘲訕諷刺的《慶祝立憲》、《預備立憲》、《立憲萬歲》、《大改革》、《光緒萬年》；諷刺晚清官吏趨勢媚上之醜態的《平步青雲》、《快升官》；痛詆上海紳商忘美華工禁約之辱，對到滬的美大臣無恥諂媚的《人鏡學社鬼哭傳》、《中霤奇鬼記》等等。

以上諸作，尤以《二十年目睹之怪現狀》最爲人熟知與研究，這是趼人一部帶有自傳性質的作品，歐陽健即說書中「不只是怪的、醜的、惡的事物的展覽，在怪的、醜的、惡的對面，卻有一副清醒的頭腦和一顆熱烈的心」[註20]。其中九死一生就是作者的影子，敘述主角九死一生經商所見的社會怪現狀，揭露清末社會內外的腐敗。文中以「蛇、蟲、鼠、蟻」象徵社會上卑鄙之人，以「豺、狼、虎、豹」比喻搜刮民脂民膏的當權者，以「魑、魅、魍、魎」喻指陰險狡詐的社會人渣，既揭露官場黑暗、士紳惡行，也指斥洋場劣

---

〔註20〕歐陽健：《晚清小說史》（浙江：浙江古籍出版社，1997 年 6 月第一版），頁142。

態、媚外醜行，暴露和譴責晚清的腐敗和社會的黑暗，堪爲晚清譴責小說的代表作。

## 2. 歷史小說

「歷史小說」的目的在於旌善懲惡、移風易俗、改良社會，通過引人入勝、充滿趣味和興味的歷史來教育讀者、啓迪民心。據黃霖所云：

> 他（吳趼人）自己在《痛史》、《兩晉演義》中寫南宋的偏安、兩晉
> 的混亂，實際上都是針對晚清列強的侵略、宮廷矛盾的政治局面的。
> 〔註21〕

職是，這些「別有所感」的創作都表現出藉由歷史針砭現實的苦心，如：有痛斥賈似道爲代表的賣國求榮、腆顏事敵之徒，和熱烈歌頌文天祥等不惜犧牲、抗敵救國的民族英雄的《痛史》；有以通鑑爲線索，以晉書、十六國春秋爲材料，一歸於正而沃以意味的《兩晉演義》；有記雲南史事，始自莊蹻開闢滇池，直到晚清的情形，使人讀了知道古人開闢的艱難，實在有著不容今人輕易割棄的《雲南野乘》。這些作品都足見趼人以歷史小說表達強烈愛國主義思想的苦心。

## 3. 寫情小說（奇情小說、苦情小說）

「寫情小說」據黃霖所云：

> 從情的量來看，寫情小說必須從兒女私情擴大到人類的普遍感情，
> 在他（吳趼人）來看，喜怒哀樂、忠孝慈義無不是情的表現，都應
> 該寫。從情的質來論，所寫之情不能逾越一般的固有道德。〔註22〕

因此，趼人寫情小說的創作，都是以滿腔的熱情爲出發點，寫苦難靈魂在黑暗社會中的悲慘際遇，遂又被稱爲「奇情小說」、「苦情小說」。作品有演述日本人菊池幽芳原著的《電術奇談》（又名《催眠術》），寫英人喜仲達與林鳳美的愛情波折，原譯是六回的文言，吳氏演爲二十四回，並改爲俗語，中國地名、中國人名，實可視爲趼人的再創作。《恨海》則寫婚姻問題，以庚子事變爲背景描寫兩對青年情人的離散，側面反應庚子事變的混亂，情節甚爲悲慘。《劫餘灰》寫一對青年情人經過種種波折終於團聚的故事，透露出晚清社會

---

〔註21〕黃霖：〈吳趼人的小說論〉，海風主編、魏朝昌顧問：《吳趼人全集第十卷》，頁 188。

〔註22〕黃霖：〈吳趼人的小說論〉，海風主編、魏朝昌顧問：《吳趼人全集第十卷》，頁 186。

的黑暗和華工生活的悲苦。《情變》則是趼人的絕筆，作品原擬寫楔子一回，正文十回的，但是因作者病故而中斷，僅寫了八回。

### 4. 迷信小說

「迷信小說」在於集中揭露迷信的危害，說明迷信足以使人傾家蕩產、毀滅一生，所以反迷信、反命定是十分必要的事情。作品有《瞎騙奇聞》和為塞崇拜外人者之口而輯的《中國偵探案》，故事是據故老傳聞或近人筆記改編，如同古公案短篇小說，雖偶有無謂之作，亦反映中國人民智慧，於改良社會亦裨益良多。

### （二）詩歌戲曲作品

#### 1. 詩歌作品

性喜靈語，雅愛詩文的趼人，是個講究詩文跌宕巧達的人，李育中云：「吳家有一個傳統，家人喜歡作詩，……在散文方面的傳統，是尊重清代桐城派的方苞，詩則但寫性靈，不問唐宋。」〔註23〕，因此，趼人的詩文也就是承繼著家族的自然風格而來，為文惡雕飾，但求率性脫俗。又在《趼廛詩刪剩》的自序裡趼人自言：「年少無知，有作則存，一覽便增汗顏矣。十年以來，刪汰舊作，僅存二三」〔註24〕，可知他的詩作數量本來是更多的，《趼廛詩刪剩》書中留有的詩作計有 37 題 84 首，僅是原本的二三而已。此外，尚有《趼廛詩刪剩》外詩作計有 20 題 34 首。

#### 2. 戲曲作品

戲曲的創作方面，有僅完成前三齣的《曾芳四傳奇》，譜流氓曾芳四徒誘騙女學生，標目為「曾芳四徒起奸淫心，剜梁氏詭串陰陽配，鄧七妹險遭強暴污，瑞觀察科定棍徒罪」。而時事新劇的《鄔烈士殉路》二折依然未完成，內容是譜寫當時鄔烈士殉路實事，是一反清廷賣國的作品。

### （三）雜著作品

創作量大的趼人，廣告文章、小品文、雜文評論、演說詞、書信、序跋、傳記、評點和編輯過的作品均無所不包。「廣告文章」有為南洋華興公司出品

---

〔註23〕李育中：〈吳趼人生平及其著作〉，海風主編、魏朝昌顧問：《吳趼人全集第十卷》，頁87。

〔註24〕海風主編、魏朝昌顧問：《吳趼人全集第八卷》（哈爾賓市：北方文藝出版社，1998 年 2 月第一版），頁 125。

的燕窩糖精所寫的《食品小識》；為上海中法大藥房所作的《還我魂靈記》；
為書籍出版所寫的《〈繪圖海上名妓四大金剛奇書〉出售》和《〈續集海上名
妓四大金剛奇書〉出售》；為所辦學校所寫的《廣志兩等小學招生廣告》、《廣
志學校附屬國文補習夜塾》等等。

「小品文」如《吳趼人哭》57 則，傾訴天下可哭之事，表現作者對社會
現實的不滿；「雜文評論」如《小說叢話》、《譏彈》6 篇、《主筆房之字紙簍》
7 篇、《說小說·雜說》5 則、《趼藝外編》（即《政治維新要言》）等等。

「評點編輯」之作有為周桂笙所評的評《新庵諧譯初編》、評《新庵譯屑》、
評《譏彈·送往迎來之學生》、評《新庵隨筆·禁煙當先制藥》。此外，還有
評《毒蛇圈》23 回、點定《情中情》5 章和《賈鳧西鼓詞》。

## （四）吳趼人諧趣文學作品

### 1. 諧趣文學釋義

劉勰《文心雕龍·諧讔篇》云：「諧之言皆也、辭淺會俗、皆悅笑也」〔註
25〕，詼諧即滑稽、戲謔，是以供人悅笑的淺俗語辭，表現義正之意涵，透過
詼諧有趣的言語、動作，在笑中展現諷諫，在諧趣中隱含巧思，在雋語異聞
中供人回味，在漫筆短篇中飽涵新意，藉此以展現豁人心智的巨大力量。幽
默大師林語堂先生曾言：

> 華語中言滑稽辭字曰滑稽突梯，曰詼諧，曰嘲，曰謔，曰謔浪，曰嘲
> 弄，曰風，曰諷，曰誚，曰譏，曰奚落，曰調侃，曰取笑，曰開玩笑，
> 曰戲言，曰孟浪，曰荒唐，曰挖苦，曰揶揄，曰俏皮，曰惡作謔，曰
> 旁敲側擊等。然皆或指尖刻，或流於放誕，未能表現寬宏恬靜的「幽
> 默」意義。最近者為「謔而不虐」，蓋存忠厚之意。〔註26〕

據此可知，中國的諧趣文學所產生的諧謔效應，是一種寬宏恬靜的幽默，絕
非僅止於尖刻放誕，「諧趣」是能在謔而不虐中予人忠厚之感，得到有如醍醐
灌頂般的醒悟。

又在《中文大辭典》中指出「諧，戲言也。」〔註27〕舉凡諧文、諧說、

---

〔註25〕（梁）劉勰著、王更生注譯：《文心雕龍讀本》（台北：文史哲，1991 年），頁
　　　　257。
〔註26〕林太乙編：《論幽默：語堂幽默文選（上）》（台北：聯經，1994 年），頁 142。
〔註27〕中文大辭典編纂委員會：《中文大辭典第一次修訂版普及本（八）》（台北：中
　　　　國文化大學出版部，1993 年 10 月），頁 1071。

諧劇都不離詼諧、喜劇、嬉戲、戲謔，而「詼諧」一詞又與「幽默、戲謔、
詼諧、詼嘲、開玩笑」〔註28〕之意相仿，正如同段寶林所說：

　　喜劇美（喜劇性、喜劇、喜）的內涵是非常豐富的，它包括幽默、
　　詼諧、嘲諷、滑稽以及俏皮、打諢、鬧劇、戲謔、機智、諷刺、譏
　　刺、嘲弄、譏諷、譏嘲、冷嘲等許多品種色調各不相同。〔註29〕

職是，喜劇範疇是十分多元的，幽默、諷刺、嘲弄、荒誕、機智都足以展現喜
劇效果的笑，而諧趣文學即是掌握住這些喜劇範疇的「笑」和「喜」兩個基本
的特徵，從而以「笑的諷諫」或「諧趣」展現意涵。於是，誠如季素彩等人於
《幽默美學》一書所云：幽默美學的深沈感召力就是在於擁有「寓哭於笑的情
趣性、寓莊於諧的意趣性、寓奇於平的巧趣性、寓智於愚的睿趣性」〔註30〕。

　　綜而論之，林語堂直陳了諧趣所蘊含的謔而不虐，蓋存忠厚之意旨，段
寶林指出了喜劇美的豐富內涵，季素彩等人則傳達了寓哭於笑、寓莊於諧、
寓奇於平、寓智於愚的表現方式。由是，足見幽默、荒誕、嘲弄、機智、諷
刺等喜劇範疇所展現的遊戲和趣味精神，也就是諧趣文學所擁有的消遣趣
味，都能或多或少隱藏著作者對於生命的感觸，故而能在笑、諧、平、愚中
與讀者、社會產生互動，進而擁有一種美感的享受，甚而領悟諧趣作品中哭、
莊、奇、智的意蘊。

　　又以次文類的觀點而言，笑話、寓言、笑話型寓言、諧趣文學均可歸屬
於次文類中，而諧趣文學的特點在於輕薄短小且詼諧幽默。趼人的小說、戲
劇等其他作品，雖然偶爾也有諧趣成分存在，但卻有失輕薄短小的特點，且
在包含諷刺的概念下，意涵更為博雜。因此，本論文以諧趣文學為題，除了
冀有創發性外，主要是有鑑於趼人這四部作品的特質中寓言、笑話、笑話型
寓言交疊的情形甚廣，倘以笑話、寓言、笑話型寓言為題，稍嫌太過窄化。

　　段寶林說：「二十世紀開始時，改良主義思潮在文壇有所抬頭，吳趼人等
人以笑話作改良社會之工具，把笑話作為小說的一個方面，開始重視其喜劇性
的特點。」〔註31〕而門巋、張燕瑾亦云：「他繼承了傳統笑話的諧謔、諷刺、

〔註28〕中文大辭典編纂委員會：《中文大辭典第一次修訂版普及本（八）》，頁966。
〔註29〕段寶林：《笑話：人間的喜劇藝術》（北京：北京大學出版社，1991年8月），
　　　　頁185。
〔註30〕季素彩、朱金興、張念慈、張峻亭、陳惠玲：《幽默美學》（河北：河北教育
　　　　出版社，1997年9月），頁141～154。
〔註31〕段寶林：〈二十世紀的笑話研究〉《廣西梧州師範高等專科學校學報》，2001

風趣而風格更加潑辣，民主色彩更濃，針砭時政更加尖銳。」〔註 32〕《新笑史》、《新笑林廣記》、《俏皮話》、《滑稽談》可說是趼人有爲而發的嬉笑怒罵，他直接承繼了笑話、寓言、諷刺的傳統，表達他對社會現實醜惡的不滿，以下即是對於這幾部書的介紹。

2. 吳趼人諧趣文學作品概述

（1）《新笑史》

《新笑史》凡 19 題 22 篇，先後於 1903 年和 1905 年，各發表 11 則於《新小說》雜誌第 8 期和第 23 期。書中諷刺了昏庸無知的官吏，和貪婪殘暴、恃勢橫行的仕紳，揭露了他們寡廉鮮恥、苦心鑽營的醜態嘴臉。官場的欺上瞞下、互相傾軋，凸顯出當時社會政治的黑暗，而對於昏庸老朽的統治者，那種貪生怕死、辱國求榮的可恥行徑，也給予了強烈地抨擊。

（2）《新笑林廣記》

《新笑林廣記》凡 22 篇，首冠作者自序，先後於 1904 年和 1905 年，發表於《新小說》雜誌第 10 期、第 17 期、和第 22 期。內容有嘲笑官吏對上逢迎諂媚的醜態，有作者對於祖國命運的擔憂，有諷刺科舉之士的卑劣行徑，和反映出一般知識分子的窘迫生活。

（3）《俏皮話》

《俏皮話》凡 126 題，127 篇，首冠小序一篇，最初散見於光緒年間各報刊，後經作者輯錄、修訂、續寫，連載於《月月小說》，1909 年上海群學社據《月月小說》抽印爲單行本。此書是承繼明清以來的詼諧寓言傳統而加以發揮的寓言，故事的表層是詼諧可笑的，深層卻是悲痛絕望的，書中藉動物來影射行將崩潰的大清帝國之種種腐敗現象，故事雖然大多在動物、植物、無生物、天象、人體器官的世界展開，但藝術構思卻是鬼斧神工的。在看似動物、植物、無生物、天象、人體器官的世界中，我們看到的卻是實實在在的人世亂象，如果將故事中的主角替換成人，那麼文中展示的就是一個現實的人間故事。

（4）《滑稽談》

《滑稽談》一書，又名《我佛山人滑稽談》凡 154 題 172 篇，1910 年初載於《輿論時事報》，1915 年上海掃叶山房石印單行本，內容甚爲豐富。此書

---

年第 4 期，頁 1。

〔註32〕門歸、張燕瑾：《中國俗文學史》（台北：文津出版社，1995 年初版），頁 245。

與《俏皮話》爲同一類型的作品，諷刺了如妓院的官場，如強盜的官吏，黑暗社會中的貪污受賄、敲詐勒索、崇洋媚外、吃喝嫖賭、荒淫無恥是數見不鮮的，有的盡是滿腔的悲憤與無奈。

　　本論文即以這四本諧趣文學《新笑史》《新笑林廣記》《俏皮話》《滑稽談》爲探討對象〔註33〕，從內容、形式、意義方面加以發掘作品意蘊。作品中有妙語解頤的笑話、有寓意深刻的寓言、有筆觸辛辣的嘲諷。趼人即運用寓莊於諧的手法，在笑聲中凸顯他對於貪官污吏、愚夫愚婦、娼妓嫖客、賭徒毒蟲等多元的人物形象的揶揄嘲諷，並表現他感時憂國的心境，與無奈痛心的譴責嗟嘆。

# 第三節　研究現況、目的及進路

　　本節依序將介紹目前吳趼人諧趣文學的研究現況、和本論文的研究目的及研究進路，期能在既有的基礎上掘發趼人諧趣文學所能達致的意蘊與貢獻。

## 一、研究現況

　　晚清小說的地位在阿英口中是「中國小說史上最突出的時期」〔註34〕，胡適更說「晚清小說發達史是中國『活文學』的一個自然趨勢」〔註35〕，魯迅更指出譴責小說「揭發伏藏，顯其弊惡，而於時政，嚴加糾彈，或更擴充，並及風俗」〔註36〕的特點，而其中趼人的《二十年目睹之怪現狀》即爲譴責小說的代表作之一。因此，長期以來研究者大多偏重於吳趼人小說創作的研究。

　　綜觀目前研究現況，與吳趼人相關的篇章論述中，或述其人之生平思想、或評其小說之形式技巧和意蘊主旨者均所在多有〔註37〕其中尤以小說類的研究

---

〔註33〕　吳趼人短篇小說作品《立憲萬歲》、《無理取鬧西遊記》、《光緒萬年》，雖爲趼人自行標注於文章之前，各自分類爲滑稽體、詼諧和滑稽小說、詼諧小說，但因爲文章體例不屬於短篇的笑話和寓言專著，故本論文所探究的吳趼人諧趣文學並不將此三篇作品列入探討。

〔註34〕　阿英：《小說三談》，（上海：上海古籍出版社，1978年），頁196。

〔註35〕　胡適：《胡適文存》第二集卷一，（台北：遠東圖書公司，1953年），頁182～183。

〔註36〕　魯迅：《魯迅中國小說史論文集：中國小說史略及其他》，頁261。

〔註37〕　參附錄三：吳趼人研究相關論文目錄，頁159。附錄四：吳趼人研究相關期刊目錄，頁160。

最多。由統計中可知，截至目前為止研究的「學位論文類」實是全數圍繞著小說而言：或論其敘事觀點，例如楊雅珺的《吳趼人與魯迅小說中的第一人稱敘事觀點運用》、或論其諷刺形態如王心玲的《諷刺之形態：兼談晚清四大小說》、或論其寫作技巧如薛元鍾的《《二十年目睹之怪現狀》寫作技巧研究》，甚而旁及其思想者如李哲練的《傳統與新變──吳趼人思想及其小說研究》。

　　台灣地區最早以吳趼人的小說為研究論文的是現已出版為專書的 1975 年陳幸蕙碩士論文《《二十年目睹之怪現狀》研究》〔註38〕，文中除了析分怪現狀的類別，對於吳趼人的生平、著作也有著簡要的概述，提及趼人的一生，雖有其嚴肅執著的一面，但也有輕鬆風趣的另一面，陳幸蕙即云趼人的個性與為人：「坦率耿直、幽默風趣、理想崇高、傷感厭世、孝悌友愛、以誠交友、淡泊名利、興趣廣泛」〔註39〕，然而，研究中對於趼人諧趣文學作品卻也僅有簡單的介紹而已。

　　再者，從 1982 年至 2002 年為止，與吳趼人有關的台灣地區碩士論文，主要的題材大都以諷刺小說為主軸，作品以《二十年目睹之怪現狀》和《新石頭記》為主。諸如：1982 年吳純邦《晚清諷刺小說的人物研究》〔註40〕，1986 年王心玲《諷刺之形態：兼談晚清四大小說》〔註41〕，1994 年李梁淑《吳趼人三部小說中的主人公研究》〔註42〕，1995 年張淑蕙《《新石頭記》研究》〔註43〕，2001 年薛元鍾《《二十年目睹之怪現狀》寫作技巧研究》〔註44〕，2001 年楊雅珺《吳趼人與魯迅小說中的第一人稱敘事觀點運用》〔註45〕，2002 年

〔註38〕陳幸蕙：《《二十年目睹之怪現狀》研究》，（臺北：國立臺灣大學中國文學研究所碩士論文，1975 年）。

〔註39〕陳幸蕙：《愛與失望：《二十年目睹之怪現狀》研究》，（台北：駱駝出版，1996），頁 11～16。

〔註40〕吳純邦：《晚清諷刺小說研究》，（臺北：輔仁大學中國文學研究所碩士論文，1982 年）。

〔註41〕王心玲：《諷刺之形態：兼談晚清四大小說》（臺北：臺灣大學外國語文研究所碩士論文，1986 年）。

〔註42〕李梁淑《吳趼人三部小說中的主人公研究》（臺中：東海大學中國文學研究所碩士論文，1994 年）。

〔註43〕張淑蕙《《新石頭記》研究》（臺中：中興大學中國文學研究所碩士論文，1995 年）。

〔註44〕薛元鍾《《二十年目睹之怪現狀》寫作技巧研究》（臺北：東吳大學中國文學研究所碩士論文，2001 年）。

〔註45〕楊雅珺《吳趼人與魯迅小說中的第一人稱敘事觀點運用》（高雄：中山大學中國語文學系研究所碩士論文，2001 年）。

嚴雪櫻《《官場現形記》與《二十年目睹之怪現狀》比較研究》〔註46〕。

　　誠如洪兆平〈論吳趼人的小說創作〉所言：

> 吳趼人使小說這一最為通俗的文學題材，恰如其份地充當起批判現
> 實、開啟民智的職責，使小說的文學地位、社會地位、社會作用得
> 到了極大的提高。……吳趼人的小說創作在近代小說向現代小說的
> 轉變過程中具有重要的探索和創新意義。〔註47〕

據此，可見趼人在小說方面的成就實是眾人有目共睹的，他不僅使小說的文
學、社會地位大大提高，也對小說的轉變貢獻良多。又田若虹〈吳趼人小說
創作論〉中亦暢言：

> 趼人不僅以其豐碩的創作實績名於晚清文壇，而且以其小說理論與梁
> 啟超等人合力指導和推動了『小說界革命』，其歷史小說、社會小說、
> 寫情小說與笑話小說理論均對晚清文壇產生了深刻的影響。〔註48〕

由此可知，趼人的創作不論是以古鑑今的「歷史小說」、憤世嫉俗的「社會小
說」、道德楷模的「寫情小說」、奇言諧詞的「笑話小說」均無所不包。若以
此四類再次析分趼人小說創作的研究，目前為止所研究的大多圍繞著「社會
小說」的《二十年目睹之怪現狀》、《新石頭記》、《九命奇冤》、《發財秘訣》
四部著作，和「寫情小說」的《恨海》、《劫餘灰》兩部著作。其中尤以《二
十年目睹之怪現狀》、《新石頭記》的研究最多。而趼人歸類於「笑話小說」
的諧趣文學《新笑史》、《新笑林廣記》、《俏皮話》、《滑稽談》卻尚未有人著
墨，是值得開發的研究領域。

　　在閱讀中，筆者發現趼人不僅提高了通俗小說的地位和作用，更大大地
發揚了中國傳統以來的諧趣文學——笑話和寓言——的特點，並且有著重要
的承繼與開創的貢獻。趼人在《新笑林廣記》自序中寫道：

> 邇日學者，深悟小說具改良社會之能力，於是競言小說。竊謂文字
> 一道，其所以入人者，壯詞不如諧語，故笑話小說尚焉。吾國笑話
> 小說亦頗不鮮，然類皆陳陳相因，無甚新意識、新趣味。內中尤以

---

〔註46〕 嚴雪櫻《《官場現形記》與《二十年目睹之怪現狀》比較研究》（臺北：臺灣
　　　　 師範大學國文研究所碩士論文，2002 年）。

〔註47〕 洪兆平：〈論吳趼人的小說創作〉《遼寧工學院學報》，2001 年 6 月第 3 卷第 2
　　　　 期，頁 38。

〔註48〕 田若虹：〈吳趼人小說創作論〉《韓山師範學院學報（社會科學版）》，1997 年
　　　　 第 4 期，頁 51。

> 《笑林廣記》爲婦孺皆知之本，惜其內容鄙俚不文，皆下流社會之
> 惡謔，非獨無益於閱者，且適足爲導淫之漸。思有以改良之，作《新
> 笑林廣記》〔註49〕

由文中可知，性格詼諧幽默、喜歡說笑、能使人捧腹絕倒的吳趼人，有鑑於改良社會，乃從奇言、譎諫、諧語、諷刺、譴責入手，依循著他詼諧幽默的秉性，讓笑話小說這類的諧趣文學作品《新笑史》、《新笑林廣記》、《俏皮話》、《滑稽談》達到針砭時弊、辛辣諷刺、字字是詼諧之語卻也句句發人深省的作用，令人無不在讀之捧腹大笑之時，深深感受到作者作意之苦心。因此，本論文即希冀以笑話、寓言的面向切入，彰顯作品中諷刺的寄寓性與寫實性，掘發趼人諧趣文學的價值與意義。

## 二、研究目的

　　吳趼人在政治、道德、社會各方面都有所關心和批評，無非是希望整個中國能更趨美善，他的作品中所蘊藏的即是作者最深刻的期盼。誠如萬書元所說：「眞正的諷刺家，必然是眞善美的鼓吹者與追求者」〔註50〕，趼人在批評、說理中所追求的進步，才是作者創作的意旨。

　　本論文的研究目的在揭示吳趼人作品中諧趣的表現方式及其揭弊的寓意，彰顯作者作意之苦心和作品中諷刺的寄寓性與寫實性。希望能透過趼人的諧趣作品掘發「笑話」和「寓言」自古以來的不解之緣，一窺中國寓莊於諧的文學淵源與理論基礎，以及趼人諧趣文學的表現手法、萬物群相、主題意蘊、美學特點，期肯定他在諧趣文學的傳承與新變，和作品中展示晚清社會文化的貢獻。

## 三、研究進路

　　本論文的研究進路主要是以內在「文本」爲主，外緣的「社會文化」爲輔，分別從內容、形式、意義三大面向，循序探勘吳趼人諧趣文學中的價值與貢獻。

　　第一章「緒論」在說明研究動機、現況、目的及進路，除了介紹晚清學術背景的社會文化外，更敘述吳趼人的生平和作品，期能掌握影響趼人創作

---

〔註49〕海風主編、魏朝昌顧問：《吳趼人全集第七卷》，頁335。
〔註50〕萬書元：《幽默與諷刺藝術》（台北市：商鼎文化出版社，1993年），頁245。

的社會背景和個人經歷。

　　第二章概述「諧趣文學」笑話和寓言的流變和理論基礎，除了分別介紹笑話、寓言、寓莊於諧的笑話型寓言流變外，更以喜劇美學為理論基礎，探討吳趼人諧趣文學的美學特點，從作者意圖的喜劇創作主體審美心理，諧趣作品的喜劇精神展現，以及讀者感知的證同啓迪效應，揭示作品中喜劇美學的審美效應。

　　第三章進入「內容」方面，則從作品中的主題意蘊與萬物群相著手，揭示作品中百態並陳、寓意人生的苦心，從人物、動物、植物、無生物、神明、鬼怪……等托借的對象，說明他們所要反映的意涵。

　　第四章則從「形式」方面著手，掌握吳趼人諧趣文學的藝術手法，說明其中敘寫技巧的擬人形象、雙關妙語、想像比喻、倒反諷刺，以及從作品的邏輯結構、語言變異使用，探討趼人諧趣文學的結構與語言特點。而作品中寓意人生的諷刺藝術，意即醜惡面貌的直接揭露與指桑罵槐的委婉譴責，以及莊諧共生的悲喜情感。

　　第五章從「意義」方面闡釋作品的價值與意義。文學價值方面，主要探討諧趣文學的傳承與新變，揭示趼人的文學觀，和譎諫隱詞的諧趣詩文，以及中西合璧的寓言作品。而文化意義方面，則從社會生活風俗的展示、通俗文化消遣的趣味、和譴責諷諭深刻的寓意加以探討。

　　第六章「結論」則總承形式、內容、意義三方面的探究，揭示研究結果，肯定吳趼人諧趣文學在文學價值和文化意義方面的貢獻，不論是文化史、寓言史、雅俗會通、中西融合各方面均有所涉及，並進一步提出未來研究方向的建議。

# 第二章　諧趣文學的流變與理論基礎

　　承接著明清而來的笑話型寓言，趼人在「寓莊於諧」的基礎上，創作了一系列的諧趣文學作品，達到揭露社會亂狀、諷刺現實人生的目的。本章主要在於揭示從古而至吳趼人諧趣文學的流變與理論基礎，第一節的部分先探討笑話、寓言、笑話型寓言的流變，希冀能從歷史脈流中窺見趼人所承繼的文學流變。第二節則從文學理論出發，在涉及諧趣文學的喜劇美學理論中，探求諧趣文學所能發揮的功能，揭示趼人何以用詼諧之筆和譎諫之言，表達他寓意人生的苦心。

## 第一節　諧趣文學的流變

　　諧趣，是以諧為手段，達致趣的感受，諧趣性可說是創造幽默、諷刺、滑稽的前提，可以使人們在喜劇性的氛圍中感受人生的智慧與趣味。中國人的諧趣文學可說是源遠流長的，而「寓莊於諧」的中國式幽默，更是符應著喜劇美學的特點，透過不諧調的的語言、動作、性格和情節，讓作者或讀者能在苦難或現實中，創造新的生命意識，在諷刺、揶揄中擁有更灑脫的胸懷。

　　豐富的諧趣資源與諧趣藝術手段是歷來從不間斷的，笑話、寓言等喜劇性藝術總是反映著文人的心緒與人民的心聲。寓莊於諧的文學作品每每能強烈呈現出現實亂狀，和表達謔而不虐的意涵。本論文所探討的吳趼人四部諧趣文學作品，在內容方面是以「笑話」和「寓言」為主軸，因此，以下茲分別介紹笑話、寓言、笑話型寓言的流變，希冀能在掌握歷史脈流中，體現諧趣文學的流變。

## 一、笑話的流變

　　引人發笑的話語或故事就是笑話，笑就是笑話的生命，如果笑話無法引人發笑，那就不能算是笑話了。中國的笑話源流一如楊曉明所說：「先秦諸子充滿睿智的寓言笑話、兩漢史家不露聲色的史傳笑話、魏晉六朝放達不羈的名士笑話、隋唐宋元才情飄逸的文人笑話、明清時期廣泛流傳的通俗笑話」〔註1〕，笑話巧妙地在寓言與史傳、名士和文人中通俗且廣泛地流傳著，每一時期的笑話都展現著中國幽默的精神，或睿智、或放達、或嬉笑、或怒罵、或驚世，每每能在生活幽默中表達著嚴肅的態度，在滑稽突梯中使人開懷大笑。

　　三國魏邯鄲淳所撰的《笑林》一書可說是中國最早的笑話專著，在中國歷代的笑話，主要都是從廣泛的民間現實生活中取材而來，再經由作者細膩高度的處理，維妙維肖地誇大或醜化某些可笑的特質，展現諷刺的特點。而笑話通常也以短小的口頭滑稽故事為主，並在出人意料的俏皮結尾中，展露笑點，使人們能在幽默諧趣中體會笑話所負載的正面教化意義。

　　不論是司馬遷《史記‧滑稽列傳》所記載能在「言非若是，說是若非，言能亂異同也。」〔註2〕中「談言微中，亦可以解紛」〔註3〕的便捷俳優。或是《文心雕龍‧諧讔篇》所揭示的「古之嘲隱，振危釋憊。雖有絲麻，無棄菅蒯。會義適時，頗益諷誡。空戲滑稽，德音大壞」〔註4〕，在在都顯現著笑話創作的起源和發展是要合乎時代需求的，因此，笑話除了供人解頤外，針砭時弊更是重要的作用，唯有具有社會意義的笑話，才更能展現出美的光輝。

　　再者，馮夢龍在《笑府》一書的序中也寫道：

> 古今來莫非話也，話莫非笑也。……或笑人，或笑於人；笑人者亦
> 復笑於人，笑於人者亦復笑人，人之相笑寧有已時？……古今世界，
> 一大笑府，我與若皆在其中，供人話柄。不話不成人，不笑不成話，
> 不笑不話不成世界。〔註5〕

可見在這一個世界笑府中，笑話真可說是度世金針，有些人在笑話中窺見了

---

〔註1〕　楊曉明主編：《中國笑譚》（台北：薪傳，2000年），頁3。
〔註2〕　（漢）司馬遷著，楊家駱主編：《新校本史記三家注並附編二種（四）》（臺灣：鼎文書局，1987年），頁3197。
〔註3〕　（漢）司馬遷：《史記（全一冊）》（臺灣：東華書局股份有限公司，1968年），頁1024。
〔註4〕　（梁）劉勰著，王更生注譯：《文心雕龍讀本》，頁259。
〔註5〕　高洪鈞編著：《馮夢龍集箋注》（天津：古籍出版社，2006年5月），頁108。

自己的身影，從而汲取了教益，有些人則是在笑聲中體會到了生活的意義從而得到了精神的釋放。

## 二、寓言的流變

　　寓言的「寓」字是寄託之意，「言」字是話語故事之意，因此，寓言乃是在故事情節中，寄託道理意蘊的作品。它透過了作者由此及彼的聯想，與讀者由表及裡的審度，在故事中彰顯主題與道理。「寓言」二字最早出現於公元前三百年《莊子・寓言》：「寓言十九，藉外論之」〔註6〕，即說明寓言乃是藉由外在的事物來揭示所寄託的的道理意蘊，諸如：顧青、劉東葵所言：「寓言指的是虛構的、具有寄託意義的故事。」〔註7〕，陳蒲清所言：「寓言是作者另有寄託的故事」〔註8〕，余德慧所指的：「寓言的意思是『言外所指』」〔註9〕，都是據此而論。職是，寓言就是「言有寓」的意思，亦即言語故事是有所寓寄的，透過寓言，作者可以更委婉隱約的寓寄個人所欲傳達的思想理念，更具有婉而能諷的意蘊。

　　在中國「寓言」的名義是迭有更替的，喻、偶言、隱言、況義、蒙引都曾是寓言的別稱，「喻」意指譬喻，「偶言」則是重視寓言的對話式和故事的虛構性，「況義」乃兼具比況和寓意二者之義，「蒙引」蓋強調寓言的啓蒙作用。又陳蒲清於《寓言文學理論・歷史與應用》一書除了對於寓言文學有所探討外更揭示：「中國古代寓言以人物故事爲主，喜用誇張詼諧手法，思想上富於政治倫理色彩，體式上多爲散文，風格凝煉，傳統從未中斷而又善於吸收外來寓言的營養。」〔註10〕職是，誇張詼諧的手法使得寓言富有諧趣性，而政治倫理的色彩則使得寓言富有諷諭性。

　　關於中國寓言的發展軌跡，依照李富軒、李燕《中國古代寓言史》一書，主要可分爲五個時期：「先秦時期的諸子寓言，兩漢時期爲主的勸誡寓言，魏晉南北朝時期加入印度寓言的異域風采，唐宋時期古文運動影響下的成熟寓

---

〔註6〕郭慶藩撰、王孝魚點校：《莊子集釋》（北京：中華，1989年)，頁947。

〔註7〕顧青、劉東葵：《冷眼笑看人間事──古代寓言笑話》（台北：萬卷樓，1999年），頁1。

〔註8〕陳蒲清：《寓言文學理論・歷史與應用》，頁11。

〔註9〕余德慧：〈理性的誤解〉，參見黃漢耀編著：《中國人的寓言性格》序（台北：張老師，1992年），頁6。

〔註10〕陳蒲清：《寓言文學理論・歷史與應用》，頁38。

言佳作，元明清時期時代動盪下諷刺寓意頗深的詼諧寓言。」〔註11〕而在每一個時期中，都可以窺見寓言是時代的產物，所寄託的理想和諷刺的事物，每每都與時代是關連密切的。

## 三、寓莊於諧的笑話型寓言

在薛寶琨《中國人的軟幽默》一書中有云：「寓莊於諧就是把嚴肅的思想感情，通過詼諧輕鬆的形式表現出來，做到悲劇與喜劇的結合。」〔註12〕這種化憤怒爲嬉戲的藝術，是一種高明又聰明的抒情方式。再者，中國的笑話和寓言歷來關係即極爲濃厚，在笑話與寓言互融互攝的書寫傳統中，寓莊於諧的特點更加展露無遺，哲理性的寓言故事在詼諧性的笑話故事中，更使人感受到喜劇美學的特點，亦即王瑋所說的：「幽默主體正是通過非、諧的形式來表現、傳達是、莊的眞意；他讓你笑，更讓你從笑中悟出一些比表面的笑更重要的東西來。既在笑聲中否定，又在笑聲中肯定。」〔註13〕職是，創作者每每在掘發生活當中的矛盾時，以詼諧可笑的形式來揭示嚴肅深刻的主題、嘲笑醜惡的事物，達到說是實非、寓莊於諧的特點。

笑話型寓言是笑話和寓言兼具的，它既令人發笑，也令人從中悟得道理。一如楊家駱所云：

> 先哲不離事以言理，凡實事不足以明其理者，則飾爲重言託爲寓言
> 以寓之。重言寓言有莊有諧，故笑話之見於文字，與重言寓言同始。
> 如孟子、莊子、列子、韓非子之載宋人事即其例。〔註14〕

因此，笑話和寓言的合流在中國可謂源遠流長，遠從先秦時期諸子的笑話故事，如《孟子》的「揠苗助長」、《韓非子》的「守株待兔」，鄭國人、宋國人的愚人形象，都使得人們在發噱當中，領會到諷諭的哲理。而笑話型寓言寓莊於諧的特點，除了充分展現中國式的幽默傳統外，這種帶有攻擊性的幽默，也正是諷刺的最佳展現。

又從魏晉南北朝時期邯鄲淳《笑林》、侯白《啓顏錄》等笑話專著開始出現，笑話型寓言的作品更是如雨後春筍般湧現，而元、明、清時期更由於時

---

〔註11〕李富軒、李燕：《中國古代寓言史》（台北：志一出版社，2001年），頁7～10。
〔註12〕薛寶琨：《中國人的軟幽默》（北京：科學出版社，1989年），頁44。
〔註13〕王瑋：《笑之縱橫》（台北：台灣高等教育出版社，1990年），頁73。
〔註14〕楊家駱主編：《中國笑話書七十一種》（台北市：世界書局，1973年），頁1。

代的擾攘紛呈，可說是出現了空前繁榮的狀態，嘲笑和諷刺是這時期寓言文學的主調，畢竟在黑暗的社會及高壓的統治中，「笑」早已成為表現苦悶無奈心境的最佳代言，此時期的作品有：江盈科《雪濤小說》、《雪濤諧史》，趙南星《笑贊》、馮夢龍《笑府》、石成金《笑得好》、以及吳趼人《俏皮話》等等，真可說是百花齊放，同藉笑聲以發不平之鳴。他們以寓言觀照社會現實，在嚴謹肅穆的時刻裡，激發出陣陣莫名其妙的哄笑，有意識地使聽眾、觀眾、讀者都能理解自己表達的意圖，並且能夠一同去笑那些令人感到乖訛、荒謬的東西，以表達對社會弊端的諷刺。

　　晚清吳趼人的諧趣文學作品發展了我國笑話寓言融笑話之諧趣和寓言之諷諭特點的「寓莊於諧」傳統，充分反映現實的腐敗社會和批判崇洋媚外的心態。作品中大量以動物、植物、無生物、天象、人體器官為主角，辛辣地嘲諷世風澆薄、官場黑暗、科舉弊端、為富不仁，寓意明快、嬉笑怒罵皆成文章。他除了上承元明清以來的詼諧寓言傳統，更融入了西方寓言擬人化特點，展現出「中西合璧」的特色。

　　由於專制社會的黑暗，極不自由的言論，興起的城市，和市民階層的出現，這些社會背景的改變，都會直接影響文學藝術的表現，對於社會現況的不滿和絕望，玩世、詼諧幾乎成為創作者的人生態度和文學主流。吳趼人的諧趣文學內容是多方面的，對官場的黑暗和腐敗無能所用的筆墨甚多，每每能痛快淋漓地揭露滿清官員喪權辱國的窘態，以及日暮途窮的景象。他為了喚醒國人、匡正時弊，總是把現實生活中乖情悖理、滑稽荒誕的醜惡現象集中起來，加以誇張渲染，進行辛辣的嘲諷，正如同王德威所說：

> 這些形形色色的怪現狀固然足徵作者諷刺社會的苦心，但惟有照映在鬧劇的光影之下，其本身的活力方得彰顯。顯而易見的，吳趼人筆下的世界是個群醜跳樑的局面。任何人若想掙得一席之地，就必得服膺這一世界的新「法則」。……作者在「譴責」之外，實有刻意誇大其荒謬惹笑處的動機；而這類笑譫不只充滿驚世駭俗的內涵，也一再攻擊試探讀者的閱讀尺度。〔註15〕

的確，寓憤於諧的趼人在以喜劇化的手段來表現悲劇性的事態與情感之時，社會的假、惡、醜都被揭露出來，而冷暖炎涼的市儈情態、追求功名富貴的

---

〔註15〕王德威：〈「譴責」以外的喧囂——試探晚清小說的鬧劇意義〉《從劉鶚到王禎和》（台北：時報文化出版企業股份有限公司，1990 年），頁 70～71。

利欲薰心，更在滑稽、鬧劇的光影下赤裸裸的呈現在讀者面前。因此，在這些諧趣文學作品中我們可以體悟到作者對於制度文化層面、精神文化層面的批判，以及對人性的深度解剖，和對生命意蘊的探索追求。幽默作品即是在表面可笑的題材大肆發揮之下，仍能保有啟發人心功能的哲理意涵，亦即李漢秋說的：「嬉笑之怒甚於裂眥，長歌之哀過於慟哭」〔註16〕，職是，趼人的嬉笑怒罵絕非單純的憤世嫉俗，而是出於他那深沈的憂世之心。

## 第二節　吳趼人諧趣文學的理論基礎

含蓄委屈之美是諧趣文學的基本風格，而「寓莊於諧」的手法，則更能呈現喜劇美學的氛圍。大抵人之情是憚莊嚴、喜諧謔的，所以，趼人就以滑稽詼諧的言論來諷刺勸諫，讓喜劇語言、形象、情境得以完美統一。他在機智化的巧思與世態化的表現中，將諷刺喜劇融匯了悲劇情思，因為，就藝術對現實的審美關係來說，喜劇層面就是展示社會現象，而悲劇層面就是揭露社會本質。而趼人諧趣文學的理論基礎也就在於融攝了喜劇、幽默、諧趣的特點，正所謂：

> 實態的「諧體」，其意昭昭，惹人發笑；虛態的「莊義」（別題），其
> 意冥冥，耐人尋味。〔註17〕

鮮明的、使人發笑的諧體，和隱微的、耐人尋味的莊義，巧妙結合的諧趣文學，即是在否定生活中的缺點和反面現象之時，加以肯定生活中優點和正面現象，從而以誇張的手法，巧妙的結構，詼諧的台詞深入地刻畫人物性格，鞭笞邪惡、怪癖、亂狀，以引起笑的效果。

以下即分別從作者、作品、和讀者的角度來討論趼人諧趣文學理論中所展現的「喜劇美學」特點。首先從「喜劇創作主體的審美心理」，探討趼人的創作意圖和生命體悟是如何影響他的喜劇創作；其次從「諧趣作品的喜劇精神展現」揭示作品所展示的諧謔效應和譎諫寓意；最後則從「讀者感知的證同啟迪效應」來探討讀者在閱讀中所感覺到的滑稽感，和在笑中所領悟的諷刺意涵。

---

〔註16〕李漢秋：《《儒林外史》研究》（上海：華東師範大學出版社，2001 年 9 月），
　　　　頁 13。
〔註17〕王瑋：《笑之縱橫》，頁 75。

## 一、喜劇創作主體的審美心理

在《笑與喜劇美學》一書中，所提及的喜劇創作主體的審美心理，是指「善於感知隱藏著的喜劇性、審美情感的達觀性，和想像思維的非邏輯性」〔註18〕三種，所以，喜劇的創作主體不僅要有善感的心思，更要有微笑對待生活和以笑傳情的能力，並且能以非邏輯性的想像思維，創造幽默喜劇。

據此而論，就作者（auther）的創作意圖探求而言，吳趼人的創作心理動因與藝術直覺是充滿著對諧謔風格的熱衷的，他是一位善謔的人物，有幽默家的豁達樂觀和高超氣度，因而即便身處逆境，也會泰然自若，面對苦難也能一笑置之。從他的世俗化、趣味性的滑稽詩文，就可看出趼人的喜劇創作風格，每每能以「欲抑先揚的手法來揭露現象與實質之間的矛盾，取得成功的諧謔效應。」〔註19〕

所以，吳趼人於創作諧趣文學作品之時，總能以間接的曲筆表現主題，使笑話產生藝術審美和社會實際的功用，在嚴重的矛盾衝突中，以笑聲和幽默態度來解決問題，他的幽默笑話與寓言揭露了人類的各種弱點、國民性的缺點、和種種的不良社會風習，往往可使人在發笑之後，不僅是停留在嬉笑謾罵的表層，而是能加以發掘諧趣的深層價值，以幽默的情緒超脫人生、對應萬物，展露謔而不虐的特點。

生性滑稽的吳趼人充分展現他幽默的魅力，在面對最困苦、最緊張、最憂鬱的社會情況下，他依然以笑作為一種感悟、解脫、與昇華，這種通達的表現正展現著幽默的特性，引發喜悅、帶來歡樂。亦即《幽默的藝術》中所提及的：

> 幽默感是一種能力，是了解並表達幽默的能力。而幽默的力量則是
> 一種藝術，是運用你的幽默感、應用幽默，來增進你與他人的關係，
> 並改善你對自己真誠的評價的一種藝術。〔註20〕

所以，創作主體的生活經驗、人生觀、審美觀都是影響作品的重要環節，悲劇情思是趼人強烈的主體情思，批評社會的寓意是他深刻的用心，因為善於感知，方能更有達觀的審美情感。在趼人短暫的四十五歲生命中，他的作品

---

〔註18〕佴榮本：《笑與喜劇美學》，頁131。
〔註19〕陳蒲清：《寓言文學理論‧歷史與應用》，頁36。
〔註20〕特魯著、鄭慧玲譯：《幽默的藝術》（台北：桂冠圖書股份有限公司，1986年），頁1。

數量不勝枚舉：譴責小說中有他的鞭撻諷刺，歷史小說有他的旌善懲惡，寫情小說有他的滿腔熱情，迷信小說有他的改良苦心，詩歌戲曲和雜著更有他的率性自然，而諧趣文學則是滿載他幽默藝術的表現。

## 二、諧趣作品的喜劇精神展現

從作品（work）展示內容，可知趼人諧趣文學的作品，大抵是以諷刺喜劇為主，然而，諷刺的種類極多：或者輕率、或者認真、或者淺薄無聊、或者寓意深刻；從粗俗、殘忍到優美、精緻，無不應有盡有。所以，在作品中趼人善用了喜劇的語言、形象和風格，表現他的詼諧滑稽之感，不論是詼諧、嘲笑、反語、挖苦、冷嘲、熱諷、譏諷、謾罵等，都一以諧謔為依歸，展現喜劇的精神。

喜劇的武器是笑，而笑也是社會的矯正器，擁有喜劇人生觀的人每每能在生活的矛盾衝突中，展現豁達的態度。而所謂的喜劇衝突也就是蕭颯、王文欽、徐智策於《幽默心理分析》一書中所云的：

> 真、善、美與假、惡、醜之間那種必然性、真實性、嚴肅性的矛盾，以偶然性、誇張性、輕鬆性的形式呈現，並且獲得意外性、合理性、歡愉性的解決。〔註21〕

職是，衝突愈能在誇張、模仿、重複、意外、對比之中展現，也就愈能表現出諧謔的喜劇效果。真假、善惡、美醜一旦能透過偶然、誇張、輕鬆的方式展現，也就愈能展現當中的真實與嚴肅，亦即使人在「寓莊於諧」的詼諧幽默中領悟其意蘊。

而所謂的喜劇特質就是在「一切失去存在價值的事物，愈是自命不凡地表現其頑固性，或者自作聰明地搞些掩耳盜鈴式的把戲，就愈是出盡洋相以慘敗告終。」〔註22〕中展現。因此，在閻廣林的《喜劇創造論》一書中，即說明「作家藝術家創造喜劇的最基本目的，無非是通過不諧調畫面的描繪以及不諧調人物的塑造，而在觀眾或聽眾的心理過程中誘導出樂趣來」〔註23〕，所以，使人發笑的喜劇手法常以比喻、誇張、對比、反語等展現，而擁有喜

---

〔註21〕蕭颯、王文欽、徐智策：《幽默心理分析》（台北：智慧大學出版有限公司，1999年），頁37。

〔註22〕蕭颯、王文欽、徐智策：《幽默心理分析》，頁32。

〔註23〕閻廣林：《喜劇創造論》（上海：上海社會科學院出版社，1992年7月），頁1。

劇手法的作品，則使我們在笑聲之中，感覺到一種道理的滲透。

再者，誠如閻廣林所云：「以『倫理道德』爲本位，以『謔而不虐』爲規範，將喜劇等同於『插科打諢』而不是看作一種特殊的精神現象。」〔註24〕更是元明清時期所體現的喜劇精神，所以，吳趼人的諧趣文學可說飽涵了喜劇精神。

復次，《幽默心理分析》一書中提到：

> 就廣義幽默來說，它包括了滑稽、諷刺、機智、調侃、詼諧等，這些都是喜劇的表現手段，而且既有對醜惡現象的無情否定，又有對人們弱點的善意批評；既有對背裡的譏諷，又有性格的自然流露；喜劇表現幽默，幽默也借重喜劇，這是幽默與喜劇在內涵上相同、外延上相重合的地方。〔註25〕

的確，「喜劇表現幽默，幽默借重喜劇」，而幽默理論與喜劇精神二者所表現的詼諧之筆，除了使喜劇性的笑，在可笑性與不和諧狀態中擁有了深刻的思想內容，更能夠在作品中以一種輕鬆詼諧的形式表現其嚴肅的主旨意蘊。

## 三、讀者感知的證同啓迪效應

輕鬆詼諧的遊戲文字本來就是很受讀者歡迎的，而就讀者（reader）感知而言，諷刺喜劇融匯的悲劇情思，更容易使讀者在閱讀中感覺到一種滑稽感，在笑中領悟諷刺意涵。因此，誠如陳蒲清所云：

> 讀者能從神似的描寫中體驗出相似相關的現象，覺得作者先得我心，傳出了心中所有而筆下所無的感受，從而受到啓發和教育。這便是美學上的證同效應與啓迪效應。〔註26〕

這種證同和啓迪的效應，可說是讀者契會作者用意的美學表現，亦即陳文心、魯小俊、王同舟所說的：「諷刺在藝術上希望達到的一種喜劇性的效果，讓讀者以笑的方式參與到作者的批評中，採取與作者同樣的立場。」〔註27〕所以，不論是對作者或是讀者而言，笑聲都可說是世界上最美妙的聲音，爲了擺脫

---

〔註24〕閻廣林：《笑：矜持與淡泊——中國人喜劇精神的內在特徵》（台北：雲龍出版社，1991年10月），頁123。

〔註25〕蕭颯、王文欽、徐智策：《幽默心理分析》，頁34。

〔註26〕陳蒲清：《寓言文學理論‧歷史與應用》，頁36。

〔註27〕陳文心、魯小俊、王同舟：《明清章回小說流派研究》（武漢：武漢大學出版社，2003年），頁296。

痛苦，人們求助於笑，笑與幽默的樂觀豁達，更讓諧趣文學展現出一種堅強的意志力量，笑是作者創作意圖的展現，也是讀者感知的審美效應。

又在《幽默心理分析》一書，即提到：

> 幽默理論的較爲精確的分類，可分爲三類：優越和鄙夷説，乖訛、
> 期望消失和雙關説，緊張的弛緩或抑制的解除説。〔註28〕

因此，讀者感受的優越、鄙夷、乖訛、期望消失、雙關、緊張鬆弛和抑制解除，都可説是讀者對於喜劇作品產生的證同與啓迪效應，亦即在不諧調、滑稽、乖訛的幽默中，讀者能釋放緊張的心理，進而產生快樂和心理逆轉的情況，甚或是在對於別人所感到的優越感中，感受笑的喜劇美學氛圍。

再者，王建剛説：「作品總是在不同的時代及文化語境中被一次次地讀解與闡釋，在一次次的讀解與闡釋中獲得新解，獲得新意；每一個時代也總能在過去的偉大作品中發現某種新東西。」〔註29〕所以，倘以接受美學的論點而言：

> 接受美學把讀者放在文學傳播、審美意義、文學文本再創造的重要
> 地位，賦予它以首創精神，而不再把讀者看成是作家的精神食糧的
> 被動的享用者。〔註30〕

因此，諧趣文學中的笑話、寓言放置在不同的時空中，因爲讀者閱讀理解的鑑賞角度不同，也都可以掘發出更多的寓意特點。

# 第三節　小　結

寓言和笑話在中國具有舉足輕重的地位和影響，諧趣幽默的喜劇價值更是人生智慧的體現。在第一節諧趣文學的流變中，可以窺見笑話、寓言、笑話型寓言的融合是符應著時代需求，和頗具正面社會教化意義的，而「寓莊於諧」的喜劇氛圍更巧妙展現喜劇美學的特點。吳趼人的諧趣文學作品，除了承接寓言和笑話的發展源流，更在傳統中吸收了擬人化的西方寓言特點，故作品中處處體現著中西合璧的價值。

再者，第二節中所探討的吳趼人諧趣文學理論基礎，乃透過喜劇創作主

---

〔註28〕蕭颯、王文欽、徐智策：《幽默心理分析》，頁 121。
〔註29〕王建剛：《狂歡詩學——巴赫金文學思想研究》（上海：學林出版社，2001 年），頁 243。
〔註30〕王春元：《作品論》（北京：社會科學文獻出版社，1989 年），頁 94。

體的審美心理，諧趣作品的喜劇精神展現，讀者感知的證同啓迪效應，掘發喜劇美學的審美效應。生性幽默的作者吳趼人，以其善感的心將批判社會的寓意寄託在諧趣作品中，讓讀者在閱讀輕鬆的遊戲文字時，能伴著笑聲去感受作者啓發與教育的意蘊。

# 第三章　吳趼人諧趣文學的主題意蘊與萬物群相

　　趼人諧趣文學所要表現的主題意蘊大抵是為了針砭時弊而抒發，所運用的萬物群相可說是包羅萬象，神明、人物、鬼怪、動物、植物、無生物應有盡有。因此，本章研究的第一節乃先就作品的主題意蘊加以分類探討，呈現作品反映官僚、改革、社會的意涵，彰顯作者創作的明確思想和所要諷刺的對象。第二節則由作品中人物、動物、植物、無生物、天象、人體器官、神明、鬼怪……等托借的萬物群相，揭示作者為文時百態並陳、寓意人生的苦心，希冀能對作品有更深入的體悟。

## 第一節　吳趼人諧趣文學的主題意蘊

　　在諧趣文學中，吳趼人以喜劇之手筆表現豐富的意蘊，外在的喜劇形式和內在的悲劇意涵，深植人心。在諧趣的笑話和寓言裡，趼人對於官吏和改革多所譴責，處處顯現他感時憂國之心；而面對著社會的現實以及固有道德的墮落，更讓他感慨萬千，但是因為幽默個性使然，他往往能以幽默的語言展現內在思想，其中也不乏妙語解頤的笑話、寓言。以下即分述趼人諧趣文學中官僚傾軋怯懦無能、改革維新成效不彰、社會現實道德墮落、妙語解頤供人笑柄的主題意蘊。

### 一、官僚傾軋怯懦無能

　　貪官污吏是趼人作品中常見的諷刺對象，他所描摹的醜態有買官鬻爵的

低劣、搶奪傾軋的卑鄙、橫征暴斂的貪婪、臨事而懼的怯懦、卑諂鑽營的無恥、以及處事無能、辦案昏庸和迷信占卜的情狀。每一則作品都足見趼人對於官吏的鞭撻譴責，以及人民身處當中的無奈，茲分述如下：

## （一）互相傾軋橫行舞弊

### 1. 買官鬻爵

買官鬻爵是官場極為醜惡的一面，如〈轎夫之言〉一文：

> 某大人以捐納致顯通：初捐佐雜，既而漸次捐升至道員，俄而得記名，俄而補缺，俄而升官，俄而捐花翎，俄而加頭品頂戴，歷任至封疆。無非借孔方之力為之。一日，新用一轎夫，問其月需工錢若干。轎夫曰：「若專抬大人便衣出門，則工錢不必計較；若抬大人衣冠拜客，則月需十金也。」大人莫名其妙，姑留之。或問轎夫：「便衣與衣冠有何分別？」轎夫曰：「渠一身輕骨頭，若便衣時，我抬之，輕如無物，故工錢可不計較；若具起衣冠來，他的頂子、翎子、補子、珠子，不知重重疊疊的多少銀子，是要我抬一轎子的銀子也，重壓兩肩，如何不要十金一月？」（《俏皮話・轎夫之言》）〔註1〕

文中先是直陳官員借孔方之力，捐納而致通顯的買官鬻爵情形，後又以轎夫之言，點出官員本是一身輕骨頭，但是靠著外在的貴重裝飾，具起衣冠時，轎夫抬之竟然就像是抬一轎子的銀子般沈重，如此兩相對照下，足見毫無骨氣、虛有其表才是官員的本質。

而在〈資政院人物〉中亦言一齷齪起家之鄰翁，竟然可靠捐納得二品封職，顯見在買官鬻爵制度下中國的衰敗情形。復次，為得官位的下流手段，在〈賞穿黃馬褂〉裡，亦辛辣嘲諷著，黃馬褂是清代的官服，最初只賞給接近皇帝的文武官員，後來也賞賜給有功之臣，故事中狗為了身穿黃馬褂，不惜遍染穢物，還以此功名自炫於市，將官員為得賞賜的不知羞恥和手段下流表露無遺。

### 2. 搶奪傾軋

搶奪傾軋的情形是官場中習以為常的，茲以〈另外一個崇明鎮〉為例：

> 某年蘇撫大閱，長江一帶之提鎮，咸附乘兵船至吳淞伺候。時瓜洲鎮總兵高□□、崇明鎮總兵陳旭均，乘保民兵輪以行。高與陳素未

---

〔註1〕 海風主編：《吳趼人全集》第七卷，頁380。

識面，至是同在官艙，始互通姓氏及官階。高聞陳爲崇明鎮，忽大怒，揮拳毆陳。且大呼其僕曰：「拿我刀來！拿我刀來！」陳大錯愕，同僚亦坌集問何故。高暴跳不已，仍大呼刀來，曰：「我殺了他再說。」後經人再三問何故，高曰：「他現成的崇明鎮不知足，要謀我瓜洲鎮，我豈能容他？」陳急白無此事。高益怒曰：「汝在江督前再三懇求，經督署某某等告我，汝尚欲賴耶？」陳又錯愕。旁觀者問此系幾時事，高屈指計曰：「約在三年前。」旁觀乃告之曰：「陳某去年方署崇明鎮，公得無誤耶？」高始嗒然曰：「原來另外一個崇明鎮也。」
（《新笑史‧另外一個崇明鎮》）〔註2〕

文中高某因爲誤會陳某是要謀得瓜洲鎮的人，除了揮拳毆打外，還氣憤難耐的要拿刀殺他，可見官員爭奪官位時的貪婪兇狠，著實令人不勝欷噓。而〈郭寶昌揮李秉衡〉亦是如出一轍，寫出官僚傾軋的情狀，非得保有自己的爲官氣焰才行。再者，〈羽毛訟〉則以擬人手法，寫羽、毛依照官員的配戴穿著，互爭高貴，爭執不已，點出官員之貴賤爭奪，互相傾軋就像是羽、毛一樣，實是無足輕重的。

又動輒言功也是官吏們爭奪的一面，好大喜功的官員只顧著自己，結果往往在爭奪中讓旁人盡收漁翁之利，如同〈狼施威〉一文中的狐、豬、羊一般，最後都被狼撲殺而食。而〈紅頂花翎〉一文則是寫官員爲得官位不惜一切的行徑，其內容如下：

兔游行於山林中，偶遇一鶴，兔羨之，問曰：「若之頂，何爲而紅也？」鶴曰：「此朝廷之一品冠制也。」兔默識之。他日，又遇孔雀，兔又羨之，問曰：「若之尾，何爲而文彩斒斑也？」孔雀曰：「此朝廷之所以旌有功者，謂之花翎。」兔亦識之。一日，兔復出游，遇獵者，持鳥槍，迎頭痛擊，適中其顱，鮮血迸出。兔負創返奔，復遇人以箭自後射之，中尻。兔奔益急，遁入林內。適孔雀與鶴閒談，見兔至，問何來，兔曰：「我把頭磕穿了，騙來一顆紅頂，到後來花翎也騙著一枝，只是屁股痛得屬害。」（《俏皮話‧紅頂花翎》）〔註3〕

兔子出遊之時，不慎被獵者以槍擊中頭、以箭射中尻，然而，他卻告訴孔雀與鶴，自己騙得了紅頂花翎，只是疼痛得屬害。據此，足見爲官者搶奪官位

〔註2〕　海風主編：《吳趼人全集》第七卷，頁322。
〔註3〕　海風主編：《吳趼人全集》第七卷，頁364。

－37－

的醜態，就像是文中的兔子，就算疼痛不已、手段卑劣，他們也是在所不惜的，只求能騙得一官半職。

### 3. 橫徵暴歛

〈對聯三則〉巧妙的以聯語說出了賄賂買官、橫行舞弊、聲名狼籍的官場黑暗。貪官污吏的剝削每每使得百姓民不聊生，在〈剛毅第二〉裡即說出以搜刮為宗旨的貪官造成米價上升，使得人民每飯不忘。〈兩袖清風〉一則更是巧妙地運用反諷語句，譏刺了貪官污吏，向來，兩袖清風是為官清廉的美稱，但是日本人卻誤以為，只要身著馬蹄袖，就是兩袖清風的意思，所以，每見中國官便稱其為「清官」，造成了別解。而橫徵暴歛的情況在割地賠款後更為嚴重，如〈捐軀報國〉一文：

> 庚子之後，賠款過巨，政府以責之疆吏，疆吏責之州縣。大抵於暴
> 歛橫徵之外，別無籌款之法，故民日見其窮，財日見其匱。惟不肖
> 官吏，上下其手，巧立名目，借飽私囊而已。而投閒置散之員，更
> 於此時窮思極想，條陳聚歛之法，以冀迎合上司，得以見用，故粵
> 中有娼捐之議。（按：近時已實行，美其名曰：「花捐」。）夫廣東自
> 闔姓報效海防經費以來，已有奉旨開賭之諭；使娼捐之議再行，則
> 譏誚更有不堪聞問者矣。或曰：此議若行，是加娼家之美名也。問
> 何美名，曰：「捐軀報國。」（《俏皮話‧捐軀報國》）〔註4〕

文中寫出不肖官吏巧立名目中飽私囊，就連娼妓也要收「花捐」，竟然還美其名為「捐軀報國」，這種聚歛之法，讓聞問者都不禁譏誚。無怪乎在〈論蛆〉中會以棺中尸蛆來比喻這群專吃人民脂膏血肉的貪官污吏，足見人民對此魚肉百姓的行徑，是多麼的憤恨不平。又〈官派〉一文則寫為官之人日以吸民脂民膏為事，故死後投胎也想做臭蟲，期能日日吸人膏血，也仍帶有幾分官派之意。

復次，〈轉貧為富〉亦言為官者剝削之情狀：

> 憂國者每憂中國貧。以余觀之，估修一洋式宮房，動言若干百萬，
> 則朝廷何嘗貧？遣一二親貴到外洋閒逛一次，動支盤費輒數十萬，
> 則國家何嘗貧？一官之任時，雖或行李蕭條；及其滿任而去，則千
> 倉萬箱，陸行滿車，水行滿舟，則官何嘗貧？官之所以得如此者，

---

〔註4〕海風主編：《吳趼人全集》第七卷，頁360。

無非剝削民脂民膏耳。一官去，一官來，皆以剝削爲事，年年歲歲，
更無已時，而民之脂膏，不即聞告竭，則民何嘗貧？或曰：「如子言，
中國當轉貧爲富矣！」（《滑稽談·轉貧爲富》）〔註5〕

文中直陳人民的脂膏都被官員剝削殆盡，所以貧苦不堪，而國家不論是蓋洋
式宮房、或到外洋閒逛都揮霍無度，官員去任之時更是千倉萬箱的物品，足
見橫徵暴斂之情狀。又〈蝦蟆感恩〉則是寫縣官去任之時，百姓不送萬民傘，
倒是蝦蟆送了傘，凸顯官吏不知恩及百姓的現實情況，據此對比以呈現出民
眾對於官吏不施德政的無奈。而〈冥王之言〉乃記某官死後去謁見冥王，以
冥王之言，刺此官覥然人面，反具獸心，並言天下爲官者竟是如此。

　　再者，官員能苦民所苦，重在於傾聽人民的想法，輿論就是重要的管道，
但是橫行的官吏往往是以自我爲中心的，完全不恤輿論的，在〈日疑〉中即
是從對於太陽日頭、日腳的別稱，引出萬口同聲之言，竟然成爲無稽之談，
不足爲信，以諷刺政府群公不能重視人民言論的社會現實。

## （二）怯懦膽小逢迎諂媚

### 1. 臨事而懼

　　只求苟全的官吏，每每是臨陣退縮、膽小怕事的，而小頭銳面的他們卻
也總是拼了命地使出渾身解數，逢迎諂媚以奪得名利。正所謂無能之官最怕
有爲之民，在〈梁鼎芬被窘〉中，官員驚駭狂奔、冠墜輿外的倉皇錯愕實在
是令人不禁莞爾。而〈皮鞭試帖詩〉的「偷生才得所」之句更是貼切的說出
官僚的貪生怕死。大抵危害人民的官吏是令人厭惡的，而一旦大禍臨頭，他
們驚慌失措的模樣卻也令人啞然失笑，茲以〈蝗蝻爲害〉爲例：

　　某地方有蝗蝻爲害，鄉民入城稟報。知縣官禱於城隍神。城隍神即
　　傳蝗蝻來問話，命知縣側坐觀審。不一時蝗蝻盡到，羅跪階下，幾
　　於恆河沙數。城隍亦爲之駭然，問判官曰：「此等小妖魔，何來如此
　　之眾？」判官稟曰：「此是水漲時，魚蝦之類遺於田中，水退後，遂
　　化成此物。」城隍笑曰：「原來專爲民害的，是這些雜種東西。」遂
　　一一訊問。蝗蝻中，多有言只嚙樹葉，不傷禾稼的。城隍曰：「我也
　　不能分辨你等誰是害民的，誰是不害民的。待我咨行雷部，但是害
　　民賊，都與我殛斃了罷。」知縣聞之，手足無措，倉皇告辭，城隍

〔註5〕海風主編：《吳趼人全集》第七卷，頁460。

問何故，知縣曰：「我要回去找間密室來避雷部。」（《俏皮話‧蝗蝻爲害》）〔註6〕

文中因爲蝗蝻爲害嚴重，所以城隍準備咨行雷部，將害民賊一一殛斃，沒想到官吏卻頓時嚇得想要快點找間密室躲藏，行徑實是令人覺得可笑，足見這種平日作威作福，橫徵暴歛之徒，一旦危及性命，倒成了十足的貪生怕死之輩。同樣的，〈金魚〉一文也是描寫這些作威作福慣了的達官，平日總是威儀顯赫，但是欺善怕惡的他們，倘若眞的遇到壞人，卻也是避之唯恐不及的，文中即以金魚遇到蟛蜞倉皇逃頓的模樣，諷刺官員碰到橫行不法之徒時，落荒而逃的窘態。

復次，因爲膽小而擁兵不出、出賣祖國更是常見之事，如〈一字千金〉即以「衛達三呼冤赴菜市，劉坤一托病臥榆關」說出了劉忠誠托病不敢出戰的怯懦，然而，他爲了清譽卻不惜花錢顛倒是非，酬人三千金改爲「衛達三呼冤赴菜市，劉坤一拚命出榆關」，更易三字假稱拚命出兵，強爲自己博得虛名，實在是行徑可鄙。而〈詠張松詩〉也是以詩句譏刺赴日議和使節出賣祖國的情形。〈視亡國爲應有之事〉更是把不知救亡圖存的荒唐想法表現出來。再者，精神式勝利法也是怯懦膽小者常用以自我安慰的方法，畢竟在現實生活中無法完成就只好藉由想像的來完成了，〈皇會〉即是說出張之洞欲除保皇會而勢力有所不及，遂割去保字，而創皇會，聊當殺保皇會也。

### 2. 卑諂鑽營

以鼠諷刺官員的鑽營，如〈貓辭職〉中貓辭不做官乃因天下做官的都是一班鼠輩，倘若貓就任，那麼這群膽小鼠輩將如何自安？而〈貓虎問答〉也是以貓虎問答諷刺天下沒有一個像人的，並且直陳居高位者就如同鼠輩般，乃因極會鑽營故身居高位。茲以〈走獸世界〉一文爲例：

獸能行仁政，使各獸均能平等自由，各安生業。惟貓則飢餓欲死，無可得食。一日，諸貓急紛紛向各獸辭行，名片上都寫著「恭辭北上」。諸獸問：「北上何故？」貓曰：「吾等散居各處，不能得食，故欲入京以謀食耳。」或曰：「北京翰林，也不過就四兩銀子的館地。汝等前去，何由得食？」貓曰：「吾聞京師爲鑽營的總會，想鼠輩必多。」（《俏皮話‧走獸世界》）〔註7〕

---

〔註6〕海風主編：《吳趼人全集》第七卷，頁352。
〔註7〕海風主編：《吳趼人全集》第七卷，頁403。

文中寫貓因為要入京謀食，所以紛紛向獸恭辭北上，且直陳京師為鑽營之地，鼠輩必多，以此諷刺鑽營的官吏如宵小鼠輩般橫行。蓋逢迎諂媚的官場惡習是數見不鮮的，在〈避諱〉裡將諱及上官的卑諂之俗描摩的十分逗趣，來自雲南宣威洲的「火腿」因為要獻給盛宣懷，竟然變成了「宣腿」。而〈問看書〉一文亦是寫卑諂的行徑，文中胸無點墨的人見到他人讀了《勸學篇》一書而使得張之洞大喜，於是為了逢迎諂媚，竟然憑空捏造了《勸學篇書後》之書，還說獲益不淺，此舉真可說是虛假至極。

又屈一膝謂之請安，這是滿洲常禮，但是在官場相沿之下，卻也成了卑諂的行徑，所以〈排滿黨之實行政策〉中則直陳倡議革去此禮，可是，在〈膝〉一文中卻也揭露了積習已久的行徑是很難革除的，亦即在大庭廣眾之下雖然不復屈膝，可是在私底下為了逢迎上官，屈膝還是數見不鮮的。

文人和官吏以投帖拜見老師的方式巴結拍馬屁，藉此拉攏關係是清末官場的陋習，〈狗懂官場〉中頭上落了個鮮紅辣椒的猴子，卻被狗誤認為是戴了紅帽子的一品官，當場阿諛奉承起來，顯見官場中逢迎諂媚的矯情。又如〈蛇想做官〉一文：

> 玄武上帝座下龜、蛇二將，相聚閒談。蛇曰：「我甚想捐一功名去做官。」龜笑曰：「看你那副尊容，是個尖頭把戲；看你那身子，就猶如光棍一般。如何做得官？不如學我縮頭安分點罷。」蛇曰：「你有所不知。你看如今世上做官的，那一個不是光棍出身？至於尖頭把戲，更不用說了，倘使不是尖頭把戲，頂子如何鑽得紅？差缺如何鑽得優？我要鑽起來，比他們總強點。且待我捐了功名，鑽了路子，刮著地皮，再來學你縮頭的法子未遲。」(《俏皮話‧蛇想做官》) 〔註8〕

文中寫蛇想捐了功名、鑽了路子、刮著地皮，再學縮頭烏龜，諷刺了為官者的所作所為，大抵官吏都先捐納買官以求得功名，在當官後便開始鑽營謀錢銀，鑽路子、刮地皮樣樣都做，然而，倘若真的遇事之時，卻又個個膽小怯懦如縮頭烏龜。

〈做鐵甲船材料〉中，某甲先是揶揄官場中人個個是笑罵由他笑罵的厚面皮，都是可以做鐵甲船的材料，但是，在向上條陳之時，卻又改言是因為個個鐵面無私，遂借重面皮以造鐵甲船，足見其巧言令色的嘴臉和逢迎諂媚的官場文化。而〈病容〉一文則記某大人煙癮極大，入戒煙所查驗到是煙容

滿面,但是,總辦委員礙於其為長官大人,竟將所驗得的「煙容」改為「病容」。〈暮夜金錢〉乃寫一善取媚所歡的狎客,夜半之時必餽以鉅金,乃因官場與嫖界一樣,非得饋以鉅金方能博其歡心、得其好處。

復次,所謂好人不長命,禍害遺千年,〈豬講天理〉中瘟豬因為得病反而不准殺,無病的豬倒先被宰了,可見世上瘟官那麼多,百姓日日盼得他們死,這些無能之輩反倒活得好好的,真可說是苟且偷生的功力一流。

### (三)腐朽無能迷信占卜

腐朽無能的官吏是晚清政府頹敗的根源,〈推廣朝廷名器〉中以鐵路站長儼然為官的樣子,敘述以四五品之頂戴,置諸絕無功名之人的情況,說明了當時官吏名實不符的情況。復次,〈野雞〉一文更透過野雞告狀,說出因為時勢的轉變,野雞成為流娼的意思,野雞自己也是忿忿不平的,然而二品官身著之衣,因為依舊繡著野雞的圖案,所以,二品官竟也成為野雞官了,著實諷刺了官吏的無能。〈自治會缺點之現象〉更是因某省自治會辦理多缺點,鄉人遂將自治各缺一筆,成了「目冶會」,且訂些吊膀子主義的章程,揶揄辦事者的舞弊、腐朽。

這群腐朽無能的官吏,對於輿情輿論是不知不聞的,倘若得知一二,也是透過幕僚轉述,〈聰明互用〉便是諷刺他們以耳為目、以目為耳,事事都能說得像是親眼所見所聞般,當真是聰明互用的道聽途說之輩。〈空心大老官〉乃以空心老官諷刺這群沒有學問才能、飽食終日無所用心的官員,竟然可以年年如此、處處有他。〈不必有用〉則以戒指必戴無名指,以鬚眉代表面,調侃無用之人必享福。而腐朽無能的官吏究竟是做些怎樣的荒唐事呢?諸如:

#### 1. 處事無能

〈兩個製造局總辦〉日日考求撙節,卻因小失大,遂至事事掣肘。而自掃門前雪的心態更是數見不鮮的,如〈問官奇話〉竊西人之物反告知當偷中國人之物,和〈陳寶渠〉要竊賊到法租界去偷東西,不要到自己的英租界偷東西。又〈哈雷慧星是張文襄〉則是寫張文襄僚屬求見,終不可得;然有幸可得一見,彼又正當熟睡,謁者也不得達意,足見官吏之腐朽。

因為處事無能,上下交相賊的情況也是有的,如〈亨利〉一則即是先以空槍套好招,才使得閱兵時能眾響一聲,可是卻被亨利王發現而當眾出醜。而〈梁鼎芬蒙蔽張之洞〉也是如出一轍,其文為:

梁鼎芬主講兩湖書院時，一日往謁張之洞，張約以某日當到院考試
諸生，梁歸，急出題目，命諸生爲文，親爲改削之，至臻完善，而
不令謄正。至日，張至，梁置酒待之，請張命題。張轉以命梁。梁
即以前日所命之題爲題。諸生始會梁意，即以其改就者謄正，繳卷
時酒才數巡也。張大喜曰：「非節翁教育之力不及也。」（《新笑史・
梁鼎芬蒙蔽張之洞》）〔註9〕

爲了矇騙長官，連考試都要先套好招，梁鼎芬先出題目讓諸生練習，後便以
此題目爲題，諸生與他交相賊，一起欺騙了張之洞，梁鼎芬還得到了教學得
法的美譽，實在是一大諷刺。倘若教育可以這樣欺騙，那麼還真是無恥至極。

　　再者，昏官的教改理念也是令人不敢苟同的，如〈德壽笑話〉一則中，
德壽竟然說出因有帳房，所以算學不用學；因有風水家，所以地理不用學；
因爲是文人，所以體操不用學的教改理念，令人不禁想到，倘若真的這樣做，
那麼國家前途當真會黯淡無光了。

### 2. 辦案昏庸

　　再者，昏庸辦案的情況也是層出不窮的，如〈問官奇話〉中昏官不問情
由，立即喝令責打了受冤枉的人，真相大白後卻反而告知他是幫忙打晦氣的。
而〈兩個杜聯〉中的賈中堂楨問杜聯姓氏官位時，竟然酣然睡熟，而杜聯當
然不敢離去，等到賈睡醒時又再問了一次，卻誤以爲是有兩個杜聯。

　　〈懲賭〉一文則將官員的貪賭迷糊透過荒唐的辦案表現出來，某官在提
訊聚賭者時竟然打起瞌睡，犯人坦承聚賭之時，直聞官喝「打！打！」，但是
當下屬問打多少時，不期此官竟含糊應曰：「打的是『五索』，怕放炮麼？」
想必聞者無不啞然失笑，這位官員未免也太執迷賭博了吧，連辦案、昏睡都
想著麻將。

　　又如〈讀別一個字〉亦是昏庸辦案之例：

姑息二人不安於室，皆有外遇。父子二人知之，相約捉姦，果然兩
對狗男女都被捉住，一齊送官究辦。官問知緣故，謂父子二人曰：「此
係有了成語的，你兩個何苦多事？」父子二人驚曰：「偷漢子有何成
語？」官指姑媳二人曰：「這叫做姑息養奸。」（《滑稽談・讀別一個
字》）〔註10〕

---

〔註9〕海風主編：《吳趼人全集》第七卷，頁323。
〔註10〕海風主編：《吳趼人全集》第七卷，頁467。

這位昏官竟然將「姑息養奸」當成了「姑媳養奸」，不僅認同姑媳偷漢子之舉，還說是父子二人多事，真是荒唐可笑，此文除了顯見官吏的迂腐外，也透過姑媳皆有外遇之行徑，諷刺了世風的敗壞。

再者，〈聽訟〉一文亦是寫一書腐僥倖一第，遂出山做宰，初聽訟時，欲拉座椅卻椅重不得動，竟斥差役無用。而問案到一半時，忽然起身退入，差役便曰「退堂」，此書腐竟急著反身說是要去撒尿。又禁止刑訊久見明文，但是仍有官員視若無睹，酷刑威逼，在〈也是引經據典〉中竟然有官員行酷刑之際，竟然說這是依循湯武之「弔民伐罪」，遂以此「弔民罰罪」之酷刑辦案，實是百姓之哀。

### 3. 迷信占卜

吉凶的占卜是僅供參考的依據，若酷信占卜反而是愚昧的，茲以〈牙牌數二則其一〉為例：

> 蘇人某，仕於皖。好作馬吊戲，酷信牙牌數。一日卜得一課云：「七十二戰，戰無不利；忽聞楚歌，一敗塗地。」心大鬱鬱，並馬吊亦不敢戲矣。一友為之解曰：「七十二戰，戰無不利，當是吉徵，予胡不求彩票之有七十二號碼者購之？」某如言，得湖北簽捐票一張，其末二碼為七二也。揭曉，獲第一，驟致十萬金。某擁此鉅資，終日戚戚，寸步不敢出門，尤不敢揮霍。人問之，則曰：「前二語驗矣，第不知後二語何時方驗？余是以戚戚也。」（《新笑史·牙牌數二則其一》）〔註11〕

仕於皖的蘇人是酷信牙牌數占卜者，他先是因為占卜前二語的吉徵而擁有鉅資，但是，卻也因為占卜的後二語凶兆而終日戚戚，擔憂一敗塗地的慘況發生。再者，〈牙牌數二則其二〉亦是藉由牙牌數占卜表現出候補道員對於官位虎視眈眈的情況，因此，藉由此二則可以知道當時官員的迷信占卜情形是十分嚴重的。

## 二、改革維新成效不彰

破釜沈舟的決心和同舟共濟的努力，是完成改革維新重要的力量。然而，空有理念卻不付諸實行的言行不一，每每是改革的絆腳石，所以，在〈漢官

---

〔註11〕海風主編：《吳趼人全集》第七卷，頁 327。

威儀〉裡發議光復漢官威儀的人，竟著短衣禿帽取法歐美，說一套做一套的表現，難怪改革之事都一再失敗。

　　而在內憂外患的時局裡，有志之士每每心思轉變，一如感時憂國的趼人對於國家未來也是充滿憂傷的，在〈聖人不利於國〉中的他也不禁對於國家前途當若何而發出疑問且痛極欲哭。可是改革理念的落實卻每每是充滿挑戰，大抵改革維新的成效所以不彰，除了統治者的愚昧頑固和官吏的奸險擾民外，軍事外交方面的屢屢受挫以及社會風氣的冥頑守舊，也都是重要的原因。

## （一）上層統治愚昧頑固

　　改革是需要上層統治階層大刀闊斧帶領的，然而清末以慈禧太后為首的頑劣封建集團卻成為改革的一大阻力，〈畜生別號〉便藉著動物取別號的故事，以豬的別號「頑固黨」諷刺了這群頑劣腐朽的統治者。又以〈忌諱鬧成笑話〉為例：

> 某督素多忌諱，遇節日，避僚屬謁賀，高臥簽押房中不起。其門生某，向充幕下文案，出入自由。衣冠至簽押房，就榻前請一安，意謂賀節也。某督怒，躍起捽某坐榻上。既坐，復捽使臥。某惶急請故，某督曰：「你也躺下來，我也給你請個安。」（《滑稽談・忌諱鬧成笑話》）〔註12〕

素多忌諱的某督，竟然在門生請安之後，要門生躺下來，也要請安回禮，除了顯見某督的酷信忌諱外，也以此諷刺了上層統治的愚昧頑固。而維新派與頑固派兩黨的爭奪，就如同水火般攻擊不已，所以在〈水火爭〉一文，即以水火爭長，天下不寧來諷刺。〈返老還童〉亦將預備立憲以來的施政，比為就像是中國這個老大帝國，要轉入幼稚時代般，真可謂是返老還童。

　　〈好大運動力〉則是寫玉皇大帝敕令群仙預備立憲，先設立諮議局，而齊天大聖得票最多，乃因一萬三千五百斤的定海神珍鐵，他都運動如風，足見沒人比得上他的運動力，可知得票多並不是因為能力十足，而是手腕高。〈國會請願之目的可達〉諷刺請願雖可達目的，但是卻時光消磨、費時甚巨。

　　又〈指甲〉從中國人有蓄長指甲的陋習談起，說出無用的指甲就如同無用之人，在中國仍有出頭之日，即揶揄了那些有頭有臉的上層官員，盡是無用之輩。〈蟲族世界〉一文寫皇帝先後以蛆和蠹魚治國，不料國家均腐敗萎靡，

---

〔註12〕海風主編：《吳趼人全集》第七卷，頁475。

而看似飽學之士的蠹魚就和吃屎的蛆一樣，盡是無能之輩。人才困窘的情形，使得外交屢屢失敗，故〈外交人才〉乃以富貴家姬妾長於外交，又善守秘密，諷刺外交人才比姬妾還不如。

　　無能之臣怎麼可能有效地輔佐君王呢？茲以〈烏龜雅名〉一文為例：

> 鯽魚、蝦、蟹、烏龜，共游於池塘深處，悠然自得，遂商量各取一
> 別號。蝦曰：「我鬚最長，我可名『長鬚先生』。」蟹曰：「我本名『無
> 腸公子』，可以無須另取矣。」鯽魚曰：「古人有句曰：『過江名士多
> 如鯽』，我就叫『過江名士』罷。」烏龜曰：「我當稱為『東海波臣』。」
> 鯽魚笑曰：「有了你這種臣，怪不得皇帝在那裡倒運。」（《俏皮話‧
> 烏龜雅名》）〔註13〕

文中透過取別號，直截地以自稱「東海波臣」的烏龜，譏誚臣子無能、皇帝倒運的現實窘況。與〈活畫烏龜形〉一文可說是有著異曲同工之妙，其文是描寫烏龜大臣先是學毛遂自薦，想要有一番作為，但是膽小怯懦的烏龜，竟然被船後的放出的熱氣嚇得落荒而逃，就像是連外國人放了個屁也會被嚇到般，實在是可鄙。又〈辱國〉一文亦是寫龍王命龜、鱉、黿、鼉討伐夜叉，怎知這群身戴重甲之輩臨陣脫逃，借此揶揄喪權辱國之輩。而〈驗收兵船〉寫大老蒞船驗收，卻只在船面徘徊，指點近處所泊各船，大言不慚地說：「堅固得很」，這款驗收法還真是昏庸。

　　臣子被揶揄，君王當然也不例外，所以〈龍〉一篇更以龍為雜種諷刺天子，顯見晚清皇帝權威的日益式微。而〈財帛星君〉也是直陳了皇帝因為群小弄權，徒擁虛名高位的情況。又執政者當以民權為重，〈腳權〉是以五官自命清高，輕視位處卑下的腳，相約不與為伍，怎知得到的結果竟是口不得食、耳不得聽、目不得視、鼻則聞穢氣、就連肚與胃也慘遭池魚之殃，所以，社會團體要能夠彼此尊重，共生共榮，自以為貴者往往是有所失的。又〈關痛癢不關痛癢〉亦從腳處卑下，人方得以自立，言民權之重要，並諷刺了國中居高位者皆為無用之輩。

　　〈三皇五帝〉寫某年七十餘的老翁，眼見三皇（英皇、德皇、日皇），躬逢五帝（道光、咸豐、同治、光緒、宣統），顯現國事凋零，內憂外患之劇。〈鼠輩之言〉以西人防鼠疫傳染，勸人畜貓和塞鼠穴，鼠輩恐歸於淘汰，遂致函於保畜會，言鼠亦畜也，以此故事諷刺聯俄、聯日之舉，恐智與此鼠等耳。

---

〔註13〕海風主編：《吳趼人全集》第七卷，頁352。

## （二）改革行動盲目仿效

崇洋媚外的心態造成了盲目仿效的行為，僅是一味地認同西方的事物，往往只是學得皮毛罷了，在〈蝦蟆操兵〉中老鳥看到蝦蟆學洋操也不足為懼，就是將持洋砲的清兵比喻成這群無用的蝦蟆，諷刺盲目仿效西洋的情況。而〈鴉鷹問答〉中鴉子欣羨老鷹振翅遠翔的英姿，故東施效顰地鼓翅翔至空中，遂飄然墜下，這種不自量力的盲目仿效，除了招致嬉笑外，也只是把自己弄得傷痕累累，一如中國的改革行動。

〈松鼠〉以尾大不掉的松鼠不得已而供人玩弄，闡述尾大不掉者難逃被人玩弄的命運，影射了中國龐大渙散，但是拋不下陳舊的歷史包袱，就像是這隻頭輕尾重的松鼠很難轉動一樣失去自由，因此，就算是改革也只是盲目的治標，導致在西方列強環伺下喪失主權與尊嚴。

君臣佐使是中醫配制藥方的方法，以主治的藥物稱為「君」，輔治的藥物稱為「臣」，相反而相助的藥物稱為「佐」，具有引導及調和的藥物則稱為「使」。在〈民主國舉總統之例〉中即是以醫生謬加以君臣佐使之說而將藥材顛倒錯亂使用，造成藥材上奏神農的情形，諷刺民主國推舉總統，也是顛倒錯亂、不安於位的。

又以〈洋狗〉一文為例：

> 蚊最小，而飛鳴得意。一日，在路上遇見外國狗，蚊見其龐然一物，竊念：「若此人者，必可靠以為援。」遂稱之曰：「大人」，而自稱曰：「卑職」。狗大喜，許蚊附於己身以馳驅。行至一處，遇外國人出恭，狗俟於其旁，瞷外國人事已，就食之。蚊不禁大悔，騰翅飛起，便欲遠颺。狗問何故，蚊曰：「卑職雖小，吃的還是中國百姓膏血，然他人已百般指謫，罵我無遺。方才欲跟大人學習洋務，不圖大人是吃外國屎的。」（《俏皮話・洋狗》）〔註14〕

文中透過吃中國百姓膏血的蚊，要向外國狗學洋務，不期洋狗竟是吃外國屎的，一方面是以蚊揶揄欺侮人民的官員，一方面倒也諷刺了學習洋務的卑鄙，就只像文中的外國狗般，非得對洋人畢恭畢敬，實是毫無地位可言。

又清光緒間所設置的總理衙門，是總理外交事務的官署，卻因此而使得外國人天天來鬧，〈開門揖盜〉即是寫人家因為養狗而開狗竇，不期卻開門揖盜，接連失竊，諷刺設置開總理衙門，就像是開門揖盜般行徑愚蠢。

---

〔註14〕海風主編：《吳趼人全集》第七卷，頁 397。

〈喜鑲金牙者其聽之〉則寫牙本不缺的人，卻爲了追隨流行而鑲金牙，或罵其爲烏龜，乃借「龜無齒」之說，意即責其爲「無恥」之輩。大抵改革行動的盲目仿效就像是〈改革之比例〉一文般，滑稽者以吳娘之腳，似天足而不免有縛束痕，似小足卻又不免露臃腫狀，諷刺朝政之改革正同於此，總是無法拿捏出該有的改革方案，不僅仿效西方不成，卻又喪失了固有的傳統文化。

### （三）風氣不開冥頑守舊

轉變創新的力量並非僅靠倡導者登高一呼即可完成，重要的是群眾的響應認同與一起努力，但是風氣不開的社會往往是改革創新的阻力，著實令人備感無奈。〈家字〉即是以指桑罵槐的手法，借家字的字形「宀」下一「豕」，如人蠢如豬，諷刺風氣不開的蠢夫，只知一味守舊不圖革新。

固執之輩是不能與之說理的，在〈地方〉裡持天圓地方之說的人，根據人言「某處地方」，未聞「某處地圓」，而確信地是方的，並且聽不進別人的指正，反倒誣指說地球是圓的人乃好奇之士，是故意欺騙他人的。〈代吃飯代睡覺〉也是述說一位不知變通、迂腐至極的人，因爲任何事情都必定躬親，不肯假手他人，所以忙碌至極，最後盡然想出找人代吃飯、代睡覺的妙招，真的是捨本逐末。

又以〈井井有條〉一文爲例：

> 清明日，插柳條於門，不知始自何時。俗有「清明不插柳，死了變黃狗」之諺。國初揚州石天基辯之云：「黃巢以清明日起兵，預令從己者插柳於門，以爲識別。故當時口號曰：『清明不插柳，死在黃巢手』。俗諺實此說之訛。」云云。粵俗是日且以柳條遍插神座及廚灶等處。某士人戲以插井旁，謂人曰：「可以避疫也。」於是人皆效之。
>
> 士人笑曰：「今而後，井井有條矣。」（《滑稽談・井井有條》）〔註15〕

文中寫清明之日，插柳條於門，本爲黃巢起兵之時以爲識別之用，遂有「清明不插柳，死在黃巢手」之稱，但是後來竟訛傳爲「清明不插柳，死了變黃狗」。某士人更據此戲稱若插柳於井旁可以避疫，不期眾人竟起而效之，真是顯見了人們的盲目仿效和迷信守舊是多麼的荒謬可笑。

〈電報診脈〉一文因人言電報之用，日趨於奇，能認筆跡、能攝影千里

---

〔註15〕海風主編：《吳趼人全集》第七卷，頁 421。

之外，古不及今甚矣；而某一不服者竟將古人懸絲診脈喻爲電報診脈，張揚此乃之古優於今。蓋懸絲診脈本爲荒謬之說，遑論電報診脈會有療效，據此足見人之不切實際，迂腐守舊。

〈敲冰煮茗〉中某人欲作韻事附庸風雅，盼能於冬日敲冰煮茗，可惜求之不得。不期他竟然於盛夏購機器冰，還折束招友，圍爐煮茗。他的迂腐行徑的確令人感到可笑，煮茗之韻事，何苦非要敲冰不可？

〈其不文明與中國等〉記某外國人遊歷中國卻盛誇其本國之文明，而力詆中國之野蠻。某君遂以此人仍用其國之鎖，笑言其國亦有竊賊，所以其國之不文明是與中國等的。看似維護了中國文明，但是同樣都有竊賊，同樣不文明，不也是同樣可悲嗎？〈四不像〉則言政府不像要立憲、市面不像衰落、縣官不像要賠累、彩票不像要禁得，顯見政府做事毫無魄力。

〈剪髮問題〉九則乃提及剪髮所產生的影響，如：滑頭少年不能再炫耀其油光辮子；租界巡撫抓人時不便當；俗莽男子調戲婦女爲其夫所捉，則不能再剪髮以辱之；和尚只須換一套俗家衣服即可偷婆娘打野雞；多一個男子所用之梳的出口貨物……等等。而〈剪鬚與亡國之關係〉更言某中堂有剪髮即亡大清之語。〈會議阻止剪髮〉剃髮匠遍發傳單阻止剪髮，以保全生計。〈髮辮之價值〉則寫聞外人能以頭髮織爲衣料，而朝士適倡剪髮，故提議設一頭髮總行，將所截之髮統納於官，一條以小銀元計，還可賺錢。

〈保護商務〉則言彩票被禁後，仍陽奉陰違，於市招上易以「書籍、洋貨」之字照樣販售，更有一警兵植立於攤販旁卻視若無睹，有人便以此乃「保護商務」之舉譏誚。

又以〈應了一句蘇州罵人語〉一文爲例：

> 婚嫁每於春冬行之，大約以新郎新娘拜堂時，例穿棉衣，故於春冬爲宜；若在夏秋之間，天氣炎熱，殊多不便也。即日正午盛熱時，過某街，見一家鑼鼓喧闐，絲竹迭奏。駐足觀之，則一對新郎新娘，正行交拜禮也。身御棉衣，新娘以帕蒙首，不可得見，新郎則額上汗流如瀉矣。倘使蘇州人見之，必曰：「該格，眞正是熱昏（婚）。」
>
> （《滑稽談·應了一句蘇州罵人語》）〔註16〕

此文寫婚嫁每於春冬行之，是因爲新郎新娘例穿棉衣，但是沒想到有新人竟於夏日正午舉行婚禮，也身御棉衣，遂渾身是汗，不免令人譏笑此舉當眞是

---

〔註16〕海風主編：《吳趼人全集》第七卷，頁465。

應了蘇州人的「該格，眞正是熱昏（婚）」，以此諷刺了一味守舊不知變通的
人，所顯現的窘態有多麼的荒唐可笑。

## 三、社會現實道德墮落

晚清是一個動亂不安的時代，普遍的社會情狀每每令人感到憂傷和無
奈，在趼人的作品中可以窺見當時的社會亂狀，崇洋媚外、好吸食鴉片、甘
願做牛做馬的奴性、言行不一、道德墮落……等，以下茲分別敘述之。

### （一）崇洋媚外世態炎涼

#### 1. 崇洋媚外

崇洋媚外的心態是令人不齒的，在〈祖家〉文中市井之流稱英之倫敦、
法之巴黎、美之華盛頓爲祖家，眞可說是比謂他人父、謂他人母還要卑諂的
行徑，當眞是毫無尊嚴。而〈大字名片〉更巧妙地以妓女的大字名片來嘲諷
官場崇洋心態，西人名片大僅一二寸許，但是官場和歌妓卻仿之且加大至五
六寸，足見一味仿效的可笑。又〈四隻腳〉寫穿洋襪者，必穿兩雙以顯其潔
白，某老爺用一鄉下人爲僕，命其拿兩雙洋襪來穿，此僕不解竟以爲是老爺
有四隻腳，故著四隻襪。

築路時樹赤幟，是爲了警告行人勿近，然而，在〈商界之見解〉中，提及
邇來租界商店亦仿效此舉，紛樹赤旗，不知其所取何義？此舉無異是東施效顰。
〈只要裝扮得時髦〉一文亦是寫盲目追逐潮流，人人競相頭戴西式便帽，不期
就連綠色的帽子也有人戴，眞的是爲了時髦，就算是「戴綠帽」也沒關係。

又以〈洋裝〉爲例：

> 某甲鄉居，事事要趨時。偶遊上海，見租界之狗，均頸繫皮圈，口銜
> 鐵勒，以爲是洋裝如此，照購一副。歸至鄉間，加於所著犬頭頸上。
> 或見之曰：「此處無租界禁令，何必如此？」甲曰：「何必管他租界不
> 租界？只要扮了洋裝，就是時髦。」（《滑稽談・洋裝》）〔註17〕

租界之狗頸繫皮圈，口銜鐵勒，蓋因租界禁令之故，但是，文中的某甲見此
情狀，竟然誤以爲是洋裝如此，於是仿效之，而他人告知他緣由後，竟然還
一味地認爲只要是扮了洋裝就是時髦，眞是崇洋媚外至極。

〈是亦有祖師耶〉中國乃黃種人，是黃帝之後，所以歐西白種人皆西方

---

〔註17〕海風主編：《吳趼人全集》第七卷，頁 416。

之帝，是白帝之後，而《史記・封禪書》載秦文公用三牲郊祭白帝，故秦文公就是崇拜西人的祖師爺。〈騎坐反常〉寫西國婦女騎馬別為一種女鞍，騎時兩足偏於一邊謂之坐馬；乘車則狀若據鞍，謂之騎車。〈羽毛〉則寫西人毛織之物甚多，滬人取一種較羽紗略粗的羽毛制衣，遂穿羽毛於身上，實是好笑。

### 2. 爾虞我詐

彼此勾心鬥角、爾虞我詐的事是層出不窮的，茲以〈蜘蛛被騙〉一文為例：

> 飛蛾誤投蛛網，蜘蛛趨前欲食之。飛蛾竭力騰撲，不得脫。蜘蛛笑曰：「好風，好風。」蛾見蜘蛛說話，因乘間哀之曰：「請勿傷我，我將別尋一肥壯者以供子之大嚼，可乎？」蜘蛛信之，遂任其擺脫而去。蛾得脫飛去，途遇一蜂，蛾因謂之曰：「前面有極好之香花，盍往採之？若欲去，吾將為若尋也。」蜂大喜，從之。飛近蛛網，蛾遙指曰：「前去即是，毋煩我再引矣。」蜂果奮勇直前，遂罹網羅之苦。蛾遙謂蛛曰：「此我所以報子者也。」蛛即趨前欲擒蜂而啖之。蜂出其尻針，盡力刺蛛。蛛痛極，遙罵蛾曰：「你這小妖魔，起先扇小扇子來騙我，騙的我信了，你卻引這麼一個惡毒的東西來害我。」
> （《俏皮話・蜘蛛被騙》）〔註18〕

文中蜘蛛和蜂都因為貪心，被飛蛾欺騙，遂遭遇危險的情況，二者正如同現實社會中因為貪婪而上當的人一樣，被巧奪詐騙的惡徒欺瞞而無所適從。又在弱肉強食的社會中，仗勢欺人的情形是層出不窮的，〈虎〉就以蠅比喻弱者、蒼蠅老虎比喻強者，表現大欺小、強欺弱的可惡。而〈無毒不丈夫〉一文，則寫甘美、臭惡、辣味、苦味之蔬莢，人皆啖之，唯獨具有狠毒之性者得以自存，顯見世道黑暗、弱肉強食，唯有狠毒才可以立足於世間。

〈蚊〉一文裡蚊與蚤同樣噬人，然而蚊每易被人擊死，蚤卻能自保，遂將蚊比為英雄途窮、蚤則是滑賊行徑，欺侮人的情形本就不是正義之事，遑論英雄和滑賊，可見世道黑暗、盜賊橫行，欺負人還可以有冠冕堂皇的美譽。又沒有主見的人往往是隨者時局載浮載沈的，〈鷦鴣杜鵑〉一文中的燕子聽著杜鵑的「不如歸去」則心起歸志，但是準備飛離時卻又聽到鷦鴣的「行不得也」，著實是無所適從了，可見毫無定見的人往往會成為別人手中操縱的傀儡。

---

〔註18〕海風主編：《吳趼人全集》第七卷，頁363。

### 3. 貪圖鑽營

功名利祿是拚了命也想得到的，茲以〈蛇象相爭〉為例：

> 象最畏鼠，蓋恐其自鼻孔中入，而啖其腦也。因畏鼠，遂兼畏穴，恐鼠自穴中出也。而蛇最喜鑽地，每鑽即成一穴。象惡之，令其勿鑽。蛇不聽，鑽如故。象乃與之鬥。蛇躍起，將象鼻纏繞數匝。象欲拂其鼻，而不可得。且蛇愈收愈緊，痛不可當。象不得已，乃哀之曰：「我被你纏擾的怕了，我也不來多事了，由你這光棍東西去鑽罷。」（《俏皮話‧蛇象相爭》）〔註19〕

文中蛇纏繞象鼻數匝，且愈收愈緊，逼得象只好求饒，聽任蛇到處鑽地，顯見了鑽營者的可怕和可惡，旁人也只能無奈地任其鑽營。然而，貪圖快樂的享受並非永遠順遂的，就像是〈蛇〉一文，以蛇為了有一個可以大伸懶腰的地方，竟以象鼻為穴，結果卻因象打噴嚏而被打得全身骨節酸痛，〈雞〉一文也以雞為了開眼界而致罹殺身之禍，揭示了世人若總是圖謀過份的逸樂，或者一心只求飛黃騰達，往往會忘卻了處境的安危，而身陷困境。

復次，以〈銀魚〉為例：

> 銀魚，一名面條魚，離水即死。一日，龍王壽誕，水族均往叩賀。分水犀以時時入海與龍王辦交涉，故是日亦往賀。行至水邊，方欲下水，見水中一群銀魚，昂首謂犀曰：「吾等欲往祝龍王壽，而若游行極慢，恐趨不及。知君行極速，請附於君身以行，俾可速達，不敢忘報。」犀允之，即下水。銀魚遂成群結隊，沿附犀身，自頂至踵皆滿。犀乃啟行。不期犀行水內時，其兩角將水分開，身上絕無水到，沿附之銀魚，盡行涸死。犀至龍宮前，立定，回顧銀魚，欲呼其自行進內，詎已無一活者。犀嘆曰：「這一群無知小妖魔，只知道巴結躁進，卻恰好自己送了性命也。」（《俏皮話‧銀魚》）〔註20〕

文中銀魚為了趕赴龍王壽誕，竟然沿附犀身，遂乾涸而死，正是生動地描摩了只知巴結躁進，卻連性命都不顧的勢利者。而〈蛇著甲〉一文亦是把武官指為蛇著甲的烏龜，一旦得勢便忘了貧賤之交，諷刺人情勢利處處皆是。

### 4. 為富不仁

為富不仁的情況在〈借用長生〉裡表現著，素喜重利的富人，就算是借

---

〔註19〕海風主編：《吳趼人全集》第七卷，頁391。
〔註20〕海風主編：《吳趼人全集》第七卷，頁373。

人棺材也要算利息，借一具棺材要還二、三具，實在是令聽者哭笑不得。〈守財虜之子〉更是透過守財奴之子承襲了父親的吝嗇，竟然能異想天開的要把錢分出雌雄，盼能生出小洋錢來。而〈黃白〉中也寫到中國人想賺外國人銀子，故尚黃；外國人想賺中國人銀子，故尚白，所尚顏色之所以不同，乃因人心皆想發財之故。

又以〈榆錢〉一文為例：

> 一乞丐以敗筐至榆樹下，拾榆錢無數，攜之去，未幾又來拾。見者異之，跡其所往，則於深山之中，為窖以藏之也。益異之，問其窖藏此物何用。丐者曰：「非汝所知。」拾如故。未幾，觀者愈眾，爭問之。丐者曰：「此錢也，故窖藏之耳。」人疑其癲，丐者笑曰：「吾見世上之守財虜，恆窖藏有用之錢而不用，甘自菲薄，而自以為巨富，何以異於我之藏榆錢哉？而爾等不以彼守財虜為異，獨於我而竊竊笑之，何耶？」（《俏皮話・榆錢》）〔註21〕

本文諷刺意味十分濃厚，描摹乞丐至榆樹下拾榆錢，而藏於深山中的行徑時，使人疑其瘋癲，但是，卻又能巧妙地透過丐者的話語，譏誚恆窖藏有用之錢而不用的守財虜。

再者，〈性命沒了錢還可以到手〉則是寫一忽發巨財的窮人，擔憂賊偷，所以居室每夜必親自關門上鎖，且加保火險、人壽險後更大言不慚地認為就算沒了性命，錢只要可以到手就心滿意足，足見其視富貴重於生命的可悲。〈狗〉一文寫善於媚人且欺貧重富的狗，差點被金錢披體的金錢豹吞噬，先是以狗諷刺逢迎諂媚者，後以金錢豹揭示富人壓榨剝削窮人的人吃人現象。

### 5. 世態炎涼

人情淡薄的炎涼世態，讓人也不禁要以雙關之語加以諷刺，在〈世態炎涼〉文中即以天氣忽然大涼、忽然悶熱，來揶揄反覆無常的世俗情態。〈孔子嘆氣〉寫鄉人補殺將化鶴鶉之鼠，炫示於人，孔子不禁慨嘆這群自命為文士之人，卻咸來就觀不禽不獸之物，也據此揭示歐美格至之學大明，仍有不知作何解之事。〈甚似憂時君子〉言山東滎陽之亂，流離失所之狀令人不忍卒讀，而一外表甚似感傷時局者，所言竟是為一年之好滎陽梨耳，感到憂戚。

而棺材店竟然要送匾給醫生也可堪稱妙聞，在〈送匾奇談〉中寫一庸醫醫

---

〔註21〕海風主編：《吳趼人全集》第七卷，頁395。

病，輒病人每每應手而斃，於是棺材店生意大好，而棺材店老闆更送匾感謝，藉此諷刺了庸醫的「誤」人無數，可見這匾並不是功德碑，而是個罪惡榜。

群體互助方能共生共榮的道理，在〈手足〉一文中提及，手足本相約共同抵制口，使得口不能吃，但最後卻也此而造成手足癱瘓。而〈火石〉乃以火石和火鐮相撞相擊而生火，先是各自爲是、背道而馳，但因爲百擊百撞他物後都不復得火，遂瞭解相依之可貴，以此陳述剛柔相濟、分工合作的重要。又〈團體〉以雪於空中隨風飄揚，不能自主，但落地後卻相互凝結，風也吹不動，說明團結力量大的道理。

〈招租〉五則分別寫富貴者想招租壽材；某辦事員流連酒食之處，其室遂被標一招租之紙；某翁因多寵妾，一失寵者便請翁幫他貼一張招租之紙；某文士因困餓不堪，一日於頰上貼一招租紙，望能租口給人家吃飯；某大令以站籠監禁流痞，雷厲風行下，邑肅然，站籠無用，或貼一招租紙於上。

而《滑稽談》一書中的〈寓言〉七則，則分別以狗、狐、猴、猥、蛇、鼠、魚、貓的動物爲喻，諷刺人世間的炎涼情形，茲以〈寓言（一）〉爲例：

> 富翁畜一狗，頗喜愛之，狗亦解博主人歡。無何富翁中落，家人星散，豪奴逃亡。惟狗相隨如故，富翁異之。狗曰：「主人富，狗之所以求於主人者僅一飽；主人貧，狗之以求於主人者亦僅一飽。一飽之外無他求，此狗之所以異於奴輩耳，非必別具俠性也。」（《滑稽談‧寓言（一）》）〔註22〕

文中的狗竟然相隨家道中落的主人如故，且自言並非別具俠性，而是因爲自己僅求一飽，這種行徑，除了對比出人心的貪婪，更諷刺人情淡薄的社會現況。又〈寓言（二）〉寫狐欲幻人形只需持一假面即可，凸顯了人心的險惡。〈寓言（三）〉寫猴因多一尾，遂終不得爲人類，有思以斷尾者，然持反對者甚眾，要力保此猴粹，呈現了國家的處境。〈寓言（四）〉寫猥告訴蛇倘獵人至，則自可張刺以俟之，但是獵人至時，猥卻只蜷伏，遂被獵人抓走，揶揄了臨事而懼的人。〈寓言（五）〉寫鼠穴於牆下，生齒日繁，逐憎其穴隘，將擴充之，但是穴愈廣則牆下基礎愈虛，於是風雨來時牆圮穴陷，揭示貪婪招致報應。〈寓言（六）〉寫魚請鳶負之，遨翔雲外，已而下集，釋其魚，視之腐矣，諷刺自不量力者。〈寓言（七）〉寫一主人畜貓將以捕鼠，鼠以餌賄賂貓，主人設捕鼠機，置餌以待，不料貓先見之，蹈焉，先鼠而死，揶揄人間賄賂之事。

---

〔註22〕海風主編：《吳趼人全集》第七卷，頁481。

## （二）妄自尊大品德敗壞

### 1. 妄自尊大

自大狂妄是阻礙人進步的原因，也是晚清頹敗的緣由，〈人種二則〉就是諷刺盲目自大、愚蠢無知的人，先是以虱諷刺一無所長的人，竟然自以為尊貴，自吹自擂。後以田雞比喻不曾成人者就算性命也難以保全，因此，人宜虛己受人，切莫自鳴得意。而〈論像〉中寫猴子只是像人就放恣，倘若真是人就狂妄至極，更加凸顯了人的自大。

再者，有自知之明，懂得自己的實質，也是自大的人所需要學習的，否則，往往容易因此而喪失性命。茲以〈記鼠〉一文為例：

> 鼠偶走入象之鼻孔，象大嚏。自是鼠即詡詡然自誇曰：「龐然如象者且畏我，何有其他？吾所畏者，惟一貓耳。貓之外，雖牛、馬、騾、驢，無如我何也。」一日，主人購叭兒狗歸。鼠以其非貓，且遠不逮牛、馬、騾、驢也，不之畏，從而狎之。叭兒狗故喜戲撲者，見鼠跳躍於其前，遽起撲之。鼠出不意，大驚，走避不及，為狗所齧斃焉。（《俏皮話・記鼠》）〔註23〕

文中老鼠因為自大狂妄，自以為除了貓之外，其餘的動物都不足為懼，遂跳躍於狗前狎玩之，最後，即因走避不及，而被狗齧斃，足見得意忘形者的猖狂與無知。又〈記壁虎〉則是以壁虎，一心妄想形軀變大，遂想學鱷魚以人為食，便猛噬人臂，終而被撲殺，這種為了外表的「大」，而犧牲了寶貴的「命」，實在是本末倒置的行為。〈水蟲〉文中的水蟲以入水的齊天大聖自稱，震懾水族各細物，不料竟被魚吃入肚內，諷刺說大話的輕佻者，終將原形畢露。

〈肝脾涉訟〉中脾氣因人們誤將肝用盡氣力所發出的怒氣指為脾氣，遂蒙受不白之冤，但是，肝反而不反省這種以鄰為壑的行為，反誣指脾盜襲虛名，可見妄自尊大的人就像肝一樣總是不知反省的，嫁禍他人反而更加義正辭嚴。〈吃馬〉一文則是寫為了贏得象棋勝利，竟然連自家的黑馬都可以吃，還為此謬論自圓其說，真是但求勝利，不問手段的行徑。

讀書人中妄自尊大的情形也是有的，在〈驢辯〉裡伏處一室的驢，僅是日日繞磨以行，卻大言不慚地強辯自己亦行數十里，如同「秀才不出門能知天下事」般，諷刺了只知閉門造車的書生。〈蠹魚〉更是直刺了滿腹詩書卻食古不化的人，蠹魚滿腹經綸遂自命為通儒，無奈皆是囫圇吞棗，所以為人所輕。

〔註23〕海風主編：《吳趼人全集》第七卷，頁388。

趾高氣昂者易成為他人攻擊的目標，旁人總在冷眼旁觀，期盼著他的失時，在〈只好讓他趁風頭〉中的帆，因為在順風時洋洋自得，一副唯我獨尊之勢，遂惹得槳、櫓、舵憤恨不平，但是，舵卻也直刺帆在逆風時縮頭不敢出的窘況，以此揶揄得意忘形的人。〈牛的兒子〉中祭丁之牛例由典史先向之行禮，此牛遂顧盼自雄，等到就屠時方領悟，「無端而獲非常之福，必有非常之禍隨之的道理」，正也顯現著妄自尊大的悲慘後果。

海狗雖是獸類但卻能入水，〈海狗〉一文中的海狗若遇水患則以水族自喜，若遇乾旱則以獸類自傲，呈現著牆頭草依違兩可的個性，然而，這種盡作下流事的無恥之徒最終卻也奉送了自己的生命，足見品德敗壞的人若只會見風轉舵，心中毫無準則，早晚也會厄運臨頭的。

## 2. 自甘墮落

風俗之日趨下流，不知自愛者多矣，在〈罵畜生〉一文中，趼人發為聯想，覺得為人父母者動輒罵子女畜生，實在是不知道把自己當成了什麼？也不知道把祖宗當成了什麼？口出惡言著實傷人傷己，實在是要慎口過才對。而自居下流、無所用心的人，本來就是罪無可逭的，因此，〈臀宜受罪〉就以臀忝附人身、逸居無事，故人若犯錯，便是先鞭笞屁股，以此告誡那些飽食終日、養尊處優的人，甘居下流則災禍必至。又以〈蒼蠅被逐〉一文為例：

> 蟬高鳴樹顛，其聲嘒嘒，薰風吹來，甚覺清越可聽也。蒼蠅聞之，訝曰：「此聲何自而來者？」隨其聲以尋之，見蟬抱葉迎風，揚揚自得。蒼蠅自念曰：「彼之龐然而大者，苟得引為同類，殊足為宗族光。」於是前而致詞曰：「子之身黑，吾之身亦黑；子具薄紗之翼，吾亦具之；子能鳴，吾亦能鳴。吾之於子，所謂具體而微者也。吾願與子認為同類，可乎？」蟬允之，蠅大喜，以為非常之榮幸。一日，蠅即廁上食糞，蟬見之大怒，馳書絕蠅。蠅不知何故，恭往謁蟬，請開罪之由。蟬急揮之退，曰：「若去休！吾清潔高尚之士，胡可引此逐臭之夫為同類也！」（《俏皮話‧蒼蠅被逐》）〔註24〕

文中如蟬一般的高潔之士是君子，如蠅一般的逐臭之夫是小人，而自甘墮落之徒即一如蒼蠅集廁上食糞的情狀般，巧妙地將追名逐利而毫無自尊的人和這群逐臭之夫連結在一起，十分深刻地諷刺了社會上品德的敗壞情形。

---

〔註24〕海風主編：《吳趼人全集》第七卷，頁350。

　　復次，完全之人絕不是處處都有的，因此，趼人在〈背心〉中也藉由背心雖爲衣服，卻不是襟、袖、領、楔皆備，所以無法得到完全之名，點出了世間不完全之人一心追求虛名也只是白費心力而已。

　　骨氣節操乃是處世之道，〈蛇教蚓行〉即是以蛇因節節有骨，雖無足但行甚速，蚓則因通身無骨，遂百學不能肖，諷刺無骨者烏能通行於世？又〈骨氣〉一文亦將文彩斑斕、儀表不俗的金魚，比爲沒骨氣的讀書人。〈木嘲〉中也以松樹雖受人踐踏，卻也有作棟梁之時，表示君子當有凌雲壯志，切莫像樟樹一樣以成爲受人叩拜的木偶爲樂，而忘了可能成爲女子墊腳的高底。

### 3. 欺世盜名

　　唯利是圖的社會，徒擁其名卻無其實的人是所在都有的，茲以〈紈扇〉一文爲例：

> 秋風乍起，紈扇齊捐。於是諸紈扇相聚而悲，互相愁嘆。竹夫人譏之曰：「人生出處，自有定時，用捨行藏，聖人有訓。相對愁嘆，徒作楚囚之泣，胡爲者？若余亦與汝等同被棄置，固未嘗有怨言也。」紈扇怒曰：「爾何知？爾不過媚人於床笫之間者耳。吾等乃堂哉皇哉，相與趨蹌於冠裳揖讓中者。爾何得與吾等同日而語？且爾圖具人之名，而無人之實，又復全無心肝者，自是不解愁嘆。」（《俏皮話·紈扇》）〔註25〕

竹夫人是古時消暑的器具，是由光滑精細的竹皮所編製而成的長圓形竹籠，可置於床席間，或憩臂休膝，作用如同今天的抱枕；紈扇則是用細絹製成的團扇，二者的功能材質各異。文中以紈扇怒斥竹夫人不過是媚人於床笫間者，譏誚徒具人之名，而無人之實者，乃全無心肝、名實不符。

　　有功於世是爲人致力的目標，〈蛾蝶結果〉中蝶因爲專以醉香迷色爲事，故罰爲娼妓，蛾則因能衣被蒼生，遂轉世爲富家子。〈銅訟〉中鑄錢之銅反受銅臭的污名；鑄鼎之銅反而供觀瞻賞玩，可見有功者反冒不韙之名，有令譽者則皆粉飾升平，世間如鑄鼎之銅的虛有其表者是所在多有的。〈投生〉文中提及有血氣者以有用爲貴，安於無用者如無血氣之草木耳，只是苟延殘喘罷了。又〈水晶〉以水結冰乃投琢工，冀能雕鏤成器，但卻觸手即化，無法像水晶般質堅透明，遂知徒有其表者未足以爲材也。

---

〔註25〕海風主編：《吳趼人全集》第七卷，頁395。

　　而〈鳳凰孔雀〉一文寫出了欺世盜名的情形，因為鄉下人學識有限，誤將孔雀指為鳳凰，遂將孔雀指為欺世盜名之徒。而〈孔雀篡鳳〉中則進一步寫出孔雀因官員放在頭上的「花翎」，是他的尻下之毛，卻也妄想自命為王。又〈敬告實業家〉則以蜜蜂責紡織娘無實業之實，而冒實業之名，終宵作軋軋聲，恐人不知也，諷刺名實不符的社會情狀。

　　鶺鴒是一種水鳥，在飛翔時會相互共鳴、一同擺尾，而當鶺鴒失去了居處而棲止於高原之時，便會鳴叫尋找同類，因此「鶺鴒在原」即是比喻兄弟有難。在〈徒負虛名〉一文中反倒以鶺鴒只有夫婦，沒有兄弟的情況，來陳述以鶺鴒喻兄弟的錯誤，諷刺世間五倫大義也有徒負虛名的情形。

### 4. 行事卑鄙

　　無恥之徒是毫不注重面子的，厚臉皮可說是他的代表，因此，在〈面〉中便以面無文飾之具，諷刺了厚臉皮者的厚顏無恥。而〈烏龜與蟹〉也用龜來比喻厚臉皮者，因龜殼厚，故能使龜縮入避人，所以縮頭烏龜也就是遇事團縮躲避的人。

　　在〈不開眼〉中先以村嫗相傳，視為掌故的地藏王菩薩開眼、不開眼為始，諷刺人云亦云的社會情況，再以世人所作所為皆令神明看不上眼，婉轉諷刺了敗壞的社會風氣。〈獬豸〉則是寫以角觸不正之人的神羊獬豸，因為眼看天下皆為不正之人，若不大發慈悲，那天下人類就都要滅絕了，揶揄了時人的敗壞品德。〈變形〉也是透過狐欲修練成人形卻不得，反倒是人卻先成了人面獸心者。〈蛆〉一文以蛆尚可入藥，有用於世，諷刺世間庸碌無能之輩，竟然連吃屎的蛆都不如。

　　品德敗壞的人是沒有誠信的，所謂有借有還，再借不難，在〈不少分寸〉裡一位欠債還故意避而不見的人，拖欠一年餘才將本金還清，對於利息更是一毛不拔，因此，其友便故意以其人之道還治其人之身，向他借一件綢袍後，便分為一尺三尺的慢慢歸還。

　　但是，並非借出的錢都可順利要回，倘遇到無賴，往往也只能自認倒楣，一如〈武松打虎〉一文：

　　　　劇場上掮旗槍扮兵卒者，俗謂之「跑龍套」。某甲業此，而賭博無賴，
　　　　屢向武小生某乙乞貸。乙久厭之。會甲博負，又向貸百二文，乙不應。
　　　　是日劇場演景陽岡故事，乙扮武松，甲扮虎，往來撲跌，虎終不死。
　　　　乙初莫名其妙，既而頓悟借貸事，因執虎耳而言曰：「畜生！借給你

罷。」拳起語出，語畢拳落，虎乃死。(《滑稽談‧武松打虎》) 〔註26〕
欠錢不還的賭博無賴擔任劇場中武松打虎之虎，而演武松者久打虎，但是虎
卻死不了，原來就是因爲這個扮虎的無賴非要借貸成功，方肯罷休，眞是顯
現了無賴者的行事卑鄙與貪婪。

又〈不怕他不來做我兒子〉則言某甲聽完和尚所言的有子是因爲欠債的
說法，就打消還債的念頭，想著對方定要討債，所以不怕他不來當我兒子，
竟然可以把欠錢不還和要他來當兒子連結在一起，眞是誇張。

世風日下，就連妓女也不再如往昔重柔媚，〈擋耳光〉一文寫出妓女傲慢
跋扈，恆得人怒，於是只好穿著足以掩其頰的高領，來擋耳光。〈作俑〉乃直
陳始作冥鏹者，亦必無後，乃因冥鏹爲無用之物，既耗民又傷財。

〈放屁不是這樣放法〉是寫一人和他人因事齟齬，遂起筆墨之爭，卻誤
發一言，事後想要換此信函而不可得改，便登報悉易原文，期能掩人耳目。
沒想到終被明眼人識破，而此人竟然在被人覷破底蘊時，撒一極屁，讓明眼
人不得不立即掩鼻曰：「放屁不是這樣放法。」

〈高車所以防搶帽〉黃包車車身低，較立地反矮，故宵小易施搶掠手段，
而古時動輒高車駟馬，顯見搶奪古盛於今。〈也算糟蹋外國人〉寫中國巡警著
外國裝束，本爲崇洋的表現，但卻反被指爲是在糟蹋外國人，原來是因爲會
讓人覺得原來穿外國衣服之人，也有如此腐敗的。〈商量買棺材〉寫舊家子家
道中落而喪其親，在商量買棺材之時，竟然還想到要用富家用過的舊物，且
肯減價相讓者最佳，不期買棺材還有討價還價之事。

## 5. 狎邪風流

達官貴人擁有權勢、財富後，每每廣置姬妾。在〈也是一個問答〉以八
旗之外尚有一種綠旗，但卻未作成綠頂，於是大人先生，便在爬到紅頂後，
就廣置姬妾，自制爲綠頭巾。〈黨眷〉中寫某甲奉上官命接取黨眷，於逆旅中
聽聞他人言又有某乙的黨眷，當下自疑爲難道是一房外黨的姨太太，足見官
員設置姬妾乃爲常事。而〈天然材料〉則以富家翁每以髦年廣置姬妾，有人
戲擬爲是以天然物產，爲制一綠帽。而〈特別徽章〉寫某喜做狎邪游之人，
日喜攜其少妾入妓院，或獻策謂寵妾宜佩一寫著「非賣品」三字的徽章。

茲以〈子乘父業〉一文爲例：

---

〔註26〕海風主編：《吳趼人全集》第七卷，頁 416。

> 有父死而烝其庶母者，親族唾棄，鄉黨指謫。而此人處之泰然，若
> 無所事。或有規之者，則應之曰：「人家之富者，父死之後，一切財
> 產奴婢，莫不歸之於子。吾之所爲，亦子承父業之常耳，何眾人獨
> 不許我？」（《滑稽談‧子承父業》）〔註27〕

父死而上淫其庶母者，人皆指摘其非，而此人竟然還大言不慚的說自己是子
承父業，眞是荒淫至極，可見禮教之敗壞。除了男子狎邪風流外，女子道德
敗壞的情形也是常事，如〈女子不如雞〉一文乃是慨嘆晚近女子社會之墮落，
復以雞有五德之說，女子有四德之說，揶揄女子不如一雞也。

　　人之將死，其言也善，但是對於生平風流者，卻未必如是。〈此人之將死
其言如何〉乃記一風流自喜且善諧謔的老翁，他在將死之時所言竟是：「吾瞬
即死，死後得妙齡女尼繞吾旁，任吾飽看，豈非一樂哉？」當眞是做鬼也風
流啊！又迷戀女色不怕得病的情形在〈蘋果瘡〉文中亦是，某甲眷一妓曰蘋
香，其同事先後因嫖妓而得病，遂告知他要小心點，沒想到他卻笑言：「倘得
病也是『蘋果瘡』，不擔心會是『楊梅毒』。」足見他色迷心竅，送命也甘願。

　　〈醫窮妙術〉寫一小康之子想請醫生幫他醫治「窮病」，自言因爲喜歡嫖
妓，所以家道中落，不期醫生竟然脫其褲操刀於前，要爲他除掉命根子這個
病源。又以〈還有一片瓦〉一文爲例：

> 京師有嫖相公者，揮霍絕豪，車馬、衣服、金玉、玩好，莫不爲置
> 之，終且爲之營居室，構園林。而嫖者乃因是而落拓，至於行之久
> 之，且爲無褲公，以草繩繫片瓦，藉垂跨下。一日天雨，忽遇相公
> 高車駟馬，招搖過市，因冒雨攀轅求見。相公疑其乞錢也，將探囊
> 作小恤。曰：「吾非求乞，有所問耳。」曰：「何問？」曰：「問昔年
> 吾爲爾所營居室漏否？」曰：「漏將如何？」自指跨下曰：「如漏，
> 吾尚存一片瓦，可將去用也。」（《滑稽談‧還有一片瓦》）〔註28〕

因爲嫖男妓而揮霍殆盡的人，終落拓爲以草繩繫片瓦，藉垂胯下的無褲公，
沒想到某日遇到高車駟馬、招搖過市的相公時，也只顧著上前探問其所住居
室是否屋漏，倘若屋漏還可將此片瓦拿去用，此種行徑實在是令人感慨。爲
了嫖妓而揮霍無度、散盡家財，最終還不知悔改，當眞是無藥可救。

　　〈自外生成〉寫一無子而妻妒不敢納妾者，在外偷生一子，十餘年後，

---

〔註27〕海風主編：《吳趼人全集》第七卷，頁429。
〔註28〕海風主編：《吳趼人全集》第七卷，頁467。

趁著太太慨嘆膝下空虛之時，想其年老妒衰，遂告訴其妻，妻子勃然大怒曰：「是個不肖子，因為『自外生成』的，有什麼好東西？」看來嫉妒是不會因為年長而有所減衰的。〈室人別解〉一文提及若亂及女僕謂之搭腳，某甲妻死即以搭腳之女僕為妻，對人恒稱室人，於是有人便以用男僕則稱「家人」，用女僕則稱「室人」，此舉正是「宜室宜家」之道揶揄之。

### （三）沈迷鴉片生活困苦

#### 1. 沈迷鴉片

吸食鴉片者虛靡祿食渾噩度日，且又有傳染痼疾之患，令人不禁覺得此輩不如早死為佳，所以在〈絕鴉片妙法〉中才會有人想要以毒攻毒，摻入毒藥於鴉片中，期能絕此禍患。而禁絕煙館，對於沈迷鴉片者而言，實是一大浩劫，然而，鴉片之為害，物亦受其痼，煙館禁絕，則臭蟲亦將一齊癘殺矣，〈臭蟲遭劫〉和〈老鼠也遭劫〉乃以臭蟲、老鼠因為一同嗅煙成癮，一同失所依據，戲稱他們也同樣遭此劫難，揶揄吸食成癮者。

吸食鴉片的人日夜顛倒，但是沉迷鴉片者反倒甘之如飴，〈鴉片鬼開歡迎會〉則寫鴉片鬼準備為了哈雷彗星，而召開歡迎會，因為其出現在天將亮時，而那時眾人皆在酣睡，惟獨鴉片鬼醒著。唉！豈是眾人皆睡他獨醒？又〈拾金〉一文亦言，吸煙成癮者終歲日夜顛倒，竟言苟天雨金在三四鼓時，則其拾盡而無人覺也，著實痼疾深重。

〈不共戴天〉乃提及吸食鴉片者，俾晝作夜，於是妻醒時夫睡覺，夫醒時妻睡覺，兩人曾無共戴天之一日，妻遂揶揄此舉是因為兩人有父母之仇，才會不共戴天。又以〈還是吃鴉片好〉一文為例：

> 夫吸鴉片成癮，妻勸之曰：「吸此無益之物，歲費百餘金；設戒去之，是歲可積百餘金也。」夫韙之，而未及戒。會歲暮債迫，無可為計，妻出數十金為償之。夫喜，問所自來。妻曰：「每君購鴉片一次，妾即如其數私貯之，乃得此：使君果戒去鴉片，所積即當倍之，畢債外猶有餘裕也。」夫喜，果戒之。次年歲暮，又有所需，問妻：「今歲積幾何矣？」妻愕然曰：「以君不購鴉片，妾無所感觸，即亦無所蓄矣。」夫大恚曰：「還是吃鴉片好。」（《滑稽談・還是吃鴉片好》）〔註29〕

吸食鴉片不但花錢，且又傷身。文中丈夫每購鴉片一次，則其妻即如其數私

---

〔註29〕海風主編：《吳趼人全集》第七卷，頁418。

藏之，故於歲末時，妻拿出數十金為夫償債，而夫也感於此舉，遂戒了鴉片。但是，就在丈夫戒鴉片後，妻也就不復積蓄，故在歲末丈夫又有所需之時，竟然沒有錢可支出，丈夫於是有了還是吃鴉片好的想法，聽到此言還真是令人哭笑不得，除了對妻子的不復積蓄感到可惜外，更對於丈夫以吸食鴉片為佳的想法感到無奈。

### 2. 生活困苦

一如做牛做馬般的勞碌，生活總是困頓的人民，在〈小牛小馬〉文中，直接說出了中國亡後，國人皆牛馬的無奈，因此，原本對子女「小牛」、「小馬」的謙稱，頓時卻成為萬般悲苦的哀嘆。

貧苦的生活，量入為出是十分必要的，趼人有次在探訪一位貧苦朋友時，其零用計帳冊封面題寫著「會計當而已矣」，此句乃指帳目清楚之意，但此友卻借此「當」字為「質當」之當，此一妙用更直截的表現出了生活的清貧。復次，趼人自己在〈咬字嚼字〉中也說出了自己終日營營以賣文為業的勞苦，並妙用了咬文嚼字的雙關之意，即字面上的功夫和賣文維生二者之意，使人會心一笑。

而窮苦的生活，的確也會讓人想錢想瘋了，如〈思想之自由〉一文：

> 窶人子窮到極處，終日想發財。每每自己心裡打算：中了發財票，
> 便當以若干金置產業，以若干金置衣服，以若干金為家人置金珠，
> 以若干金供揮霍。夜間想及此事，即終夜不睡，幾乎把人想痴了。
> 有人問他：「你終日想些什麼？」窶人子以實告。人笑曰：「發財有
> 命，如何想得來？我勸你休了這條念頭罷。」窶人子怒曰：「這是我
> 思想之自由，你如何好干預我？」（《俏皮話·思想之自由》）〔註30〕

一個窮到極處的人，日思夜想地期盼發財，天天做著發財後的白日夢，幾乎都要把人給想癡了，旁人勸他休了這念頭，他還義正詞嚴的說，這是他思想的自由，沒人干預得了，真是令人感到又荒唐又無奈。

時局不佳，處處鬧飢荒，遂造成搶米、民變之事，在〈可惜不做臭蟲巡撫〉中就寫著人民飢荒的悲慘，並且以臭蟲雖然也因此跟著鬧飢荒，但卻沒有暴動情事，諷刺人的程度比臭蟲還不如。困苦的生活就連神明也難受，〈山神土地〉即以山神、土地也因買賣地產的經紀人——地蛀蟲，而備受痛楚，

---

〔註30〕海風主編：《吳趼人全集》第七卷，頁370。

可見百姓更是苦不堪言了。

〈買路錢〉則寫鬼怪亦生活困苦，鬼因向守路旁、窮餓欲死，好不容易廁列要津，不期所得的買路錢竟被一人誤踩破壞，遂附身作祟，使其寒熱大作。又〈無本生利〉寫多才善賈為經商不易之名言，斷無無本生利之法，但是士夫沽名、妓女賣笑、賣礦、賣路、賣域豈不是無本生意？足見對於時局的無奈慨嘆。

〈吃羊肉〉是寫一貧而饞者，取石塊欲煮食，對人曰：「此乃羊肉」，或疑其痴，沒想到這個飢餓的人竟然回答：「黃初平叱羊成羊，此寧非羊肉？」看來貧苦飢餓真的把他弄傻了。而〈只怕死也無益〉裡某甲貧甚，向人求借一文而不可得，其妻死，往唁之，見饋冥鏹者眾，即欲尋死，想死後亦有饋他者，足見世態炎涼生活困苦。〈窮鬼終窮〉乃以乞丐死後一心想要投胎到富貴人家，遂見富貴家便猛然入內，不料終究是窮人再世，父母原來是在富人祠堂的典嗣者。

〈豈所以便貧民耶〉重力剝削的押店旁開了間米店，兩店屹然並峙，實在是因貧民無以維生，必典當衣物後方有錢購米，這種便民之方，實是凸顯了人民的苦困。

〈穿拷布〉中有一貧人在丁憂之時，身著近紅紫的拷布，竟有富家子告之曰：「此次色近紅紫，死了老子娘的人不宜穿此」。貧遂答以：「汝家穿白紗、白綢、白羅，不都是死了老子娘之故？」貧苦之人只要有衣服可穿就心滿意足了，哪裡還有心思去顧及顏色，富家子弟著實不知民間疾苦。

## 四、妙語解頤供人笑柄

《俏皮話‧自序》中的趼人說自己喜詭詼之言，偶發言則朋友每每捧腹大笑，且他也記錄了這些諧趣之語，登載於以諧謔為宗旨的報紙。再者，《新笑林廣記‧自序》中趼人亦揭示了文字之道，壯詞不如諧語的理念，所以思以改良鄙俚下文，期能改良社會。因此，在他一系列的諧趣文學中，妙語解頤供人笑柄的作品可說是別具巧思的，而笑柄的產生方式有：

### （一）巧妙聯想令人莞爾

#### 1. 顏色類推

顏色類推意指透過顏色所代表的意義，而產生聯想營造諧趣的效果。如

〈旗色〉一文以紅旗爲危險，黃旗爲病，所以中國招商局的紅底黃心旗，即令人連結爲危險而患心病者的意思。又以〈戴藍眼鏡者一笑〉一文爲例：

> 西俗藥房貯毒品一瓶，例用藍玻璃爲別。蓋恐人誤嘗，故特作此記認，亦愼重之意也。有因夏日天氣酷熱，陽光逼人，特購一藍眼鏡戴之以禦陽光者。或見之，訝曰：「豈尊目有毒耶？」（《滑稽談・戴藍眼鏡者一笑》）〔註31〕

藥房例用藍色的玻璃品作爲毒品的記號，以避免人誤嘗，而一戴藍眼鏡以抵禦陽光者，遂被滑稽者透過顏色的類推聯想爲是尊目有毒之人，以產生笑點。

### 2. 諧音妙想

諧音妙想是透過音同或音近的語音雙關連結，產生趣味。茲以〈蘇州人曰纏格哉〉一文爲例：

> 呼人之發語詞曰：「阿」，吳儂致問之發語詞亦曰：「阿」。如問好否，曰：「阿好」；問是否，曰：「阿是」之類是也。某翁耳重聽，一日入妓院，見兩侍兒，翁問何名，其一曰：「阿寶。」翁誤「寶」爲「飽」，疑其問也，摩腹曲言曰：「尚飽，尚飽。」又問其一，對曰：「阿娥。」翁又誤「娥」爲「餓」，亦疑其問，再摩其腹曰：「不餓，不餓。」
> （《滑稽談・蘇州人曰纏格哉》）〔註32〕

重聽的老翁因爲耳背和吳語的因素，先後將「阿寶」、「阿娥」，誤爲「阿飽」、「阿餓」的問候，遂摩腹回答「尚飽尚飽」、「不餓不餓」，這行徑實是令人發噱，而這種諧趣的產生就是因爲諧音妙想的關係。

又〈誤鼠〉中老學究將「暑」假誤爲「鼠」假，遂詫曰：「鼠假之後不知放不放貓假？」〈神號鬼哭〉是寫科舉廢除後，受拜之神將無人祀之，含冤之士則負屈九泉，令人想到鬼哭神號的情形。〈長短嘲〉則是分別以射字嘲短者寸身（射）之軀；以死之日，無所取裁（材）嘲長者之軀。又〈送死〉則寫紈袴子弟藏書頗富，卻目不識丁，友人來借《宋史》，竟當成要借「送死」的東西，爲此大發雷霆。〈花旦〉蛋殼鏤花之花蛋（旦）可置入劇場。

富人延師課子，待師也是即爲小氣的，在〈雞有七德〉之說中，因爲鄉人待師殊吝，終歲蔬食，老師即以「雞有五德」之文、武、勇、仁、信，復加上「我吃得、汝捨不得」之句，來諷刺主人的吝嗇。

---

〔註31〕海風主編：《吳趼人全集》第七卷，頁436。
〔註32〕海風主編：《吳趼人全集》第七卷，頁437。

〈也是書畫專家〉則是寫一揮霍頗豪者，被書畫發起者利用，但在被識破此富者是名實不符者時，竟然言其是牌九麻雀永不贏錢的大輸（書）家；言大而誇的大話（畫）家。〈無藥可醫卿相壽〉言鹿芝軒相國明明有弟鹿芝館（廣東丸藥店名），是專賣好藥的，居然要死。

〈二之與兩〉言吳人「二」之音與「一」相近，故禮拜二每被誤爲禮拜一，遂有一吳人爲免誤解，而豎二指曰：「禮拜兩。」又將該死該死之句掛在嘴上，實在不是件好事，〈該死該死〉一文即寫袁翔甫對人恆常語：「該死該死」，某友述其父得病及死狀，袁不俟其說畢，每聽一言輒曰該死該死，想必其友心中定當十分不悅吧。

### 3. 別字連結

別字連結是指透過因爲形音相近而寫錯的字而產生諧趣之感的情形。如〈誤字〉一篇以吉、擊、戟、棘音讀相近，遂造成新識之友書寫錯誤的情形來引發笑意。又以〈別字〉一文爲例：

> 某婦患難產，諸醫窮於術。忽一人獻策曰：「不須調治，我知道到了本月二十七日，立下。」人問何故，曰：「你不信，翻開《曆本》看看，今年可是三月二十七日立夏。」（《滑稽談・別字》）〔註33〕

某婦難產，竟然有人獻策要大家別急，還暢言本月二十七日立下，原來是他把「立夏」想成當成了「立下」，所以才會說出不須調治即可立刻生下的字句，這種行徑還真是令人感到好笑。

〈讀別字〉一文是寫某甲將某士人規勸被父母無理責罵之人的「天下無不是的父母，便委屈些也不該煩惱」，誤解爲「天下無不死的父母，便委屈殺也不需煩惱。」且還以此安慰某乙的可笑行徑。

〈角先生〉是說粵人小銀圓是以毫記，記帳時爲求方便則簡寫爲「毛」字，某上海人擔任帳房不解，同事告知「毛」字意即「角」字的意思，沒想到，月底時，他竟然連客戶中有毛姓者，都寫成了「角先生」，真是個令人莞爾的舉動。

〈《淮南子》校勘記〉一文之「天雨粟，鬼夜哭」，本作爲天知人將餓，故雨粟；鬼恐爲文所劾，故夜哭。然或讀之而疑者，改鬼爲兔，解釋爲天因見士可不耕而食，故雨粟以獎勵；兔則因爲知其毛將被取以爲筆，故夜哭。〈近

---

〔註33〕海風主編：《吳趼人全集》第七卷，頁423。

視〉寫一近視者，竟然將「水族館訂於某日開館」的「水族館」三字看成了
「本旅館」，還大喜曰要遷居此中。

### 4. 引經據典

引經據典是指引用經籍典故爲說話行文的依據，將古書籍中所載加以陳
述，並加以巧妙聯想者。如〈貓〉是將書中所載之「鼠食鹽百日，則化爲蝙
蝠」，渲染爲故事，寫鼠本怕貓，但吃了鹽後果眞長了翅膀，儼然成爲蝙蝠，
遂反過來戲弄貓。〈記狗〉乃是依據某說部載狗因爲醫好皇上之病，遂得以娶
公主爲妻，職是，今人男女老幼皆愛狗或與狗同寢，正是源於此。〈虛題實做〉
寫某西書內載：「其婦人對月，忽作遐想，安得此月化作麵包？」，於是中國
人中秋吃月餅之俗，實是虛題實做之舉。又〈秦始皇學得蜑蟲法〉乃因荊軻
刺秦王時，秦王環柱而走，狀如蜑蟲繞指迅速而行，使人覓不可得。

茲以「空中樓閣」一文爲例：

> 一人喜造謠言，或謂之曰：「汝腹內想必有許多磚瓦木石及水作木作
> 諸匠也。」訝問何故，曰：「倘無此等物事，汝焉能造出許多空中樓
> 閣？」（《俏皮話・空中樓閣》）〔註34〕

空中樓閣是指脫離現實、不能實現、沒有意義的幻想，文中即引用空中樓閣
之句，挪揄喜歡捏造謠言的人，蓋因爲他們總是喜歡無中生有，好似腹內有
許多磚瓦木石般能建立空中樓閣。

「是非只爲多開口，煩惱皆因強出頭」意指多話容易引起是非，搶先出
面則往往會自尋煩惱，〈強出頭〉即以某甲因口角細故被官吏判枷號示眾，巧
妙地將因多開口而惹是非，和戴枷的強出頭連結。

〈酒囊飯袋〉一文寫某人想要改罵人之詞的粗鄙爲蘊藉之語，於是決定
將罵人之無用者曰口，蓋因人之五官皆有所司，口司飲食，也就是酒囊飯袋
之處。〈四馬路之貓行將餓煞矣〉則寫四馬路杏花樓之堂倌，對於客人舉箸擊
杯盤，則謂曰：「拌貓飯去也」，後此店停交易將經旬，趼人遂開玩笑想說四
馬路之貓就將要餓死了。

〈吳牛喘月〉記趼人經年咳喘，一滑稽友取「『吳』牛喘月」之句笑曰：
「莫非是有月亮」，以挪揄吳趼人是頭牛。又富貴人得病，必群醫雜進，〈鹿
死誰手〉寫鹿中堂久病不起，亦是群醫醫治，若不能脫離病痛，眞不知是「『鹿』

---

〔註34〕海風主編：《吳趼人全集》第七卷，頁 371。

死誰手」。

〈五臟俱全〉寫或敘周桂笙事，略云：「肝膽照人，今之有心人也。沈默寡言，而偶作俳言，又似別有肺腸者」桂笙見而笑曰：「可謂五臟俱全」，大抵將肝、膽、心、肺、腸都提及了。

〈貧人多子之原因〉言富人因日食珍品，難於子嗣。而貧人卻因每每藜藿自甘，於藿類之中有一種淫洋藿，《本草》稱其補命門火，扶陽種子，特貧人子女獨多。

又以〈叔齊遠遁〉一文為例：

> 相傳某士子，作伯夷、叔齊文，篇中痛責叔齊捨伯夷而遠遁，無兄
> 弟之義，為德不卒。文宗見而異之，以為別有出處也，傳至案下問
> 之。對曰：「想當然耳。」文宗怒欲責之，責呼曰：「春秋時，孔子
> 有言，必夷、齊並舉。至戰國時，孟子惟獨舉伯夷，豈非叔齊他遁
> 之證耶？」（《滑稽談·叔齊遠遁》）〔註35〕

文中寫某士子以古籍所載為根據，透過聯想以產生笑柄。先言春秋時，孔子言必「夷、齊」並舉，可是到了戰國之時，孟子卻獨舉「伯夷」，據此而推論叔齊他遁，想法著實令人發噱。

〈涓滴歸公〉言甲滴酒不飲，某日取口杯中之少許，傾內杯中，乙見而笑之曰：「使子管理財政，必大佳。蓋因『涓滴歸公』」。〈姓到千字文上〉言《百家姓》一書絕無文理，僅供告人姓氏之用，有一人姓諸，告人言為「諸姑伯叔」之諸，人或不解，此人乃告知是《千字文》，而非《百家姓》，不期他姓到《千字文》上，還真是絕妙。〈互問貴姓〉則是寫甲乙互問貴姓，互相揶揄對方，對姓孫者則言：「原來是我子孫的孫」；對姓宗者則言：「原來是你祖宗的宗」，彼此都不讓對方佔上方。

〈奇稱〉因為皇帝稱萬歲、王稱千歲，依此推論，郡王當稱百歲、貝勒當稱十歲、貝子當稱一歲。〈太夫子〉婦致書於翁當稱「君舅」，但是有一人忘了婦致書於翁該用何稱謂，遂依照婦致書於夫則稱「夫子」，所以，婦致書於翁則當稱「太夫子」加以類推。

唐代蜀中名妓薛濤居於成都萬里桮邊，能詩善文，人稱「女校書」，因其居處植有枇杷樹，後遂以「枇杷門巷」比喻妓院。在〈打滑頭之彈子〉中即從滬諺將獵流妓稱為「打野雞」，隱語以銀元為「洋槍」開始聯想，揶揄滑頭

---

〔註35〕海風主編：《吳趼人全集》第七卷，頁440。

少爺性喜匿跡於妓院的行徑，遂將枇杷比做「打滑頭的彈子」。〈臭蟲大少爺〉稱歡場中的輕薄少年臭蟲大少，蓋因其於此時此際，乃得在枕席上討便宜耳。〈大潮已經來了〉四馬路一班夏季衣著光鮮，冬季便無力購買衣服的浪蕩子「荷花大少」，平日吃酒叫局，到了八月十五，莫不以漂了之，不就是大潮來了嗎？以此揶揄歡場中的輕薄少年。〈隨緣樂助〉某客將妓院記備酒之冊籍的堂簿，改「堂」爲「緣」，且旁注「隨緣樂助」四字，以揶揄浪子。

拿神明開玩笑也是趼人作品中常見的，〈觀音菩薩〉一文指人是以眼觀色、以耳聽音的，但是觀音菩薩卻名爲「觀音」，可見其不能聽，乃是一聾子，揶揄愚蠢之輩的迷信佛法。而〈文殊菩薩〉更是透過文殊菩薩騎著獅子，而悍婦又有河東獅子之稱，便以「文殊菩薩」來譏笑家有悍婦的人。

〈諧對〉以「過鱭船搔背」對「砍柴山剃頭」呈現諧趣。〈作壁上觀〉寫相率訪某妓而不得見者，僅得觀牆上某妓之小影，戲稱此爲「壁上觀」，不期一食古不化者聽聞，竟咋舌誤以爲是此人家想必有戰事，遂只好作壁上觀，坐觀成敗，不幫助任何一方。〈題小照詩〉寫某君遊西湖，於蘇小墓前攝影，趼人遂題詩曰：「得與美人作翁仲，縱儕頑石也風流。」以墓前石人「翁仲」揶揄朋友。

### 5. 天馬行空

天馬行空是一種狂想，有些是經由個人的奇發異想所產生，有些則是因爲個人的學識見聞淺薄所造成，而這種妙想時而能產生詼諧之感，時而則帶有諷刺之旨。茲以〈和尚宜蓄髮辮〉一文爲例：

> 髮辮無用而累贅，人皆知之矣。有創爲奇論者曰：「吾輩各有事業，終日勞動，烏用此累贅物？惟彼和尚者終日無事，亦不動作，即令蓄髮打辮，亦不礙事。不知當日定制，胡不如是？」（《新笑林廣記・和尚宜蓄髮辮》）〔註36〕

文中敘述終日勞動的百姓有感於髮辮無用且累贅，所以也不禁發出奇想，覺得和尚終日無事、亦不動作，即令蓄髮打辮，亦不礙事。除了有對於蓄髮辮的反思外，也諷刺了無所事事的和尚。

〈蟲類嘉名〉藉由蜂王宴客，螢大放光明爲燈燭，遂得到「光後先生」的美名，而此「屁股後頭光躂躂」的語句，正是蘇州人譏笑無子女者的用語。

---

〔註36〕海風主編：《吳趼人全集》第七卷，頁339。

〈田雞能言〉以雞和田雞的巧妙對答，聯想到若雞一定要有毛的話，那麼上海胡家宅之野雞，也就是這群當街拉客的流鶯、私娼不也都長毛了。復次，〈地棍〉之說也是趼人的奇想，因為水往南北匯流就結成冰而有去無回，所以往南北者愈多、往東西者愈少，那麼地球就將漸漸成為長圓形，久之，不就成為一條地棍了。

〈涕淚不怕痛〉則是想到人越是被打，涕淚反而越流出來，故做出涕淚不怕痛的謬思。或曰無線電報精絕奇絕，當非古人所有，在〈古人無線電報〉中就有一不服者，妙想封神榜的順風耳就是古代絕佳的無線電報。又〈八仙慶壽〉粵人稱銅圓為仙，有壽日稱觴者，一人餽銅圓八枚，以為壽禮，取八仙慶壽之義。〈招租〉言某甲性喜狎邪遊，歸宿極少，同事戲書招租二字貼其榻上，上海縣前所設站籠亦久虛置，滑稽者亦戲書招租二字貼其上。

〈冬暖夏涼〉言冬日擁衿睡足，則周身溫暖；夏日汗後撫之，則遍體清涼，自己肌膚便是冬暖夏涼之無價寶，特以此警示不求自修而專事外鶩的人。〈亦是一問題〉寫天、地二字久為配偶之名詞，甚至有父天母地之說，何以吾國向稱皇帝為天子，獨不聞皇后為天媳。〈未免有屈警官了〉寫警兵晨夕為人巡邏，被人譏為狗，以此揶揄倘警兵是狗，那麼警官豈不是個狗頭了？

〈旅館大王〉新鹿鳴西式旅館棧開幕，或疑為何稱旅館又稱棧，或解之曰是欲為各處旅館之棧房，使各旅館都歸於此一家，同於旅館大王之意也。〈歡迎會〉寫某人夜來因觀劇而來不及回家，遂投宿某旅館，不期床隙蜇蟲盈千累萬，吵得他睡不著，而他卻將此比為是開歡迎會來歡迎他。

〈酒中三鬼〉則把喝酒的醜態比為被鬼上身，從秀才鬼的舉杯喊請，到武弁鬼的挽袖握拳，後似乞兒鬼求人賜飯，顯見酒後失態的可鄙。又〈茶醉〉言一人喜飲紅茶，至茶室每呼曰：「泡紅的。」一日，至友人家時亦曰此句，遂被揶揄曰：「當是茶醉，不然何以說起亂話來？」

〈聰明互用〉言市井傳述新聞，事無鉅細，皆聞而知之，於是，看新聞乃以目為耳，聽書則為以耳為目，實在是聰明互用。〈司非所司〉寫五官百骸各有所司，一入文士之筆，則顛倒錯亂，如目聽、目語、手談、耳食、腹誹、頤指之句即是司非所司。又〈鼻窮于術〉言書香、心香、埋香、天香、梅花香，銅臭、逐臭遺臭，這些香臭是從何處嗅得？

茲以〈紅豆腐湯〉一文為例：

　　城中有富家兒，當秋收時，忽動遊興，自下鄉收租。佃戶奉承之惟

謹，治饌享之。既歸，責令庖人作紅豆腐湯。庖人不解其法，烹調
以進，均不謂然，曰：「吾於佃家且得嘗之，何吾家廚役，遂不及鄉
人？」庖人走詢佃戶，則是日曾以豬血湯進也。（《滑稽談·紅豆腐
湯》）〔註37〕

見識淺薄的富家兒因爲不曾吃過豬血湯，竟然將豬血湯誤認爲紅豆腐湯，還
責令庖人作湯享用，眞是令人爲他的無知感到可笑與可悲。

〈太遲太早〉甲訪乙時，來太早因蛋尙未孵成雞；乙訪甲時來太晚，因
竹已非嫩竹。而〈一生不醉〉中某甲向來滴酒不入，或疑甲能飲且量最豪，
遂以巨觥酬之，甲甚窘。或解之曰：「吾輩飲酒不醉不休，甲『一生不醉』，
非量最豪者哉？」不喝酒者眞的是一生不醉啊！

〈世界是一家大藥店〉提及人種裡黃、白種人占多數，紅、棕、黑佔少
數，正符應「優者有用，劣者無用」之說，蓋因「人中黃、人中白」爲藥品，
未聞有人中紅、人中棕、人中黑者。

〈罵自己〉某甲購得照相之快鏡，卻百照不得法，自沈吟曰：「畫虎不成」，
沒想到倒是罵了自己。〈又罵了自己己了〉趼人日課滑稽談一則，俾閱者發一大
噱，自言此是自己特別的「賣笑」生涯。〈湊壽禮〉中有了準備了八樣壽禮，
卻想要湊到十樣，有人便告訴他當日親自去拜壽，就可以變得十樣了，蓋因
加上「壽頭、壽腦」二項。

## （二）語詞新解故意唐突

### 1. 語詞新解

語詞新解能造成突兀感而產生趣味，而直接從字面上解釋，不求了解詞
句正確內容的望文生義情形，即是在意義違律的中達致諧趣的緣由。茲以〈羅
漢〉一文爲例：

昔年滬上盛行「四大金剛」之說，蓋指妓女林黛玉、陳蘭芬、張書
玉、金小寶而言也。此四人何以得此生誼？則莫可追求矣。或曰：「是
當稱以羅漢，不當稱以金剛。」人問：「金剛、羅漢，同是佛門子弟，
有何區別？」曰：「羅者，羅致之羅；漢者，對子之漢也。」（《滑稽
談·羅漢》）〔註38〕

---

〔註37〕海風主編：《吳趼人全集》第七卷，頁461。
〔註38〕海風主編：《吳趼人全集》第七卷，頁427。

文中滑稽者從「羅漢」之字面意義解為「羅致漢子」之意，以此挪揄妓女羅致漢子的實情，除了充滿諧趣外，更將妓女盛行和漢子沈迷的情形，作了委婉的諷刺。具有同樣意旨的又如〈鐵面〉一文：

> 昔年在茶室中，見流娼往來躞蹀，諸品茶者咸目逆送之。因戲語人曰：「今世男子，皆以鐵為面者。」或曰：「鐵面無私，世有幾人？」曰：「諸男子雖皆鐵面，惜夫女子之面，又皆是吸鐵石也。不信，但看流娼過處，諸人面皆隨之以轉，是其證矣。」（《滑稽談·鐵面》）〔註39〕

文中以鐵面一詞稱男子，不是稱揚男子鐵面無私，而是諷刺男性的風流好色，蓋因流娼過處，諸人面皆隨之以轉，所以流娼是吸鐵石，男子是鐵面，總是被流娼吸引。

〈新小說〉中順著廣東省的《廣告》、甘肅省的《甘言》、福建省的《福音》而推出新小說是新疆人出版的結論，即是直接從字面加以解釋的情形。〈誤蒙學〉則是對於蒙學的誤解，不識字者望文生義，將啟蒙之學誤解為蒙古之學，遂遭留笑柄。

「大人虎變」意指天子變革一新，就如同虎變一樣，紋采斑斕，煥然一新，但是在〈虎〉一文中，一捐官者竟然因為學識不足，而將此句誤解為大人官員都是老虎變的，所以在見上司之時，竟然驚慌失措，實在好笑。

〈休字之別解〉中某人之妻悍妒無度，或勸其「休妻」離婚，怎知此人竟將到死才肯停止的「除死方休」混為一談，答以「他不死，我又不死，如何可休？」實在是令人莞爾。

復次，〈手足錯亂〉是從「捷足先登」引發笑點的，望文生義地說報社搶先登載新聞乃是仗著「捷足」的快腳之力。〈引經據典〉裡的烏鴉竟然以「玉顏不及寒鴉色」之句，強詞奪理說自己是潔白的，蓋因從字面解說，因為玉是白的，而詩句中卻說玉的顏色比不上寒鴉，所以烏鴉便以此佐證自己是潔白的。又〈雌雄風〉亦是引經據典以佐證風有雌雄之荒謬臆說，倘若真的遇到這種引經據典，強詞奪理的人，真是會令聞者啼笑皆非的。〈引經據典〉中寫某戶人家在大出喪之時，隨行之僧竟然各以逍遙傘一頂罩之，借此彰顯闊綽，人叱為無理，竟也引經據典回應是取自清詩：「河上（和尚）乎逍遙」之句。

〈沒有兒子〉言新學少年忽然想要涉獵舊學，遍檢《百子全書》之書目，竟然把道家的老子，誤解為父親老子；把寫孫子兵法的孫武，誤解為含飴弄

---

〔註39〕海風主編：《吳趼人全集》第七卷，頁470。

孫的孫子。大嘆：「中國有了老子，又有孫子，卻偏偏沒有兒子。難怪會被外國人譏笑倫理不完全」，真是貽笑大方。

### 2. 故意唐突

魚目混珠、李代桃僵的故意唐突情形，是在嘲弄讀書不求甚解的文士，他們缺乏求真的態度，未能確切的瞭解事物的本質意涵，時而盲從、時而道聽途說、時而以訛傳訛，每每在字音方面誤讀，或是在字義方面誤解，此種行徑除了顯現當事者的無知外，更多了諷刺揶揄的效果，而這。茲以〈醃龍〉一文為例：

> 小學家於字音最為講究。按「菹」字，《唐韻》：「側魚切，音沮。酢菜也。」又《集韻》：「子邪切，音嗟。澤生草曰菹。」村學究教子弟讀書，至《孟子》「驅蛇龍而放之菹」句，每每讀側魚切，是驅蛇龍而為醃菜也。不期禹抑洪水時，卻先制此下飯好小菜。可發一笑。
>
> （《俏皮話‧醃龍》）〔註40〕

為學重在求真，小學家於音讀的考究至為嚴謹，語音的訛讀往往會造成貽笑大方的情況，此篇即是從「驅蛇龍而放之菹」的「菹」字誤讀為側魚切，遂使意思成為驅蛇龍而為醃菜，以引發笑意。

又〈誤入紫光閣〉則是取笑村學究竟將紳富家的百鳥圖誤為圖形紫光閣，足見見識淺薄的鄙陋。〈龍〉乃寫學究子弟深信龍之存在，儘管明達者告知不可信，學究仍不服，且以龍的存在與否調侃皇帝之難以得見，因為二者都是跡涉疑似。

國人崇洋媚外的心態，也使得外國人自視非凡，〈帽子不要擺在頭上〉就是一則對於中國語半生不熟的外國人，自以為非常瞭解入內脫帽的規矩，隨口說出帽子不要擺在頭上的話語，令人不禁要反問，帽子不擺在頭上，那要擺在哪兒呢？

〈赤白不分〉是以生而盲者從「赤手空拳」和「白手成家」，二句中「赤」與「白」字意義一樣，所以誤將赤白混為同一色系的笑話，諷刺人云亦云的人。〈外國人不分皂白〉也是同樣從「不分皂白」之「皂」字為黑之意，但外國人的卻把白色的肥皂稱為「肥皂」，故斷言外國人黑白不分以引發笑意。

民權乃是以民為貴之意，在〈民權之現象〉中的官吏但講官權的重要，

---

〔註40〕海風主編：《吳趼人全集》第七卷，頁359。

且說抗糧不繳的頑劣農民，就算恐嚇鎮壓也絕不繳出錢糧指為民權的表現，的確令人感慨。不求甚解的人除了人云亦云外，更凸顯了自己的愚昧無知，在〈居然有天眼〉裡無知婦稚相信天眼之說，甚至認為閃電就是天眼，若天真的只有一眼，那可真的是「獨具隻眼」了。

「百行孝為先」，孝為天性，不孝者乃因外物泯其天性所導致的，〈羊〉一文探究羊會有跪乳之禮，乃是由於骨節的原因，非跪不足以就乳，但是，世人不求甚解，卻以此禽獸勸人為孝，一何可笑。又〈放生〉一文闡述放生乃是起於憐憫之心，是對體弱或病者放生，但人們卻誤用，大若牛馬、小至雞犬都送至放生局豢養，恐將變成禽獸逼人之情況。

〈天圓地方耶天方地圓耶〉寫持「天圓地方」者意謂天圓如張蓋，地方如棋局，而謂「天方地圓」者竟然是依據外國「天方教」而言。〈說死話蒙住活人〉則提及英皇電訊至後，某人竟於茶館說德宗皇帝派了官員要前去向英皇問好，不期旁人竟然受騙，回應說他未曾見此上諭，當真是活人被這死話欺騙了。

〈打樣〉文中提及起造房屋必先繪圖，買賣大宗貨物必先以貨樣來，均謂之「打樣」。店鋪關門謂之「打烊」，久之，「樣」與「烊」音近而無別矣。某店關門時齊呼打烊，滑稽者遂戲之曰：「世無永不倒閉之店，故此時能打一倒閉的樣子看看。」

〈紅丸案〉寫李可灼進紅丸而帝崩，雖然朝士譁然，但終成疑案，戊戌政變時更有操紅丸之說，聞者轉移而成笑柄，不期民眾竟爭相販售紅丸，且自詡功效之神，足見人民之不求甚解。

復次，以〈符籙世界〉一文為例：

> 各行省將考取法官，不知者以為道家之法官也，喟然嘆曰：「昔者法官，僅江西龍虎山張天師處有之。今且求之於各行省，將來此輩用事，必變成符籙世界，則庚子義和團之被殺，不亦冤乎？」（《滑稽談‧符籙世界》）〔註41〕

文中的不求甚解者，將司法審判的法官和禹步念咒的法官混淆，誤以為各行省要招考依法擔任審判工作的法官，是要招考道士，遂感嘆萬千的為符籙世界而難過。

〈輕身〉一文寫《本草》所注茯苓、澤瀉之藥，均謂久服可輕身，能行水上。有人竟然據此推論說：「那世界有一等人，骨頭沒有四兩重，想是多服

─────────────

〔註41〕海風主編：《吳趼人全集》第七卷，頁 435。

了此物。」又〈斷章取義〉言某官將「公入而賦大隧之中」，借用爲「公出（因公出外）而赴（與賦同音）大隧之中」，遭人指正之際，還暢言：「偶爾掉文，本是無關『出入』的」。

〈叫車〉寫某內地人到上海時欲坐人力車，卻沿途誤呼爲「包車」，故車伕置若罔聞，不期此人竟訝曰：「車伕是聾子。」，車伕聽到亦曰：「客人是瞎子。」而〈鄉老查功課〉則言一目不識丁的鄉老，送其子入學堂讀書，每日放學問其所學爲何？因孩子答以第一課、第二課、第三課……，此人遂以爲老師只教他小孩起課，竟勃然大怒。

### （三）翻譯失當貽笑大方

中、西文化接觸頗盛的晚清，西文的翻譯是常見之事，然而，在翻譯西文之時最忌諱的就是草率和拘泥，倘若直譯往往會因爲翻譯失當而產生令人發噱的情況，一如〈犬車〉之文：

> 馬駕兩輪之高車，英人謂之 Dogcart，蓋專以備出獵之用者。獵者自執轡於前，而以後車載獵犬，故得是名。Dog 譯言犬，Cart 譯言車也。曾見上海《中外日報》譯西報一條，於 Dogcart Driver 皆譯作「使犬車者」，幾令人疑以犬駕車。是蓋直譯之過，遂貽笑柄也。若釋其意義，當譯爲獵車，庶幾近之。（《新笑史·犬車》）〔註42〕

Dogcart Driver 因爲從字面上直譯的關係竟然成爲「使犬車者」，而 Dogcart 易使人誤爲是以犬駕車之意，這和獵車的本意可說是大相逕庭，實是翻譯失當貽笑大方的情形。

## 第二節 吳趼人諧趣文學示現的萬物群相

趼人諧趣文學作品中所示現的萬物群相是十分多元的，人物、動物、植物、無生物、人體器官、天象、神鬼應有盡有，以下茲分別介紹萬物群相中所展示的的各種樣貌，期能一窺晚清的社會情狀。

## 一、人物群相

嬉笑怒罵的眾生群相在趼人諧趣文學中多元的呈現，有奸險擾民的官吏、粗鄙狂妄的書生、唯利是圖的商人、醉香迷色的娼妓、狎邪風流的嫖客、

---

〔註42〕海風主編：《吳趼人全集》第七卷，頁 328。

專業不足的庸醫、渾噩度日的和尚，甚或爲富不仁者、貧苦不堪者、拘執迂腐者、品德敗壞者、沉迷鴉片者，眞可謂形形色色、無所不包，實是能充分反應當時民間生活的浮世繪。

## （一）奸險擾民的官吏

官吏群體是四部諧趣作品中，趼人最爲致力描摹的一群，他們的腐朽、貪婪、怯懦、迂腐，促使國家內憂外患頻仍，百姓身陷水生火熱之中。上層統治者如豬般的冥頑不靈，新舊黨爭似水火般不容，貪官如鼠般逢迎諂媚，污吏同蛆般橫行舞弊。他們彼此相互傾軋，卻又臨事而懼；處處橫征暴歛，卻又處事無能。

捐納買官的制度讓無能之輩有機可乘，只要有錢便可以買官鬻爵，即便是齷齪之徒、學識粗鄙者都可以擔任官職。而爲了爭奪官位，他們傾軋搶奪，手段盡出，甚至可以拿刀拼命。迂腐的他們，能力不足，辦起事來，總是捨本逐末，毫無成效，有時假撙節之名，就算是必要之物亦不能購；甚或辦案之時竟然可以酣然熟睡。

平日橫征暴歛的他們，對待人民十足苛刻，一如虎狼殘暴；但是眞的發生情事之際，卻又苟且偷生，一如鼠龜怯懦。橫行舞弊、逢迎諂媚的無恥行徑，他們樣樣做得，凡事只求個人利祿，不問百姓困苦，只知一味剝削民脂民膏，或蓋洋式宮房、或到外洋閒逛、或姬妾滿堂、完全不恤輿論、不知救亡圖存。

茲以〈陳寶渠〉一文爲例：

> 陳寶渠太守，杭州人，忘其爲仁和籍、錢塘籍矣。爲上海英租界會審委員時，捕役解小竊至，審爲姓陳，輒顰蹙操杭音曰：「我們姓陳的人，沒有作賊的。」再審爲杭州人，則又顰蹙搖首曰：「唉！哪個許你做杭州人？」判罰畢，又謂之曰：「你下回做賊，到法租界去偷，不要到我這裡英租界來偷。」（《新笑史‧陳寶渠》）〔註43〕

陳寶渠審案所表現出的盡是他的自命清高和自掃門前雪的心態，文末對於偷賊的告誡之語，竟然是請他到法租界偷，不要再到英租界偷，更令人對他的愚昧昏庸深感無奈與痛心。

## （二）粗鄙狂妄的書生

「百無一用是書生」是對文人志大才疏的揶揄，但是書生倘眞成爲百無

---

〔註43〕海風主編：《吳趼人全集》第七卷，頁 326。

一用之輩，豈不也是萬般無奈？然而，在趼人諧趣作品中的書生，大抵思想
陳腐不合時宜，一如只會死讀書而不知融會貫通的蠹書蟲。

為學未能求真，只是不求甚解者，如〈醃龍〉裡的老學究音讀有誤，將
「驅蛇龍而放之菹」的「菹」字誤讀為「側魚切」，竟使意思成為驅龍蛇而為
醃菜。又見聞淺陋者，則是將百鳥圖誤為紫光閣。或將「暑」假，誤為「鼠」
假。而蒙學乃「啟蒙」之學，竟誤解為「蒙古」之學。更甚者是能在檢閱《百
子全書》篇目後，發出「何以有『老子』，有『孫子』，卻偏偏沒有兒子的疑
問」？其粗鄙程度真是可見一斑。

迂腐不通世情者，於山東滎陽之亂，流離失所之時，未能悲天憫人也就
罷了，還只覺得是辜負了一年好滎陽梨耳。又以〈孔子嘆氣〉為例：

> 百鳥皆卵生，惟鵪鶉為化生。故老於獵鳥者言百鳥皆有巢，惟鵪鶉
> 無巢也。化鵪鶉者，或蛙蛤，或田鼠，不一定，鄉人每多見之。一
> 鼠將化鵪鶉，頭頂已化成矣，為腰脅以下則猶未化。適為鄉人所見，
> 急捕而悶殺之，攜之入城，炫示於人。於是城中之通人學士，皆以
> 為見所未見，咸來就觀。久之，轟動遠近，來觀者車馬相屬於途。
> 適孔子一車兩馬，周遊天上列國，於雲端中見僕僕於路者，皆文學
> 之士，不知何故，使子路往探之，子路探得實據以返報。孔子嘆曰：
> 「這不禽不獸的東西，連氣也沒了，那一班自命為文士之人，卻要
> 看他樣子，真是無可如何！」（《俏皮話・孔子嘆氣》）〔註44〕

鼠將化鵪鶉本是異事，而鄉人急捕而悶殺的行徑，可說是兇殘。但是，自命
為文士之人，沒有悲嘆制止也就罷了，竟然還相率咸來就觀此不禽不獸之
物，文人的悲憫之心可真是蕩然無存，也難怪周遊天上列國的孔子會無奈慨
嘆了。

### （三）唯利是圖的商人

晚清重商思潮勃興，盼能經商致富者不在少數，這群貪儉逐利的商人，
每每為了達到目的，不惜卑躬屈膝。而且，在洋行裡工作的中國傭人頭目，
和洋人在華商業的經理買辦，甚至會為了討好洋人，而犧牲國格。於是在楊
國明《晚清小說與社會經濟轉型》即提及晚清商人的低劣素質：

> 晚清商人個體素質的低劣主要表現為：一是缺乏創新精神，二是嚴

---

〔註44〕 海風主編：《吳趼人全集》第七卷，頁399。

以律人、寬以待己，三是重虛名不重實利，四是辦事虎頭蛇尾，五是不務正業，六是常常自以爲是，七是崇洋媚外，八是不守時，九是採取精神式勝利法〔註45〕

職是，商人重虛名、重面子，講排場、名實不符的不齒行爲，是屢見不鮮的，諸如：〈紅丸案〉中自詡販售物品的功效，〈豈所以便貧民耶〉裡開設重利剝削的押店，都可窺見這一群無實業之實，而冒實業之名的人，正一點一滴的殘害人民。茲以〈無本生利〉爲例：

> 或相聚談經商之道，均謂「多財善賈」，爲不易之名言，斷無無本生利之法。或曰：「士夫沽名，妓女賣笑，豈非無本生利？」則更有進一解者曰：「此不過小生意而已，彼其賣礦、賣路、賣域者，何曾用本來？」（《滑稽談・無本生利》）〔註46〕

士夫沽名、妓女賣笑僅是無本生利之法的小生意，更甚者的奸商賣礦、賣路、賣域的惡劣行徑，才是殘害國人的罪惡源頭，足見時局的黑暗與商人貪得無厭的奸險，人民國家的利益，就在他們的手上消失殆盡。

### （四）醉香迷色的娼妓

　　如蝶般醉香迷色的娼妓，應該是溫柔婉約、嬌聲細語的，但是晚近的娼妓反倒是飛揚跋扈，話中帶刺，恆得人怒的，如〈擋耳光〉一文：

> 近日妓女衣服，喜用高領，幾及半尺，足以掩其頰，殊不雅觀，顧若輩相率效尤，正不知其何所取義也。或曰：「昔年妓女重柔媚，其對客之周旋應對，恆得人喜。近日之妓女姿傲慢，其對客之語言跋扈，恆得人怒，怒則不免於打耳光。此高領掩頰，迫藉以擋耳光者也。」（《滑稽談・擋耳光》）〔註47〕

喜著高領的妓女，掩頰的情形並不太雅觀，但是，卻又相率效尤，無怪乎滑稽者會揶揄他們是因爲態度傲慢、語言跋扈，只好用高領來免於打耳光。然而，聲名大噪的她們，甚者還有滬上「四大金剛（羅漢）」的美稱，羅致漢子的功力堪稱一流，她們不僅會以大字名片介紹自己，更能憑藉名氣，使得許多風流者慕名而來。這些風流者雖然有時候會無緣一睹鼎鼎大名娼妓的風

---

〔註45〕楊明清：《晚清小說與社會經濟轉型》，（上海：東方出版社，2005 年 1 月），頁 38。
〔註46〕海風主編：《吳趼人全集》第七卷，頁 445。
〔註47〕海風主編：《吳趼人全集》第七卷，頁 412。

采，但是若能一窺牆上妓女之小影，作此「壁上觀」，也往往心甘情願，足見娼妓團體在當時的風靡。

### （五）狎邪風流的嫖客

若娼妓是鐵石，那狎邪風流者就是「鐵面」，因為，他們的面每每隨娼妓而轉。這群被揶揄為「臭蟲大少」、「荷花大少」的歡場輕薄少年，總是不惜鉅資的以銀元洋槍，來獵流妓打野雞。為了博取娼妓芳心、得其好處，他們必須饋以鉅金，儘管揮霍殆盡也執迷不悔，一如〈還有一片瓦〉的嫖相公者。這群狎客放蕩無賴，終日不務正業，儘管會因嫖而得病，他們也抱著「牡丹花下死，做鬼也風流」的心態，毫無畏懼，一如〈蘋果瘡〉中的某甲：

> 甲眷一妓曰蘋香，頗極親暱。其同事乙、丙，先後因嫖，以廣瘡見告，朋輩遂咸具戒心，日勸甲，謂宜少斂跡。甲笑曰：「吾所眷者，僅一蘋香耳，苟染毒，亦不過蘋果瘡，故不虞有楊梅毒也。」（《滑稽談‧蘋果瘡》）〔註48〕

因嫖得病是嫖者畏懼的事，但是，某甲在朋友規勸之下，依舊眷戀妓女蘋香，甚至還幽默地以倘得病，不會得楊梅毒，會得蘋果瘡來自我調侃，真是色迷心竅啊！

### （六）專業不足的庸醫

醫生本該活人無數，但是專業不足的庸醫，卻是「誤」人無數，在〈送匾奇談〉中幽默地以棺材店老闆送匾給醫生，揶揄了庸醫的無能，如此的描摹不僅反映了當時醫術不精的窘境，更也巧妙地諷刺了上層領導者治國安民的能力，正和此庸醫一樣能力不足。

### （七）渾噩度日的和尚

〈和尚宜蓄髮辮〉雖然是對於剪髮運動的響應，但是行文中卻也揶揄了終日無所事事的和尚，髮辮既然無用且又累贅，不過卻也正好符應著和尚的終日不勞動，相較於市井小民的庸庸碌碌，渾噩度日的和尚，倘若要蓄髮辮，想必也不怎麼礙事。

### （八）為富不仁的富者

世態炎涼、品德敗壞之下，社會儼然是個暗無天日的勢利場，儉嗇逐利的

---

〔註48〕海風主編：《吳趼人全集》第七卷，頁444。

貪夫、爲富不仁的富者，應有盡有。有的人視錢如命，如妄想雌雄洋錢交配，生出小洋錢的守財虜之子；性命沒了但求錢可到手的貪夫；壽材也能招租的富人；以及商量買棺材時，竟希望能得富家用過之舊物，且肯減價相讓者。

有的人風流成性，如：亂及女僕、流連歡場獵流妓、父死而烝其庶母、髦年蓄姬妾、喜嫖妓因而染病。有的人粗鄙俗陋，如：紈袴子弟只知藏書卻不知看書，竟把《宋史》當成「送死」，把豬血湯誤爲了紅豆腐湯。有的人則喜歡自炫富貴，如：大出喪隨行之僧，竟然都各以逍遙傘一頂罩之。

茲以〈借用長生〉一文爲例：

> 時疫流行，每每朝發夕死，倉卒間多有不急備辦後事者。時人每指之爲虎疫，言其猛於虎也。某甲染時疫死，有家人至市上買棺，苦無佳者，不得已歸而熟商之。聞某富室之主人備有長生木在，便往求借用，許以事後照樣奉還一具。富室不允。其家人躊躇再三，默唸：「富室之人，素喜重利盤剝，何不以利動之？」因對之曰：「尊棺如肯借，他日奉還時，除照樣大小原本奉還外，再加添小棺材二三具，以爲利錢，何如？」（《俏皮話・借用長生》）〔註49〕

素喜重利的富人連棺材也不肯借，難怪求借者會想出，歸還時再多添二、三具小棺材當作利息，此種行徑除了令人感到可笑外，更對社會冷漠、時局不佳感到難過。

## （九）貧苦不堪的窮人

身處內憂外患的國家，吃不飽、穿不暖的窮人也只能辛苦度日，身上只能穿拷布、日子得賴質當，就算做牛做馬，也依舊貧苦不堪。貧人每每要藜藿自甘，倘若眞的貧而饞了，也只好取石塊煮食，妄想爲大啖羊肉。文士困餓不堪之下，甚至想出了要「租口」給人家吃飯的點子，如〈招租（四）〉一文：

> 某文士窮極無聊，炊煙屢斷，困餓不堪。一日踞坐路旁，於頰上貼一紙曰：「此口招租。」人問：「租汝口何用？」曰：「租給人家吃飯去。」（《滑稽談・招租（四）》）〔註50〕

困餓不堪的文士，竟然想得到租口給人家吃飯的方法，眞可說是諧趣幽默之徒，倘口眞能招租，那世間窮人也就不用擔心飽受飢餓了。

---

〔註49〕海風主編：《吳趼人全集》第七卷，頁359。
〔註50〕海風主編：《吳趼人全集》第七卷，頁478。

### （十）拘執迂腐的愚夫

拘執迂腐的愚夫，每每是人云亦云、道聽途說者，他們以目為耳、以耳為目，凡事不求證，只管盲從別人的腳步，有時候甚至會為了追逐時髦而頭戴綠帽，如〈只要裝扮得時髦〉一文：

> 一種西式便帽，合六瓣為之，軟胎，前有帽簷，近日華人盛行之，改西裝者無論矣，即長衫馬褂之流，頭上亦頂此帽，亦一時風會所趨也。華人小帽，向惟以黑緞為之；此帽則灰色者，白色者，藍者，黃者，五色繽紛，初無定制。前日於劇場中竟見一戴綠色者，甚以為異。或曰：「只要裝扮得時髦，便是戴了綠帽，也沒甚要緊。」（《滑稽談‧只要裝扮得時髦》）〔註51〕

為了趕流行，即使是長衫馬褂的中國風穿著，也跟著頭戴西式便帽，更甚者，竟然還頭戴綠色的西式便帽，也毫不在意。文中除了以譏諷妻子有外遇或淫行的戴綠帽，和頭戴綠色便帽的諧音雙關，展現幽默笑點之外，更將時人追逐流行的盲從盛況顯露無遺。

再者，愚夫們也是極為迷信，甚或相信天眼之說，或者是清明時節定要插柳，否則死了會變黃狗的說法。而粗鄙的他們也常常會出現一些令人發噱之舉，諸如：婦對翁當稱「君舅」，可是卻變成了「太夫子」；「水族館」會看成「本旅館」；「新小說」會成為「新疆人」出版的小說；盛夏之際特別購機器冰以圍爐煮茗；盛夏正午舉行婚禮，依舊身御綿衣，流得渾身是汗，也沒有關係。

### （十一）沉迷鴉片的毒犯

鴉片本當用作鎮痛劑、催眠劑及麻醉劑等使用，但是，卻有人迷戀上煙毒，取鴉片煎熬成膏，置於煙槍上燒而生煙，久服成癮，而至衰羸不能復振。茲以〈拾金〉一文為例：

> 弟吸煙成癮，痼疾深重，終歲俾晝作夜。其兄患之，戒之曰：「以弟此種行徑，雖上天雨金，亦必無暇拾取，終以讓人。苟不早為戒絕，是終身之累也。」弟執槍徐徐言曰：「亦視雨金在何時耳。苟雨在三四鼓時，弟拾盡且無人覺也。」（《滑稽談‧拾金》）〔註52〕

弟已經因為煙癮而俾晝作夜，兄好言規勸，望其能早日除此痼疾。但是，弟

---

〔註51〕海風主編：《吳趼人全集》第七卷，頁414。
〔註52〕海風主編：《吳趼人全集》第七卷，頁418。

不僅不聽兄的勸言，還認爲正因爲自己黑夜獨醒，所以，如果上天雨金在黑夜，則可自己拾盡而無人覺也。此種想法果眞是異想天開，除了充滿諧趣感外，更讓人對鴉片沉迷者的不知悔改感到無奈。

再者，趼人的作品中，對於煙癮犯也是多所嘲諷的，他們俾晝作夜，卻又甘之如飴，還以開歡迎會以迎彗星、深夜雨金則無人搶奪自樂，不知如此貪圖逸樂的行徑，正如同飲鴆止渴，是將自己一步步地推向死亡的深淵。這群吸食鴉片者，無異是社會的毒瘤，也難怪會有人建議在鴉片中摻入毒物，倘這些人毒發身亡，則煙癮也就禁絕了。

## 二、動物群相

因爲動物最易於被賦予人性，所以作品中的動物主角數量繁多，有鳳、孔雀、鷹、鳥、蜂、蟬、蝶、螢、蒼蠅、雞、猴、狗、豬、馬、貓、狐、狼、羊、鼠　、象、牛、魚、蝦、蟹、烏龜、鯽、田雞、海狗、水族……等，眞的是飛禽、走獸、水游生物無所不包。以下即舉動物群相中，爲數不少且形象鮮明者爲代表。

### （一）「鼠」輩橫行的官場

鼠的到處鑽營、膽小怯懦和腐朽無能的官吏形象，正不謀而合，因此作品中每每以鼠輩來揶揄官吏。〈記鼠〉中鼠的自誇狂妄，同於官吏的妄自尊大。〈寓言（七）〉中鼠以賄賂的手段拜託貓不要捕捉自己，不也呈現著官場賄賂舞弊的情狀。而〈貓辭職〉、〈貓虎問答〉、〈走獸世界〉紛以貓抓老鼠的現象，透過貓的口吻，慨嘆天下作官者都是一班鼠輩，極會鑽營且位高權重。

茲以〈寓言（五）〉爲例：

> 鼠穴於牆下，家焉。生齒日繁，遂憎其穴隘，將擴充之。於是穴於
> 穴外，穴愈廣而牆下基礎愈虛。風雨驟至，牆圮而穴陷。群鼠嘖嘖
> 曰：「不圖吾張吾之範圍，而亦招天之妒也，不然，胡爲而陸沈我？」

（《滑稽談・寓言（五）》）〔註53〕

文中鼠爲了擴充住所，而使得牆下基礎愈虛，於是風雨來時牆圮穴陷，這種情況就正如同國家棟梁般，也被這群貪官鼠輩，一點一滴的消耗殆盡。而貪官卻也如文中的鼠輩般，始終不知反省改進，反倒指摘是旁人嫉妒和陷害所

---

〔註53〕海風主編：《吳趼人全集》第七卷，頁 482。

造成，當真是無恥至極。

## （二）恬不知恥的「狗」官

舉凡狗屁、狗腿、狗肺、狗心、狗行大都是罵人行為卑劣之語，而「狗官」更是對於貪官污吏辛辣的嘲諷。在〈未免有屈警官了〉一文狗雖然不是主角，但是卻是以狗為取譬的動物，寫警兵被譏笑為狗，不僅不為自己辯駁，反倒唯唯諾諾，進一步地揶揄警官即是狗頭，在幽默中委婉的諷刺了官員的無能與怯懦。

而〈狗懂官場〉一文以狗懂官場，揶揄官場的馬屁文化。又〈賞穿黃馬褂〉更以白狗為了黃馬褂，掉入糞坑遍染穢物，也不舔舐乾淨，諷刺官員為能自炫功名的恬不知恥。茲以〈平升三級〉為例：

> 古時之狗，除守夜外，別無所用，日間惟搖尾乞憐而已。近代之狗則不然，懶惰至不能守夜，終日昂首狂馳，目無餘子。或問之曰：「汝何所恃而如此之狂？」狗曰：「古時之狗，無人恭維，故夜則謹守門戶，日則搖尾乞憐也。若我則已做官矣，故昂首以自鳴得意耳。」
> 或笑曰：「狗何能做官？」狗曰：「汝豈不聞近來人言，每每說甚麼『狗官』、『狗官』麼？」（《俏皮話・平升三級》）〔註54〕

文中以近代之狗別無所用、懶惰、終日昂首狂馳、目無餘子、自鳴得意，諷刺百無一用的官員，只知倚仗權勢而狂妄自大，對人民卻毫無貢獻可言。文末「狗官」一詞更可說是人民內心深處最憤恨的吶喊。

## （三）巴「蛇」吞象的貪婪

蛇的形象險惡且貪婪，〈蛇〉、〈蛇象相爭〉〈蛇想做官〉都同樣描摹蛇為了貪圖安逸，不惜使出可惡的手段，到處鑽營。又以〈蛇著甲〉一文為例：

> 蚯蚓與蛇結為兄弟，出入必偕，誓富貴與共。一日，不知如何失散，遂不復相聚。久之，蚓遇一龜，便大喜，走與招呼。龜本不識蚓，不之顧。蚓怒而去，語人曰：「我的拜把兄弟做了一個武官，便不識我這貧賤之交了。可見人情勢利，到處皆然。」人問蚓如何知道他做武官，蚓曰：「他從前和我一般，都像一條光棍，此時卻著起甲來了。不是武官，如何著起甲來？」（《俏皮話・蛇著甲》）〔註55〕

---

〔註54〕海風主編：《吳趼人全集》第七卷，頁365。
〔註55〕海風主編：《吳趼人全集》第七卷，頁398。

龜就像是蛇著起甲一樣，無怪乎蚯蚓會誤將龜當作蛇，且直刺蛇得勢便忘了
貧賤之交，藉此嘲諷了人情勢利，到處皆然的情形。

### （四）縮頭烏「龜」的腐朽

　　膽小怯懦、腐朽無能是龜的形象，在〈烏龜與蟹〉即以厚臉皮、縮頭烏
龜挪揄臨事而懼的人。而〈烏龜雅名〉、〈活畫烏龜形〉、〈辱國〉中都以烏龜
譏誚臣子的無能，學毛遂自薦卻無能膽小，雖身戴重甲，卻搖頭曳尾而遁，
實在是膽小怯懦之徒。茲以〈辱國〉一文為例：

> 夜叉造反，龍王命將出師，聲罪致討，下令募帶甲之士若干人。於
> 是龜、鱉、黿、鼉，皆應募而出。龍王視師，喜曰：「足以殲茲小丑
> 矣！」即臨陣，龜先縮頭曳尾而遁，師遂大敗。龍王嘆曰：「吾觀渠
> 等身戴重甲，以為披堅者自可執銳，不期卻是一班喪師辱國的東
> 西！」（《俏皮話・辱國》）〔註56〕

龍王本大喜深覺必定可以討伐夜叉，不期龜、鱉、黿、鼉這群身戴重甲之士，
不僅無法披堅執銳，反倒是臨陣縮頭曳尾而逃，可真是辱國至極。而此種膽
小怯懦之行徑，正如同國家的無用之臣一樣，空有外在顯赫的官威，卻不能
勇敢的保疆衛土。

### （五）「魚」質龍文的虛假

　　魚質龍文是外表似龍而實質為魚的意思，乃比喻徒有其表而無其實者。
在〈金魚〉、〈骨氣〉文中都是以金魚雖然文彩斑斕、儀表不俗，但毫無實質
能力，見到敵人不是落荒而逃就是被吃掉，正如同空有威儀的顯赫之官，每
每不敵橫行不法之輩，又像是個沒骨氣的讀書人一樣。而〈寓言（六）〉和〈銀
魚〉二則，則以魚為了大開眼界和巴結而枉顧性命，揭示虛有其表者的自不
量力和逢迎諂媚。茲以〈金魚〉一文為例：

> 金魚游行水上，鯽魚見之，急走避，告其同類曰：「前之游行以來者，
> 其貴官也耶？其身上之文彩，何其顯耀也！其面上之威儀，何其尊
> 嚴也！雙目努視，若有所怒者，吾儕其避諸。」於是伏處一旁，寂
> 不敢動。而金魚游行水藻間，絕無去志。無何，蜻蜞來，伸螯以箝
> 金魚之尾。金魚竭力擺脫，倉皇遁去。鯽魚詫曰：「不期這等一個威
> 儀顯赫之官，卻怕這種橫行不法的小妖魔箝制。」（《俏皮話・金魚》）

---

〔註56〕海風主編：《吳趼人全集》第七卷，頁381。

〔註57〕

鯽魚先是被金魚身上的文彩、威儀、雙目所騙，深畏官威顯赫的金魚，只好伏處一旁，動也不敢動。但是，當見到金魚被蟛蜞伸螯箝制而倉皇遁去之景時，也不禁訝異於這個空有外在威儀的官員，竟然也是畏懼橫行不法妖魔的膽小之輩，本文即以此諷刺了虛有其表、只重官威卻欺善怕惡的官吏。

## （六）如「蛆」附骨的邪惡

蛆，是食腐屍的蟲子，像蛆一樣糾纏趨附，吸食著屍骨的養分，就像是一股難以袪除的惡勢力般奸邪恐怖。在〈蟲族世界〉、〈蛆〉、〈論蛆〉中都以蛆來諷刺官員的庸碌無能，而貪官污吏更如棺中尸蛆般腐敗萎靡，無止盡地魚肉百姓、殘害國本，置人民於水深火熱中，置國家於風雨飄搖中。茲以〈論蛆〉一文為例：

> 冥王無事，率領判官、鬼卒等游行野外，見糞坑之蛆蠕蠕然動，命判官記之，曰：「他日當令此輩速生人道也。」判官依言，記於簿上。又前行，見棺中屍蛆，冥王亦命判官記之，曰：「此物當永墮泥犁地域。」判官問曰：「同是蛆也，何以賞罰之不同如是？」冥王曰：「糞蛆有人棄我取之義，廉士也，故當令往生人道；若屍蛆則專吃人之脂膏血肉者，使之為人，倘被其做了官，陽間的百姓豈不受其大害麼？」判官嘆曰：「怪不得近來陽間百姓受苦，原來前一回有一群屍蛆逃到陽間去的。」（《俏皮話・論蛆》）〔註58〕

貪官污吏殘害百姓，使得民不聊生，本文透過冥王與判官的對話，將這些官吏比為專吃人之脂膏血肉的屍蛆，且連糞蛆都不如，頗具諷刺意旨。

# 三、植物群相

植物寓言在《俏皮話》中計有 4 則，主角有松木、樟木、藥材、蔬菜、大蒜、辣椒、蔥。

〈木嘲〉以松、樟之辯揭示人宜以做棟樑為志，切莫以虛有其表為樂。〈民主國舉總統之例〉以藥材告狀於神農的故事，刺民主國舉總統幾經顛倒錯亂，不安於位。〈無毒不丈夫〉寫蔬菜因為被人吃怕了，想要改成毒性以求自存，

---

〔註57〕 海風主編：《吳趼人全集》第七卷，頁 400。
〔註58〕 海風主編：《吳趼人全集》第七卷，頁 358。

刺世界人心之狠毒，也影射了世道黑暗、弱肉強食的情況。

又以〈空心大老官〉一文爲例：

> 蔬菜之類，各各因時而出，過時即無。惟蔥即四季皆有，且庖廚之
> 中，日日用之，幾成爲不可少之品。眾蔬乃相聚而問曰：「若操何術
> 而臻此？」蔥曰：「我亦不操何術，第一味虛衷耳。」或嘆曰：「可
> 見能虛衷者，自能立於不敗之地，且隨處咸宜也。」或又曰：「什麼
> 虛衷，不過是個空心老官罷了。汝不見世上之空心老官，年年如此，
> 亦處處都有他的事麼？」（《俏皮話・空心大老官》）〔註59〕

空心老官是稱呼沒有眞實學問和才能的人，本文即將蔥之虛衷比爲空心老
官，藉此諷刺那些飽食終日、無所用心的官員，總是虛有其表而不務實際。
然而，此種人卻年年如此、處處都有，足見時局的敗壞。

## 四、無生物群相

　　無生物寓言在《俏皮話》中計有 7 則。計有背心、帆、檣、槳、櫓、紈
扇、竹夫人、羽、毛、火石、火鐮、水晶、銅。

　　〈背心〉欲得一完全之名，刺本不完全者，不可能得完全之名。〈只好讓
他趁風頭〉言舟行之具，帆、檣、槳、櫓並重，但帆卻揚揚自得，有唯我獨
尊之概，惹得他者冷眼旁觀，倒要看他順風得意能有幾時？〈紈扇〉以紈扇
誚竹夫人是徒具人之名而無人之實者。〈羽毛訟〉以羽、毛爭貴，冥王不能斷，
誚爲官者的重要只是輕如羽毛之物而已。〈火石〉以火石、火鐮先是自以爲是、
背道而馳，但是因爲不能得火，終於明白相依之可貴，點出剛柔並濟和分工
合作的重要。〈銅訟〉以鑄錢之銅和鑄鼎之銅爭長，揭示往往有功於人世者反
冒不韙之名，有令譽者皆粉飾升平，爲虛有其表之輩。

又以〈水晶〉一文爲例：

> 水晶精瑩如水，質堅而透明。乃傲於水曰：「若之決諸東方則東流，
> 決諸西方則西流者，焉能及我之堅凝獨立也？」水亦自嘆望塵不及，
> 然甚欲有以學之。一日際嚴冬，寒威凜冽，水盡成冰。乃大喜，告
> 水晶曰：「吾今與爾等矣，若焉能再傲我？」水晶曰：「吾可以爲材，
> 雕鏤成器。若亦能之否？」冰曰：「云胡不能？」乃投琢工，自獻焉。

　　琢工取視之，觸手即化。水乃嘆曰：「吾今而後，知徒有其表者之未
　　足以為材也。」(《俏皮話‧水晶》)〔註60〕

本文以水結成冰時乃大喜以為己如水晶質堅，遂投琢工欲雕鏤成器，豈料琢
工手一觸，冰即化為水，據此點出虛有其表者未足以為材，無真才實學者終
將原形畢露的意旨。

## 五、人體器官群相

　　以人體的某些局部器官為的主角的故事，在《俏皮話》中計有 8 則，所
出現的人體計有：面（耳、目、口、鼻）、臀、膝、四肢（手、腳、指甲）、
內臟（心、肝、脾、肚、胃）。

　　〈面〉用以揶揄厚臉皮者的恬不知恥。〈臀宜受罪〉以臀揶揄自甘退居下
流，無所用心的人。〈膝〉以私見上司卑躬屈膝的醜態，諷刺奴顏媚骨之人。
〈手足〉則是以手腳相約不為口奔走，最後反失其計，手足癱瘓。點出唯有
群體互助合作，上下一心，方能共生共榮。〈腳權〉、〈關痛癢不關痛癢〉以腳
的權力表示人民的權力，揭示在上位者當禮賢下士，以民為貴之理。〈肝脾涉
訟〉乃以生動的內臟官司和肝脾的話語，用肝諷刺不知自我反省，反指他人
盜襲虛聲、坐享名譽者。

　　又以〈指甲〉一文為例：

　　一人蠢如木石，幾於飢寒飽暖都不辨。死後見閻王，閻王怒其無用，
　　欲罰入畜生道中；又以其生平無大過惡，乃罰使仍得為人身之一物。
　　以問判官，判官曰：「渠生平無用，或使之為眉為鬚可乎？」王曰：
　　「鬚眉尚可為儀表，當罰之為指甲。」此人哀乞曰：「倘賜生為指甲，
　　小人願做中國人指甲，不願做外國人指甲也。」王問何故，對曰：「做
　　中國人指甲，遇愛惜者，可長至數寸，縱不然，亦可長至數分，總
　　算有一個出頭之日。若落在外國人手裡，則日日用刀扦去，永無出
　　頭之日了。」(《俏皮話‧指甲》)〔註61〕

文中寫一無用之人投胎之時，竟然要求要做中國人的指甲，不做外國人的指
甲，原來是因為倘遇到愛惜者，尚且可以有出頭之日。除了諷刺中國人的衛
生習慣不佳外，也藉此揶揄了中國出頭的官員盡是一群無用之輩。

〔註60〕海風主編：《吳趼人全集》第七卷，頁 404。
〔註61〕海風主編：《吳趼人全集》第七卷，頁 349。

## 六、天象群相

天象寓言在《俏皮話》中僅有〈團體〉一則，其文如下：

> 雪飄揚空中，隨風飛舞，不能自主。及落至地下，乃互相凝結，成
> 了一大塊；愈是風來得緊，他愈結得堅，莫想吹得動他分毫。風伯
> 至此，勢力威權，都無所用。雪乃遙謂之曰：「你只好去欺那散渙不
> 自由的東西，我等如今已結了團體，你還奈我何？我勸你到別處去
> 罷。」（《俏皮話‧團體》）〔註62〕

文中以雪先是隨風飛舞，不能自主，及落至地下後乃彼此相凝結，因此，風
也莫想吹動，點出了團結力量大的可貴和重要。

## 七、神鬼群相

### （一）神明群相

玉帝、觀音菩薩、文殊菩薩、地藏王菩薩、水德星君、火德星君、財帛
星君、山神、土地神都是在作品中出現過的神明。

有以「觀音菩薩」名為「觀音」，異於他人以眼觀色、以耳聽音，顯見觀
音菩薩不能聽，揶揄世人迷信，愚夫愚瞽之輩眾多。有以「文殊菩薩」騎獅
子，嘲笑家有悍婦者。有以「地藏王菩薩」不開眼之說，諷刺世人之作為都
令神明看不上眼。有以「水德星君」、「火德星君」爭長，比為新舊兩黨勢如
水火，攻擊不已。有以「山神」、「土地神」言地蛀蟲賣礦、賣地的可惡和諷
刺設置總理衙門如同開門揖盜的可鄙行徑。

茲以〈財帛星君〉一文為例：

> 財神之全銜，曰：「都天致富財帛星君」。而世之求財者，每昧於財
> 帛星君之為財神，轉以玄壇為武財神，甚或以齊天大聖為財神，或
> 又禮招財童子為財神，甚有以一披麻戴孝之地方鬼為財神者。而五
> 路財神之說出，財帛星君轉覺落寞非常，不覺嘆曰：「我如今就同世
> 上的皇帝一般，徒擁虛名高位，卻被群小弄權，鬧得我認真變了一
> 個孤家寡人。」（《俏皮話‧財帛星君》）〔註63〕

財帛星君因為五路財神之說一出，轉覺落寞非常，遂慨嘆自己就如同世上皇

---

〔註62〕海風主編：《吳趼人全集》第七卷，頁405。
〔註63〕海風主編：《吳趼人全集》第七卷，頁366。

帝徒挪虛名高位，卻被群小弄權。文中即以財帛星君的話語，諷刺了皇帝的名不符實，和彼此爭奪權勢的人間景象。

### （二）鬼怪群相

　　冥王即閻羅、閻羅王，是地獄中的鬼王和審判者，在〈冥王之言〉即以冥王之話語諷刺爲官者皆人面獸心之徒，冥王在審判面時乃以面無文飾之具，諷刺厚臉皮者的厚顏無恥。冥王在審判臀時，即以自居下流者，罪不可逭判之。茲以〈買路錢〉一文爲例：

> 凡死人出殯，柩前必以一人散放冥鏹，謂之「買路錢」，云以施之沿
> 途諸鬼者。某省鐵路代表入京，將有所運動。一日，路遇某顯者之
> 喪，駐足道旁觀之，誤踐所放冥鏹，歸家寒熱大作，有鬼附其身，
> 囈語無度，而能與人問答。或問何故爲祟，鬼曰：「吾向者株守路旁，
> 窮餓欲死，近始廁列要津。今日所得之買路錢，忽被其踐踏破壞，
> 吾何爲不祟之？」（《滑稽談‧買路錢》）〔註64〕

本文寫鬼本窮餓欲死，好不容易位列要津，但是所得之買路錢，竟被誤踩，於是，氣得附身作祟。以此顯現人民生活的苦困，倘若做鬼也會挨餓窮困，那麼活人的生活不也是萬般無奈。

## 第三節　小　結

　　本章首節在揭示吳趼人諧趣文學的主題意蘊，依序敘述官僚傾軋怯懦無能的行徑，改革維新成效不彰的原因，社會現實道德墮落的情狀，和趼人妙語解頤供人笑柄的幽默，從而體現趼人寄寓在諧趣笑語中的莊嚴之感。趼人面對著黑暗的社會，除了細心觀照人生的種種矛盾衝突與複雜關係外，更以廣博的智慧和深摯的同情展現他幽默的人生智慧。所以，在作品中我們不僅能窺見政治、社會、經濟裡的缺憾與不完美，更能感受到趼人的喜劇美學創作理論，一同以笑超越現實的人生。

　　第二節旨在揭示趼人諧趣作品中所示現的萬物群相，有人物群相的官吏、書生、商人、娼妓、嫖客、庸醫、和尚、富者、窮人、毒犯；有動物群相中的鼠、狗、蛇、龜、魚、蛆；有植物群相、無生物群相、人體器官群相、天象群相、神鬼群相，足見趼人作品內容的豐富多元。人們對於社會上無價

---

〔註64〕海風主編：《吳趼人全集》第七卷，頁437。

值和不和諧的事物，每每易於司空見慣，習焉不察，但是，文學家卻能夠把它們加以集中、提煉、渲染，甚至誇張，並且在生動的描摹、諧趣的比擬、辛辣的諷刺中，展現出社會的人生百態，職是，趼人作品中的萬物群相可說是具體而微的晚清浮世繪，鉅細靡遺的體現當時社會的文化和風俗樣貌。

# 第四章　吳趼人諧趣文學的藝術手法

　　本章擬從「形式」方面著手，掌握吳趼人諧趣文學的表現手法，說明其中的敘寫技巧和諷刺藝術。喜劇中婉而多諷的藝術特徵，每每藉著託物、借譬、雙關、諧音、反語等藝術手法，以委婉的諷諫戲謔，達到匡正風俗的目的。職是，本章第一節先探討吳趼人諧趣文學的敘寫技巧，從擬人手法形象鮮明、雙關妙語詼諧風趣、想像比喻寓意鮮明、倒反語句辛辣諷刺中揭示作品中的修辭藝術。第二節則進一步揭示諧趣文學作品的邏輯結構法則和語言變異使用。末節則以諷刺藝術為主，掘發作品中的直截的醜惡面貌揭露與間接的指桑罵槐譴責，冀能彰顯諧趣作品中莊諧共生、寓意人生的風貌。

## 第一節　吳趼人諧趣文學的敘寫技巧

　　喜劇性語言是以創造語言雙重層次語義來製造諧趣效果的，佴榮本《笑與喜劇美學》一書即說明了語言的雙重層次意義：

> 喜劇性語言中的語義則具有雙重層次的意義——表層語義及深層語義。表層語義是直接顯露的詞語本身的意義，深層語義則是語言所要表達的真實思想情感意義。兩者構成一種不大諧調的情境，產生喜劇性。〔註1〕

職是，喜劇性是透過語詞本身意義與思想感情意義的結合，而產生的不諧調感。而諧趣文學的敘寫技巧，也就是這使種戚而能諧、婉而多諷的喜劇藝術風格得以展現的重要關鍵。然而，喜劇敘寫技巧是十分多元的，大抵掌握了

---

〔註1〕　佴榮本：《笑與喜劇美學》，頁238。

語言形音義的基本要素，透過字形的變化、語音的雙關訛誤、和語義的連結加以展現喜劇風格。而趼人所廣泛運用的喜劇敘寫技巧，主要有擬人、雙關、比喻、倒反、誇飾，以下即分別介紹並舉例佐證之。

## 一、擬人手法形象鮮明

　　黃慶萱說：「在描述一件事物時，轉變其原來的性質，化成另一種與本質截然不同的事物，而加以形容敘述的，叫做『轉化』」〔註 2〕，而依據物質的不同，又可分為擬物為人的「人性化」、擬人為物的「物性化」、擬虛為實的「形象化」三種。當中，人性化的原則是建立在移情作用上的，即是把自己的生命投射到外物，使之親切生動，而擬人的應用，《俏皮話》堪為代表，在不包含自序的一百二十七則短文中，計有六十二則動物寓言，四則植物寓言，八則人體寓言，七則無生物寓言，一則天象寓言，總計為八十二則的擬人手法運用，佔有全書的百分之六十五比率（參見表一：《俏皮話》擬人寓言一覽表）。文中不論是動物、植物、無生物、天象、人體都巧妙地富有生命，在鮮明的形象中，展現著趼人所要表達的思想理念。

## 表一：《俏皮話》擬人寓言一覽表

| 寓言類型 | 篇　　　名 | 數量 |
|---|---|---|
| 動物寓言 | 〈蝦蟆操兵〉、〈鳳凰孔雀〉、〈水蟲〉、〈牛的兒子〉、〈骨氣〉、〈蛆〉、〈人種二則其一虱子自誇〉、〈紅頂花翎〉、〈辱國〉、〈蟲族世界〉、〈松鼠〉、〈平升三級〉、〈賞穿黃馬褂〉、〈記狗〉、〈狗〉、〈狼施威〉、〈變形〉、〈人種二則其二不曾成人〉、〈金魚〉、〈蜘蛛被騙〉、〈海狗〉、〈活畫烏龜形〉、〈烏龜與蟹〉、〈洋狗〉、〈蚊〉、〈蛇教蚓行〉、〈蛇〉、〈蛇想做官〉、〈論蛆〉、〈蛇著甲〉、〈野雞〉、〈引經據典〉、〈狗懂官場〉、〈畜生別號〉、〈蛇象相爭〉、〈蟲類嘉名〉、〈記鼠〉、〈貓〉、〈虎〉、〈銀魚〉、〈孔雀篡鳳〉、〈蛾蝶結果〉、〈蝦蟆感恩〉、〈蝗蟵為害〉、〈豬講天理〉、〈論像〉、〈鴉鷹問答〉、〈記壁虎〉、〈鵜鴣杜鵑〉、〈貓辭職〉、〈貓虎問答〉、〈走獸世界〉、〈龍〉、〈獬豸〉、〈蒼蠅被逐〉、〈雞〉、〈田雞能言〉、〈烏龜雅名〉、〈骨氣〉、〈徒負虛名〉、〈蠹魚〉、〈驢辯〉 | 62 則 |
| 植物寓言 | 〈木嘲〉、〈無毒不丈夫〉、〈空心大老官〉、〈民主國舉總統之例〉 | 4 則 |
| 人體寓言 | 〈肝脾涉訟〉、〈手足〉、〈腳權〉、〈指甲〉、〈面〉、〈關痛癢不關痛癢〉、〈膝〉、〈臀宜受罪〉 | 8 則 |

---

〔註 2〕黃慶萱：《修辭學》（台北：三民書局股份有限公司，1990 年 12 月），頁 267。

| 無生物寓言 | 〈水晶〉、〈火石〉、〈只好讓他趁風頭〉、〈羽毛訟〉、〈背心〉、〈紈扇〉、〈銅訟〉 | 7 則 |
|---|---|---|
| 天象寓言 | 〈團體〉 | 1 則 |

## （一）動物人性化

把動物當作有情感、有思想的人類來描寫，一直是擬人法中廣為運用的一環，在趼人的作品中被賦予人性化手法者，可說是豬、狗、蛇、貓、鼠、虎、馬、驢、羊、猴、象、狐、雞、鴉、蝶、蛾、蜂、蠅、螢、蚤、魚、龜、蟹、蛆……等無所不包。

以狗為例者，如：

> 一白狗行近糞窖之旁，聞糞味大喜，俯首聳臀，恣其大嚼。頑童自後蹴之，狗遂墜入窖中，竭力爬起，已遍體淋漓矣。乃回首自舐其身，自脊以後，為舌之所及者，皆舐之淨盡。惟脊以前，仍是遍染穢物，作金黃色。於是搖頭擺尾，入市以行。市人惡其穢也，皆走避。狗乃嘆曰：「甚矣，功名之足以自炫也！我今日穿了黃馬褂，鄉里之人皆畏我矣。」（《俏皮話・賞穿黃馬褂》）〔註3〕

「黃馬褂」是清代官服，最初只賞給接近皇帝的文武官員，後來亦賞給有功之臣。文中乃以擬人手法，生動地描摹了狗的甘於污穢和自炫功名，即便是遍染穢物，也依舊寡廉鮮恥的搖擺入市，狗的卑諂行徑儼如為求功名者的下流手段般，令人不敢恭維，一如市人的避而遠之。

又以貓、鼠為例者，如：

> 皇帝以貓補鼠有功，欲封一官以酬其勞。貓力辭，不肯就職。皇帝異之，問是何意，貓曰：「臣今尚得為貓，倘一經做官，則並貓都不能做矣。」皇帝不准，一定要貓去到任。貓曰：「臣誓不能改節，若要到任做官，非改節不可；不然，則同僚皆不能安。故臣不敢受命也。」皇帝問何故？貓曰：「老鼠向來畏貓，而如今天下做官的都是一班鼠輩。倘臣出身做官，一般同寅何以自安？」（《俏皮話・貓辭職》）〔註4〕

文中貓和皇帝對答如流，每次的問答都更加引人好奇何以貓要力辭官位？最後，巧妙地以貓的話語交代出辭職的原由，大大地挪揄了天下官吏如鼠輩般

---

〔註3〕　海風主編：《吳趼人全集》第七卷，頁365。
〔註4〕　海風主編：《吳趼人全集》第七卷，頁355。

鑽營苟且的面目。而在《滑稽談‧寓言（七）》中亦有以貓、鼠為例的擬人化手法：

> 主人厭鼠，乃畜貓，將以捕鼠也。鼠偵知貓饞，相率覓餌以賄之。貓飽食，無捕鼠志，且德鼠，而鼠之跳梁益甚。主人患之，設捕鼠機，置餌以待。鼠未之見，貓先見之，蹈焉，竟以身代鼠之死也。(《滑稽談‧寓言（七）》)〔註5〕

文中寫貓因為嘴饞，竟然接受鼠的賄賂而全無捕鼠之志，因此，在鼠患益甚下，主人只好自行設置捕鼠機來抓老鼠，但是，貓卻因欲食餌而誤蹈捕鼠機，遂代鼠送命。貪婪受賄的貓正如世間欲深谿壑、毫無操守的人，最後往往會因過度的貪心而身陷困境；而行賄的鼠即如同行事卑鄙的小人，往往在暗處為非作歹，苟延殘喘。

然而，除了以鼠諷刺貪官污吏和奸險小人外，假儒的食古不化也以蠹魚擬人之法展現，如：

> 蠹魚蝕書滿腹，龐然自大，以為我天下飽學之士也。遂昂頭天外，有不可一世之想。出外游行，遇蜻蜋，蜻蜋欺之；遇蠅虎，蠅虎侮之。蠹魚忿極，問人曰：「我滿腹詩書，自命為天下通儒，何侮我者之多也？」人笑之曰：「子雖自命為滿腹詩書，奈皆食而不化者，雖多何用？」(《俏皮話‧蠹魚》)〔註6〕

滿腹經綸的人的確是博學的，但是，如果只是一味囫圇吞棗，而未能加以理解吸收，那真是多也無益，天下如蠹魚一樣，自以為知識豐富卻食古不化的讀書人，當以此為戒，狂妄自大不僅對自己無所裨益，更會招來別人欺侮，因此，趼人正以蠹魚擬人化的手法，揭示滿腹詩書食而不化者的可悲可嘆。

復次，以狐為擬人手法者如：

> 狐欲幻人形，將入市求人；人欲學狐媚，將入山求狐。遇諸途，狐問人將何之，人曰：「將學狐媚也。」狐曰：「狐本不媚，昔者有狐能幻為女形，而兼幻得其媚。媚出於人，非出於狐也。子歸而求之，有餘師。」人問狐將何之，曰：「將學幻人形也。」曰：「昔者人具人心，凡幻為人形者，必先變其心為人心而後可，是以難；今茲之人，無一非人面獸心者，若子輩欲幻為人形，第持一假面具足矣，

---

〔註5〕海風主編：《吳趼人全集》第七卷，頁483。
〔註6〕海風主編：《吳趼人全集》第七卷，頁375。

故曰易也。」（《滑稽談‧寓言（二）》）〔註7〕

文中巧妙的以人和狐的對答，揭示世風日下，而人面獸心者日多的情形，因此，狐只要持一假面即可爲人，無須如往昔般需先變爲人心而後可，足見人心不古的炎涼世態。

## （二）植物人性化

　　除了動物的擬人外，植物的人性化也是文中顯見的，蔥、蒜、辣椒等蔬菜，樟木、松木和藥材都是主角，如

> 諸蔬菜被人吃的怕了，相聚議事，曰：「吾等生來味皆甘美，故人皆喜啖之。久之，恐我輩無嚼類矣。從此當約定，不復作甘美之味，改爲臭惡之味，庶幾可以保全。」大蒜曰：「無用，無用。似我之臭味差池者，世人且稱之爲香而吃之，奈何？」眾曰：「然則改作辣味可也。」薑與辣椒曰：「不可，不可。吾等皆辣者，何嘗不供人大嚼。」眾相顧無術，復擬變爲苦味，而念及粵中一種苦瓜，人亦啖之如恆。計惟有束手待亡，付諸物竟天演而已。或爲之獻策曰：「斷腸草性質狠毒，啖之腸斷而死，人遂不敢食之。汝等何不都改作毒性？」諸蔬聞聲嘆曰：「原來如今世界，非具有狠毒之性者，不足以自存。無怪夫俗諺有『無毒不丈夫』之說矣。」（《俏皮話‧無毒不丈夫》）〔註8〕

對於人類來說，蔬菜本來就是供人口腹之慾的，但是趼人卻別出巧思的以蔬菜畏懼被人吃的情節，來挪揄天下惡毒之人，倘行事不狠毒則無以自存，手法可謂相當新穎。

　　再者，也有將松木、樟木擬人，而進行對話的，如：

> 松木謂樟木曰：「我所出之松香，其氣香；汝所出之樟腦，其味辣；汝不及我多多矣。」樟木曰：「汝只被人解作板片，鋪作地板，供人踐踏；我卻雕作神像，受人叩拜；汝如何及得我？」松木曰：「我雖受人踐踏，卻也有做棟梁的時候。汝雖受人叩拜，不過被通人呼作木偶；何況還有做成高底，爲女子墊腳的時候呢。」（《俏皮話‧木嘲》）〔註9〕

擬人手法當中，趼人常以對話的方式，展現主題意蘊，如文中即藉由松木和

---

〔註7〕海風主編：《吳趼人全集》第七卷，頁481。
〔註8〕海風主編：《吳趼人全集》第七卷，頁392。
〔註9〕海風主編：《吳趼人全集》第七卷，頁379。

樟木的互爭短長，揭示如松木般的君子，雖然有時不免為人所踐踏鄙視，但是也會有當棟梁出頭天之時；反觀樟木雖然可以成為受人叩拜的神像，卻也不免有淪為女子墊腳高底的時候，可見人世間地位高低絕非永遠，切莫在得意之時忘了分寸。

### （三）無生物人性化

除了動、植物的擬人外，《俏皮話》一書亦有無生物的人性化作品，意即將火石、火鐮、舟行之具、羽毛、背心、紈扇、銅器等無生命之物，賦予生命特質，透過對話巧妙地呈現主題意蘊。如：

> 火石與火鐮，相撞相擊而生火。火石曰：「此我蘊蓄之火也，於鐮無與焉。」火鐮亦曰：「此我擊撞而出之火也，於石何與焉？」於是鐮與石，各自以為是，背道而馳。一日，石欲得火，撞於他物之上，百撞不得火也；鐮欲得火，擊於他物之上，其不得火也亦如石。於是知相依之可貴，相與言和，復歸一處，寸步不離。以為如是，則隨時可得火矣。火絨聞之，趨而遠避。鐮與石相撞相擊，火星四射，而旋起旋滅，有如電光，卒不得燃。君子於此，嘆剛柔相繼之功也。
>
> （《俏皮話·火石》）〔註10〕

火鐮、火石、火絨是古代「鐵片擊石」取火方法中不可或缺的三件東西，必須搭配使用才行。火鐮是一塊鐵片，火石又稱燧石，火絨是引燃物。用火時即取出火絨放在火石上，夾在左手大拇指和食指之間，右手拿火鐮撞擊火石數下，即可點燃，此時再用易燃物引火。文中經由火石、火鐮彼此互相邀功，誤以為生火是靠自己獨力完成，遂背道而馳，然而在失去對方後方領悟，生火原來是彼此相濟的才有的功勞，但是，此時，卻又少了火絨，所以火鐮與火石儘管能夠產生火星，卻也依舊是電光火石，只有短暫的光芒，於是，趼人就在文末揭示了剛柔相濟的主旨。又如：

> 舟行之具，帆、檣、槳、櫓並重。一日，槳與櫓皆不平曰：「吾等皆水行之要具，而舟人於我等之位置，皆不甚經心。若帆者，則必安放於最高之位置。帆遂揚揚自得，有惟我獨尊之概。吾等盍攻之？」舵從旁勸曰：「是可以不必。渠之揚揚自得，旁若無人者，只趁一時之順風耳。倘風色不對，他便縮頭不敢出，讓君等宣勞矣。」槳與

---

〔註10〕海風主編：《吳趼人全集》第七卷，頁404。

櫓曰：「此權當操之在爾，倘遇順風時，汝略向旁邊一擺，則風自不
順矣。」舵嘆曰：「此等趾高氣昂的東西，何必與他爲難？你只冷者
眼看他順風有得幾時？」(《俏皮話·只好讓他趁風頭》)〔註11〕

揚揚自得、一副不可一世之樣，的確是令人眼紅的，無怪乎槳與櫓會對帆的
舉止那麼的忿忿不平，但是一切就像是舵所言：「順風得意有得幾時？」本文
即是透過舟行之具的擬人之法，揭示爲人切莫得意忘形，否則不免招致他人
冷眼看待，甚至想盡法子的阻礙破壞。

## （四）人體器官人性化

人體擬人化也是作品中常見的，面部五官、四肢手腳、心、肝、脾、胃、
肚……等，都有了更生動的對話和舉止。如：

四肢百骸，各有位置，出於天然，非可相強者也。一日，耳、目、
口、鼻等開五官大會，宣言曰：「我等位置最高，何等清貴。彼腳者，
位置於最卑下之地，吾等當相約，不與爲伍。」眾贊成。腳聞之，
置不與較。他日，有人招飲，口極欲往，一飽口服。而腳不肯行。
口無如之何，惟有饞涎拖一尺許而已。又他日，耳欲聽，目欲視。
然所以供視聽者，又皆在室外，腳亦裏而不前。耳、目亦無如之何
也。思悔議矣，惟鼻不從，曰：「腳雖能制汝等，惟我無求於彼，彼
其奈我何哉？」腳聞之，直行至圂廁之上，立而不動。穢惡之氣，
撲鼻直入，穢嘔欲死。肚與胃相謂曰：「他們在那裡鬧意見，卻累了
你我。」(《俏皮話·腳權》)〔註12〕

人體器官也會開會、也會鬧意見、也會遭受池魚之殃，這眞是巧妙地聯想。
文中藉由五官大會，帶出耳、目、口、鼻的自命清高，竟然輕視腳的重要，
在紛紛嚐到苦果後，也證明了腳的權力，暗示了社會群體當彼此尊重，腳的
權力就像是人民的權力一樣，要懂得尊重方能展現最大的成效。

再者，屁股挨打竟然也會辯護，想要爲自己爭公道，如：

臀死後，控於冥王曰：「吾之於人身，爲最安分之物。然無論手毆人，
腳踢人，口罵人，厥物之犯奸罪，一旦捉將官裡去，官必先笞我，
何也？」冥王曰：「凡人五官四肢，皆有所司：目司視，耳司聽，鼻
司嗅，口司言，手司取攜，腳司行動，各有當盡之義務。惟汝一無

---

〔註11〕海風主編：《吳趼人全集》第七卷，頁385。
〔註12〕海風主編：《吳趼人全集》第七卷，頁377。

所用。忝附人身，逸居吾事，龐然而肥，自甘退居下流，無所用心，

汝之罪本無可逭矣！尚欲多辯耶？」(《俏皮話·臀宜受罪》) 〔註13〕

文中「臀」渾然不知自己因為居下流，所以招致了禍患，還自認安分的為自己辯護，而冥王之語所言的臀一無所用和逸居無事，恰巧諷刺了世間怠惰苟安者的罪無可逭。

### （五）天象人性化

將天象賦予人性化特點者，在作品中僅有〈團體〉一則，（原文詳參本論文，頁87），文中雪本是飄搖空中，不能自主的，但是，卻在落地後相互凝結，愈結愈堅，於是風也追之不動，文末再以雪的口吻，揭示團體的重要，顯見團結力量大的道理。

職是，擬人手法的運用在趼人作品中，以動物為最多數，次為植物、無生物、人體器官和天象。而四部諧趣作品中，尤以《俏皮話》一書為擬人特點運用的代表，在作品中趼人巧妙地將動物、植物、無生物、人體器官和天象的特點與主題意旨融合，並透過生動的對話方式展露幽默的諧趣與委婉的諷刺。

## 二、雙關妙語詼諧風趣

雙關修辭能夠巧妙地將語詞的雙重含義連結表現，在聯想中將諧音、歧義加以結合，以產生諧趣，揭露事物本質。黃慶萱即說：「一語同時關顧到兩種事物的修辭方式，包括字義的兼指，字音的諧聲，語意的暗示，都叫做雙關。」〔註14〕因此，雙關也就是利用了語音和語義的條件，使得詞語或句子具有明顯的雙重含義。又陳克守亦云：「不管是語義雙關還是語音雙關，都是利用了語義變遷，而語義變遷是靠語詞的多義性，語詞的同音或近音實現的。」〔註15〕

職是，綜合二者之說意即：一個字除本字所含的意義外，又兼含另一個與本字同音的字的意義，就是「諧音（語音）雙關」；而利用詞語的多義性，構成了表層意思和裡層意思的，就是「語義雙關」。

---

〔註13〕海風主編：《吳趼人全集》第七卷，頁368。

〔註14〕黃慶萱：《修辭學》，頁304。

〔註15〕陳克守：《幽默與邏輯》（北京：中國人民大學出版社，1993年1月），頁115。

### （一）語音雙關

就語音方面而言，利用同音字、近音字造成雙重意義形成喜劇性語言，都可以產生諧趣的效果。以下即分別敘述同音字的雙關運用，和近音字的雙關運用：

### 1. 同音字的語音雙關

趼人作品中諧音雙關的使用是十分廣泛的，「同音字」的雙關運用如：《新笑林廣記》中〈長短嘲〉的裁和材。《俏皮話》中的〈誤字〉吉、擊、棘。《滑稽談》中的〈雞有七德〉及〈女子不如雞〉得和德、〈別字〉下和夏、〈也是書畫專家〉書和輸畫和話、〈花旦〉蛋和旦、〈蘇州人曰纏格哉〉寶和飽、〈誤鼠〉暑和鼠、〈喜鑲金牙者其聽之〉恥和齒、〈應了一句蘇州人罵人語〉昏和婚、〈讀別一個字〉媳和息、〈也是引經據典〉弔和吊、〈引經據典〉的河上和和尚。以下茲舉幾例說明，如：

> 鄉人延師課子，而待其師殊吝，終歲蔬食。一日，賓東閒談，鄉人請問雞有五德之說，師為解之。又曰：「他人之雞，僅有五德；汝家之雞，當有七德也。」訝問何說，曰：「除本有五德外，我吃得，汝捨不得，豈非七德？」（《滑稽談・雞有七德》）〔註16〕

「雞有五德」之說是指文、武、勇、仁、信，而文中老師據此五德，又復以「我吃得，汝捨不得」揶揄了鄉人的吝嗇，德與得為同音字，德行的完好和鄉人捨不得給老師吃雞的小氣，帶來了諧謔的效果，老師雖不直言卻透過諧語將意義展現。又如：

> 某處開書畫會，發起人中，有絕不知八法、六法者。蓋以其揮霍頗豪，擬利用之，而羼入其姓名者也。見者大嘩。或曰：「吾見其牌九麻雀，永不贏錢，是為大輸（同書）家；言大而誇，是為大話（同畫）家。以為書畫會之發起人，又何嫌焉？」（《滑稽談・也是書畫專家》）〔註17〕

開書畫會經費來源也是重要的一環，因此，揮霍頗豪者雖無書畫專長，卻也可以列入發起人，著實也是一大諷刺，但是，幽默者卻也能以書和輸、畫和話的同音關係，以賭博「輸」錢和說「話」浮誇，來揶揄這些名不符實的書畫專家。

---

〔註16〕海風主編：《吳趼人全集》第七卷，頁412。
〔註17〕海風主編：《吳趼人全集》第七卷，頁428。

又以〈誤鼠〉一文爲例：

> 鄉曲老學究初入城市，聞人言，某校某日放暑假，某校某日放暑假。
>
> 學究詫曰：「放了鼠假，不知還放貓假否？」（《滑稽談‧誤鼠》）〔註18〕

放暑假本是天經地義之事，但是，老學究卻會將暑誤爲鼠，的確令人不禁莞爾，實在不知道在他心中，除了鼠假外，可否還有貓假？甚或是猴假？狗假呢？本文即是以暑和鼠的的同音關係，造成諧音雙關的諧趣效果。

### 2. 近音字的語音雙關

復次，除了同音字的雙關外，「近音字」的雙關運用也是有的，如：《俏皮話》中的〈送死〉死和史、〈誤字〉戟和吉、擊、棘。《滑稽談》中的〈打樣〉樣和烊、〈讀別字〉是和死、〈蘇州人曰纏格哉〉娥和餓。以下茲舉幾例說明，如：

> 某紈袴擁鉅資，而目不識一丁。室中又故羅列圖書，以示爲讀書種子，故藏書頗富。並延清客數人，日坐其中，以代其應酬。一日，友人走函借書，紈袴拆視，不甚了了，以示清客。清客閱之，曰：「某君來借《宋史》也。」紈袴大怒曰：「我家沒有送死的東西，叫他到別家借去。」（《俏皮話‧送死》）〔註19〕

坐擁書城卻目不識丁的富家子，竟然能將《宋史》誤爲「送死」，實在也是令人捧腹大笑，文中就是利用了史和死二字音近所產生的訛誤，所達致的喜劇效果。又以〈讀別字〉爲例：

> 某士人，家庭中抱難言之隱。一日，又被其父無理責罵，士人避出飲泣。其友勸之曰：「天下無不是之父母，便委屈些也不該煩惱。」旁有某甲聽了此話，便牢記在心。他日某乙偶被父母責罵，悠然出走，面帶悻悻之色。甲見之曰：「天下無不死之父母，便委屈殺也不須煩惱。」（《滑稽談‧讀別字》）〔註20〕

本文所用的「是和死」是與前一則《俏皮話‧送死》的「史和死」頗爲相仿的近音字。文中某甲盡然將天下無不「是」的父母，誤爲天下無不「死」的父母，其實，普天之下誰人能免除一死，但是，「天下無不死的父母」之句似乎更有著總有一天盼到父母死去的不孝意味，除了諧趣更有諷刺意涵。

---

〔註18〕海風主編：《吳趼人全集》第七卷，頁441。

〔註19〕海風主編：《吳趼人全集》第七卷，頁406。

〔註20〕海風主編：《吳趼人全集》第七卷，頁431。

### （二）語義雙關

就語義方面而言，語義雙關是有意識地使用在同一上下文中兼有兩層意思的言語，使得一個詞在句中兼含二種意思，或是一句話、一段文字，雙關到兩件事物。而語義的表層意義是指語詞本身，深層意義則是曲折隱晦的思想感情，借此產生風趣的效果。

### 1. 同音異義字的語義雙關

作品中以「同音異義」字產生語義雙關者如：《新笑林廣記》中的〈新小說〉創新與新疆的「新」，〈誤蒙學〉啓蒙與蒙古的「蒙」，〈兩袖清風〉官穿馬蹄袖與爲官清廉的「兩袖清風」，〈會計當而已矣〉適當與質當的「當」，〈咬字嚼字〉字面上的功夫和賣文謀生的「咬文嚼字」。

《俏皮話》中的〈蛇教蚓行〉和〈轎夫之言〉骨頭和骨氣的「骨」，〈引經據典〉玉的顏色和美女樣貌的「玉顏」，〈蛇象相爭〉穿洞和鑽營的「鑽」，〈空心大老官〉中空和虛有其表的「空心」。

《滑稽談》中的〈只要裝扮得時髦〉、〈也是一個問答〉、〈天然材料〉綠色帽子和妻子外遇的「戴綠帽」，〈天圓地方耶天方地圓耶〉天是方的和外國宗教的「天方」，〈吳牛喘月〉吳國和吳趼人的「吳」，〈鹿死誰手〉鹿中堂和動物的「鹿」，〈井井有條〉井邊有柳條和條理井然的「井井有條」，〈休字之別解〉停止和向妻子解除婚約的「休」，〈八仙慶壽〉銅圓和神仙的「仙」，〈羅漢〉佛教弟子和羅致漢子的「羅漢」，〈符籙世界〉司法審判官員和道士的「法官」，〈世態炎涼〉氣候冷熱無常和人情冷暖的「炎涼」……等。

以下即舉例說明之：

> 不識字人，喜談時事，忽語人曰：「吾近頗以不識字爲憾，極欲讀書，不知有何善本？」人曰：「學識字，自當讀蒙學教科書。」乃咋曰：「即舊學家，亦未聞有學蒙古語言文字者；吾乃新學家，子奈何令吾降格以習此乎？」蓋誤蒙學爲蒙古之學云。（《新笑林廣記・誤蒙學》）〔註21〕

本文不識字者誤將啓蒙之學當作蒙古之學，即是運用了蒙學的語義雙關，這樣不僅產生了諧趣的效果，也達到了諷刺這位喜談時事卻孤陋寡聞的人。

又以〈虎〉一文爲例：

---

〔註21〕海風主編：《吳趼人全集》第七卷，頁338。

有捐一末秩到省者，初上衙門稟到，上司偶問話，輒期期艾艾，不
能出諸口，甚至顫抖不已。既退，同列笑之曰：「上司非能吃人者，
何驚惶乃爾？」對曰：「他是老虎變的，我如何不怕他？」人益笑其
妄，則又曰：「非妄也，吾曾讀《易》矣，《易》曰：『大人虎變』。」
（《俏皮話・虎》）〔註22〕

靠著金錢捐官的買官鬻爵行為是令人感到可鄙的，文中捐一末秩者的粗俗淺
陋，從「大人虎變」四字的諧義盡展無遺，竟然將居上位者向善去惡以顯其
德的意思，誤解為長官大人都是老虎變的，於是畏懼驚惶，實在是可笑至極。

復次，〈吳牛喘月〉亦是一例：

吳趼人咳喘經年，或作或輟而不瘳。一日又喘甚，方苦之，一滑稽
友在旁曰：「莫有月否？」時庚戌暮春，苦雨匝月，吳喘息應之曰：
「如是天氣，那得有月？」曰：「然則，君何喘之甚也？」語已一笑
去。良久吳始大悟曰：「倫乃以我為牛。」或曰：「此滑稽之報也。」
（《滑稽談・吳牛喘月》）〔註23〕

「吳牛喘月」竟然可以用來揶揄趼人經年咳喘的樣子，滑稽友的想法的確是
別出心裁，本文以「吳」字所代表的江淮一帶的吳國，和吳趼人的姓，彼此
的雙重含義，產生諧趣，並進一步開玩笑把趼人喻為牛。

### 2. 同字異音字的語義雙關

作品中以「同字異音」字產生語義雙關者如：《俏皮話》中的〈腌龍〉酢
菜與澤生草的「菹」，《滑稽談》中的〈好大運動力〉活動筋骨和奔走鑽營的
「運動」，〈沒有兒子〉子孫和孫武的「孫子」、父親和李耳的「老子」……等。
以下茲舉例說明之：

玉皇大帝聞得下界將近立憲也，敕令群仙，預備立憲，先行設立諮
議局，舉定議員。眾仙奉旨而行。及至諮議局成立之日，投票選舉，
內中只有齊天大聖得最多數。眾訝曰：「何以這猴頭倒得著多數呢？」
太白金星曰：「你不看一萬三千五百斤的定海神珍鐵，他都運動如
風，大家的運動力，那一個及得了他？」（《滑稽談・好大運動力》）
〔註24〕

〔註22〕海風主編：《吳趼人全集》第七卷，頁394。
〔註23〕海風主編：《吳趼人全集》第七卷，頁419。
〔註24〕海風主編：《吳趼人全集》第七卷，頁424。

－102－

文中提及齊天大聖孫悟空可以獲得最多數，乃因大家都比不上他的運動力，而此「運動」二字即採用了同字異音的諧義效果，倘讀為「ㄩㄣˋ　ㄉㄨㄥˋ」則為一般舒活筋骨的動作，但此處也可取「ㄩㄣˋ　˙ㄉㄨㄥ」之意，蓋言其遊說他人奔走鑽營之力，也是他人望塵莫及的。

又以〈沒有兒子〉一文為例：

> 新學少年，忽然欲涉獵舊學。購得《百子全書》一部歸。先遍檢各書目，嘆曰：「無怪乎外人譏我倫理之不完全也！」人問其故，對曰：「你看這《百子全書》之中，有了老子，又有孫子，卻偏偏沒有兒子，豈不是不完全麼？」（《滑稽談‧沒有兒子》）〔註25〕

文中的少年真是學識淺薄，竟將「ㄙㄨㄣ　ㄗˇ」孫武和「ㄌㄠˇ　ㄗˇ」李耳一併誤讀為「ㄙㄨㄣ　˙ㄗ」兒子的兒子和「ㄌㄠˇ　˙ㄗ」父親，意義還真是天差地遠，且還妄下定論的提及就是因為缺了兒子才會倫理不全，真是令人莞爾。

職是，不論是語音還是語義的雙關，都能在雙重含義中展現諧趣效果，且不乏蘊藉、風趣、鮮活的特點。

## 三、想像比喻寓意鮮明

比喻也就是俗稱的「打比方」，而當中的本體和喻體必須是本質完全不同的兩類事物，並且必須有恰似點。意即黃慶萱所說：「譬喻是一種『借彼喻此』的修辭法，凡二件或二件以上的事物中有類似之點，說話作文時運用『那』有類似點的事物來比方說明『這』件事物的，就叫譬喻。」〔註26〕而喜劇性的比喻，有時則會把毫不相干的對象扭合，或者是讓不同處愈多愈大，進而從中突出相似之點，這樣的奇比怪喻可說是營造諧趣的重要方法。

又在寓言文學中，本體和喻體的對照關係，譬喻法可說是最常採用的技法，因此，趼人諧趣文學中的笑話以比喻來製造笑點，寓言也以比喻來呈顯寓意。然而，有些比喻是具體明白的，一如喻體、喻詞、喻依三者具備的「明喻」，或是喻詞由繫詞是、為代替的「暗喻」（隱喻），或是省略喻詞的「略喻」；有些則是較為隱晦的，一如只剩喻依的「借喻」依物託喻以呈現主旨。以下茲分別舉例說明：

---

〔註25〕海風主編：《吳趼人全集》第七卷，頁427。
〔註26〕黃慶萱：《修辭學》，頁227。

（一）明喻

喻體、喻詞、喻依三者具備的「明喻」，喻詞為好像、好似、彷彿、一樣、如、像……等。如：

> 六書：一曰指事，二曰象形，三曰諧聲，四曰會意，五曰轉注，六曰假借。秦以後字分八體，漢興復有草書，要皆不能出六書之範圍也。吾獨於「家」字不能無疑焉。謂為指事，則一「家」之中，不盡有「豕」，是無事之可指也；謂為形聲，則又無聲可諧；借曰會意，則一「家」之中，為物甚眾，何必特舉一「豕」以會意？至於轉注、假借，則更不相涉矣。竊謂「家」字宜從「門」從「眾」，書作「閦」字，則一「門」之內，「眾」人居焉。以象形、會意而言，均稱妥協。今乃於一「宀」之下，置以一「豕」，是特一豚笠耳，人家云乎哉？內地風氣不開，人蠢如豬，此「家」字殆其先兆乎？（《新笑林廣記·「家」字》）〔註27〕

本文以「家」字的構造原則，層層推進，有著豐富的想像和比喻，除了擬以「閦」字為「家」外，更以明喻修辭「人蠢如豬」句，直接點出趼人諷刺意旨，蓋風氣不開的蠢夫猶如笨豬般，無怪乎「家」字以一「豕」替代。

又以〈改革之比例〉一文為例：

> 吳娘嬌怯，不耐痛苦，自小纏足時，即不肯十分收束。及至長大，蓮船盈尺然，較之楚娃揚女之纖不盈握者，未免相形見絀。至是始裝喬作偽，以飾外觀。近年天足盛行，大家閨秀亦多作天然足。於是一般吳娘亦不以碩大為恥，撤去偽飾高底，改穿平履。自旁觀者視之，似天足而不免有縛束痕，似小足又不免露臃腫狀。滑稽者曰：「近日朝政之改革，何以異是？」（《滑稽談·改革之比例》）〔註28〕

文中以吳娘之足似天足卻又有縛束痕，似小足確有稍嫌臃腫，以此比為朝政改革的情狀，明喻修辭當為「改革之比例似吳娘之足」，總有東施效顰之憾，既不能符合中國的社會情況，效法西方的洋務也未見成效，中國固有的道德傳統卻也盡皆掃地。

（二）隱喻

隱喻又叫暗喻，喻詞由繫詞是、為、變成、當作代替，如：

---

〔註27〕海風主編：《吳趼人全集》第七卷，頁336。
〔註28〕海風主編：《吳趼人全集》第七卷，頁480。

風俗之日趨於下流，而不知自愛，有在於不知不覺之間者。世俗罵
兒女，動曰：「畜生」。吾不知彼之罵子女爲畜生者，其自視爲何物？
由不知其視祖宗父母爲何物？（《新笑林廣記・罵畜生》）〔註29〕

「子女爲畜生」爲隱喻之句，倘子女是畜生，那麼自己和祖宗父母不也是畜
生，趼人即據此而發，慨嘆日趨下流和不知自愛的風俗。

又如〈小牛小馬〉一文：

世俗自謙其兒女，輒曰「小犬」。蓋取魏武謂「劉景升兒子，若豚犬
耳」之意也。某君之謙其子女，獨曰：「小牛、小馬。」人問其故，
則曰：「中國亡後，國人皆牛馬，此輩尚小，非小牛小馬而何？」（《新
笑林廣記・小牛小馬》）〔註30〕

文中「國人皆牛馬」乃譬喻國人就像牛馬般受奴役、供人驅使，而子女尚小，
故言小牛小馬，當中的諧趣似乎是一種無奈的苦笑，顯現著亡國的悲苦。

復次，〈哈雷彗星是張文襄〉亦是一例：

古有名將名臣，上應列宿之說；今之迷信者，猶多道之。此次哈雷
彗星出現，說者謂爲張文襄也。其說曰：「張謫人世七十餘年，故七
十餘年中，其星隱。張死則歸位，故星現。其光見於外洋者，出洋
遊歷也；現於中國者，倦遊而歸也。初現於東方，謂黎明時得一見，
好事者不惜坐以待旦之勞，求一望見顏色而終不可得；繼出現於西
方，又爲月光所掩，見如不見。過此以往，其尚可得見與否，未可
知也。張文襄在時，僚屬之求見者，至備行李宿於官廳，或終不可
得見，何以異於此星之現於東方時也？有時幸得一見，而彼老於坐
談之頃，無端睡熟，左右不敢起居，謁者不得達一意而去，何以異
於此星現於西方時也？過此以往，尚可得見否，未可知。則含此意
以仰文襄者，不知幾何人。」然則指哈雷彗星是張文襄者，殆非無
因。（《滑稽談・哈雷彗星是張文襄》）〔註31〕

文中以「哈雷彗星是張文襄」之譬喻修辭，顯見民眾之迷信，竟言名將名臣
列宿之說，此外，也更諷刺了張文襄雖爲長官，但卻一如哈雷彗星一樣難以
得見，就算得見也只是熟睡，根本無法與之交談，足見官吏的懶散敗壞。

---

〔註29〕海風主編：《吳趼人全集》第七卷，頁338。
〔註30〕海風主編：《吳趼人全集》第七卷，頁341。
〔註31〕海風主編：《吳趼人全集》第七卷，頁414。

## （三）略喻

省略喻詞的略喻如：

> 上海製造局創於同治初年，當馮竹如觀察總辦時，以賤價購備巨木
> 數十根置局內，爲將來造船桅之用者。以今日先令之價較當日，復
> 以今日物價之昂較當日，則今日欲購此巨木，雖五倍當日之價而不
> 可得，此盡人皆知者也。毛際蕃來辦斯局，日日考求撙節。一日，
> 修巡船應用小木料如幹，執事者請命於毛。毛曰：「此巨木可解用之。」
> 曰：「此以備船桅之用者，存數十年矣，解之可惜。」毛怒曰：「此
> 時不造船，是廢料也。」執事者不敢違，解用之，不數月，數十根
> 都盡。或聞之，歸語其婦。婦曰：「奴雖蠢女子，然君倘購衣料歸，
> 縱不急制衣，奴斷不碎之以爲襪材也。」（《新笑史・兩個製造局總
> 辦》）〔註32〕

文中將衣料比爲巨木，而巨木被解用就像是衣料被斷碎爲襪材一樣，實在是
萬分可惜。再者，蠢女子購衣料歸，也不會急著制衣，對比著毛際蕃以考求
撙節之名，將以備船桅之用的巨木，當做修巡船的小木料使用，足見毛際蕃
比蠢女子還不如。

又以〈豬講天理〉一文爲例：

> 天時不正，疫症流行，及於六畜。外國人於起居飲食，最爲謹愼。
> 因查得有豬瘟之症，遂傳諭各屠戶：凡有要殺之豬，都要等外國醫
> 生驗過，但是瘟豬，都不准殺。於是無病的豬，都先過刀而死。乃
> 相謂曰：「不期這瘟畜生，倒反長命。」一豬曰：「本來這是天理之
> 常，你不見世界上的瘟官，百姓日日望他死，他卻偏不死麼？」（《俏
> 皮話・豬講天理》）〔註33〕

本文將瘟豬比擬爲瘟官，瘟豬因爲得病所以不死，正如百姓日日望其早死的
瘟官一樣，始終苟活於世，倘天理當眞如此，還眞是「好人不長命，禍害遺
千年」。

## （四）借喻

只剩喻依的借喻如：

> 狐笑豬曰：「汝蠢然一物，焉能及我？」豬曰：「汝何必笑我？汝亦

---

〔註32〕海風主編：《吳趼人全集》第七卷，頁321。
〔註33〕海風主編：《吳趼人全集》第七卷，頁353。

不見得能立功於世。」狐曰：「我之皮，能衣被蒼生，如何言無功？
若汝則無功耳。」豬曰：「我之肉，能供人果腹，如何言無功？」羊
貿貿然來曰：「汝等不必爭，我能兼汝二者之長，又當如何？」語未
竟，狼突如其來，盡撲殺而食之。笑曰：「這一班奴隸性質的畜生，
動輒言功，只合做我的犧牲也。」（《俏皮話‧狼施威》）〔註34〕

這則寓言故事以狐、豬、羊彼此相爭邀功，卻被狼撲殺而死的情況，比喻晚
清的時局。喻依「這一班奴隸性質的畜生，動輒言功，只合做我的犧牲也」，
即說明了晚清的國人一如狐、豬、羊般，未能團結一心，只懂彼此爭奪，甚
至不惜做出喪權辱國之事，而狼就如列強外侮般，一步步蠶食鯨吞著清朝。

又如〈貓虎問答〉一文：

飢貓與餓虎相遇，貓問虎曰：「吾以不得食而飢，汝何委頓至此，豈
亦伐食耶？」虎曰：「吾向以人為食，近來曠觀當世，竟沒有一個像
人的，叫我從何得食？行將飢餓以死矣！吾乃如是，若汝向來所食
者鼠耳，世上無人，豈亦無鼠耶，何亦頹唐至此？」貓嘆曰：「世上
非無鼠，鼠且甚多，無奈近來一班鼠輩，極會鑽營，一個個都鑽營
到擁居高位，警衛極嚴，叫我如何敢去吃他？」（《俏皮話‧貓虎問
答》）〔註35〕

本文的喻依是「一般鼠輩」，省略了喻體「貪官污吏」和喻詞「像」，藉由飢
貓與餓虎的問答，揶揄世間已達人不像人、官不像官的道德淪喪之景。人不
像人，所以虎無以得食；貪官鑽營，所以貓也只好飢餓難耐。連貓虎都達此
境界，更何況是生活在水生火熱的平民百姓，鐵定也是悲苦萬分。

復次，〈寓言（六）〉亦是一例：

鳶飛戾天，而沉其影於淵。魚見之，謂鳶之果能入淵也。默自計曰：
「吾乃不能戾天，無乃有愧於淵乎？」他日鳶集淵渚，魚就商之曰：
「吾欲戾天，而病未能也：子盍挈我？試為之。」鳶諾，負魚而起，
翔翔雲外，已而下集，釋其魚，視之腐矣。（《滑稽談‧寓言（六）》）

〔註36〕

就寓言故事的寓體而言，故事中的魚先是因為自己的所知有限，誤以為鳶真

<hr>

〔註34〕海風主編：《吳趼人全集》第七卷，頁355。
〔註35〕海風主編：《吳趼人全集》第七卷，頁371。
〔註36〕海風主編：《吳趼人全集》第七卷，頁483。

的能入淵，接著，又不自量力地商請鳶負之翱翔雲外，遂葬送了自己的生命。寓言的本體所展現的寓意也就是意指學識不足又不能量力而為的人，終究會因為自己的無知而害了自己，一如故事中的魚一樣。

## 四、倒反語句諷刺辛辣

　　倒反是反諷的一種，反諷是指表象和事實的對比。黃慶萱即說：「倒反就是言詞表現的意義和作者內心真意相反的修辭法。表面讚賞，其實責罵；表面責罵，其實讚賞。」〔註37〕也就是似褒實貶的反話正說，或似貶實褒的正話反說，表層與深層語義幾乎是處於相反的兩極。而這種正言與反言交遞運用的語言策略，往往能讓讀者或聽者在領悟話語意涵時，深感當中的辛辣諷刺或委婉嘲弄。而倒反修辭中把正面意思反過來說的反語，通常帶有諷刺的意思，諧趣文學中應用了這個特點，更能在笑聲中給與諷刺揶揄的快感。以下茲舉例說明：

> 凡鐵路各車站，均置站長一人或三五人，所以約束苦力，照料行旅者，亦食力細民之一種也。惟膠濟鐵路之站長，則儼然官矣。官有自濟南來者，言道出各車站時，見有藍頂、晶頂者數輩指揮其間，意以為有顯者來此接差或辦差者也。及細考之，始知為站長。叩其頂戴之由來，則德人為請於前東撫張汝梅，為張所特允者云。吾聞中國人動言朝廷名器，今以四五品之頂戴，置諸絕無功名之人之頭，吾不知其謂名器何也？或為之加一轉語曰：「此正張汝梅代朝廷推廣名器之用。」（《新笑史・推廣朝廷名器》）〔註38〕

站長竟然也可以儼然為官之樣，真不知張汝梅視朝廷名器為何物？而文中以「推廣朝廷名器」之稱揚之語，似褒實貶的諷刺官吏的絕無功名和無實質才能，可說是倒反修辭的應用，令人可在幽默語句中感受當中的辛辣嘲諷。

　　又如〈兩袖清風〉一文：

> 戲劇中皆古衣冠，雖未必盡合古代制度，而其形式則具在也。京劇中《文昭關》一出扮伍員者，向穿馬蹄袖，不知何意。或指之曰：「此之謂兩袖清風。」又俗以官之廉潔者為清官，反之者為贓官。某日本人每見一中國官，必曰：「此清官也。」問何以知之，則曰：「貴

---

〔註37〕黃慶萱：《修辭學》，頁321。
〔註38〕海風主編：《吳趼人全集》第七卷，頁321。

國之官，何一非清官？」同一用別解，均足解頤。(《新笑林廣記‧

兩袖清風》) 〔註39〕

「貴國之官，何一非清官？」真是一個大哉問！倘舉國皆清官，那百姓的生活也就不會水深火熱了，文中稱官員兩袖清風，看似褒揚，實則在此正言中，藏著深刻地諷刺，若穿馬蹄袖就也可以成為廉潔之官，那還真是人民的一大福音。此文蓋以正言若反之意，表現貪官污吏橫行的窘境。

　　復次，〈送匾奇談〉也是一例：

　　某甲，庸醫也，凡有病往醫者，輒應手而斃。然不知其手段之辣者，

　　仍多往乞診，坐是斷送人命愈多。一日，忽有人鼓吹送一匾來以贈

　　之。甲亦不知伊誰所送，惟念自懸壺以來，未經如是榮幸，竟受而

　　懸之而已。鄰人亦互相疑訝，以為此專送人命者，何來此物？即細

　　訪之，始知為某棺材店所送。好事者送至棺材店訪問，曰：「某甲愈

　　若病耶？何為送之匾也？」店中人曰：「否否，小店生意向來清淡，

　　自某甲懸壺以來，生意驟為起色，故送此以志不忘耳。」(《俏皮話‧

　　送匾奇談》) 〔註40〕

庸醫竟然能夠受匾，當真是天大的笑話，當匾的來源是棺材店的事實被揭曉時，還真是笑點十足。本文以褒揚的正言寫出專送人命的庸醫，破天荒的收到懸壺濟世以來的第一塊匾額，接者，再透過好事者得知，匾額是因為棺材店感謝這位醫生竟然讓棺材店的生意大有起色，所以特別致匾感恩，反諷了醫生的無能昏庸，「誤」人無數。

　　又如〈豈所以便民耶〉一文：

　　新闢小北門外，開一重利盤剝之押店，時論多譏之。昨過其地，見

　　此押店緊鄰，卻開一米店。意者知貧民無以為生，必並押衣物，乃

　　能購米，故屹然並峙。此兩店以便貧民耶？(《滑稽談‧豈所以便民

　　耶？》) 〔註41〕

表面上是稱揚押店與米店並開是便民之舉，但是行文中卻交代了押店的重利盤剝，貧民無以為生的事實，所以似褒實貶的諷刺奸商的唯利是圖，也悲憫了百姓的貧苦無依。

---

〔註39〕海風主編：《吳趼人全集》第七卷，頁340。

〔註40〕海風主編：《吳趼人全集》第七卷，頁361。

〔註41〕海風主編：《吳趼人全集》第七卷，頁466。

# 第二節　吳趼人諧趣文學的邏輯結構與語言變異

中國人的幽默性格是性喜嬉戲、語多詼諧的,在莊重、理智、拘謹的時候,也不乏熱情、開朗、樂觀,吳趼人的諧趣文學在謔而不虐、深寓生命哲學於幽默中,除了展現中國特有的婉而多諷的幽默,亦即在軟的迂曲手法中隱藏硬的諷刺意涵;同時,也有著西方喜劇精神的移入,每每在熱諷與冷嘲、悲喜情感的融合下,暴露出不諧調的矛盾,使人的精神在喜劇式的的嘲弄中,從沈重的嘆息變而爲悠揚的笑聲。以下即探討趼人諧趣文學作品的邏輯結構法則和語言變異使用,期能揭示作品結構法則與語言變異,所能達致的寓莊於諧效果和諷刺的精神理念,使我們更能體悟諧趣文學笑與諷刺的意涵。

## 一、吳趼人諧趣文學的邏輯結構法則

譚達人《幽默與言語幽默》書中提及的邏輯法則是從荒唐的邏輯之法和正經的邏輯之法兩大原則加以分述的,荒唐之法有自相矛盾、偷換概念、詭辯、無稽之談;正經之法有以其人之道還治其人、先依他的錯誤走下去、用類比的方法加以反駁。而這些法則與段寶林《笑話:人間的喜劇藝術》笑話的喜劇結構大抵相似,然而,段寶林的喜劇結構分類法在定義方面的區分則更爲明確嚴謹,所以,本論文乃是據此而論。

職是,段寶林的喜劇結構有先依他的錯誤走下去是「歸謬法」,意即順著錯誤發展,透過矛盾的激化,使得人物自己體認到自己的荒謬,以產生諧趣,這和用對方的邏輯進行推理,或者用推理方法來解釋對方的難題的「推理法」近似,都是在矛盾的激化中致笑。而用類比的方法加以反駁和以其人之道還治其人是「學樣法」,乃是透過故意的模仿產生笑點,以巧妙的諷刺和揭露謬誤。偷換概念、詭辯、無稽之談則是「倒錯法」,指凸顯錯誤的本質以激化笑意,或由旁人或由當事者自己本身揭示。自相矛盾乃爲「對比法」的運用,就是指在事物對比中,呈現所欲表現的事理,以引人發笑,將矛盾對照時,強烈的對比除了出人意外更有喜劇效果產生。又喜劇的結構方法還有讓可笑的事物反覆表現的「重複法」,轉了一圈又轉回原點的「連環法」,都是透過誤會、巧合、巧計、拼湊、露底以揭露矛盾的方法。

大抵而言,矛盾的激化是致笑的原因,在段寶林《笑話:人間的喜劇藝術》中提及的喜劇結構主要有歸謬法、推理法、學樣法、倒錯法、對比法、重複法、連環法。其中尤以依循邏輯的推理法、故意模仿的學樣法、移花接

木的倒錯法、和矛盾烘托的對比法最爲趼人所運用，茲分述如下：

## （一）依循邏輯的推理法

順著對方的邏輯思考層層推演，不論是直接或間接，或演繹、或歸納、或類比，主要都是希望能在矛盾的激化中致笑。職是，順著對方邏輯推理的「推理法」和順著錯誤推論的「歸謬法」，都在推理歸謬中反駁和求眞，也在推論過程中，使得人物自己體認到自己的荒謬或矛盾，從而產生諧趣。如：

> 我國自《時務報》出，而叢報界始漸發達，《清議報》、《新民叢報》
> 繼起。近年來如《江蘇雜誌》，如《浙江潮》等，亦皆各具特色，而
> 以地名報之風遂開，聞江西有《新豫章》、直隸有《直說》。或曰：「推
> 《直說》之例，則山東當有《齊論》、《魯論》，廣東當有《廣告》，
> 河南當有《豫告》，甘肅當有《甘言》，福建當有《福音》。」《新小
> 說》社記者乃急爲之辯曰：「《新小說》非新疆人出版者。」（《新笑
> 林廣記・新小說》）〔註42〕

本文即是以推理的邏輯結構構成的笑話，文中以《直說》、《齊論》、《魯論》、《廣告》、《豫告》、《甘言》、《福音》層層推論以地名報的風氣，最後再以《新小說》記者之言，揭示矛盾產生諧趣。倘順者對方邏輯推理，那麼《新小說》當眞成了新疆人所出版的刊物了。又如：

> 西例旗色均有分別，以紅旗爲危險，以黃旗爲病。中國招商局之商
> 旗，紅底黃心。或指之笑曰：「是危險而患心病者也。」（《新笑林廣
> 記・旗色》）〔註43〕

文中以紅旗表危險和黃旗表病的原則，歸結紅底黃心的商旗，乃意旨危險而患心病，展現從有知向未知推論的過程，表面上看起來是有依據的類推，但是，矛盾點的展示就在於紅底黃心之旗絕非危險和患心病的意思，於是，二者的悖離正好就是笑點展現之處。

再者，〈涕淚不怕痛〉也是一例：

> 或相聚言人身之上，最不怕冷者爲面，故冬夏皆不衣；最怕冷者爲
> 屁，故一向都伏在肚内，偶然放了他出來，他便忙向鼻孔中鑽進去
> 了。或又言最不怕痛者爲手臂，無論何人用何物打來，手臂必當先
> 擋住。或曰：「否否。手臂雖不怕痛，然打得狠了，也有退縮的時候。

〔註42〕海風主編：《吳趼人全集》第七卷，頁335。
〔註43〕海風主編：《吳趼人全集》第七卷，頁342。

> 以余觀之，最不怕痛者爲涕、淚。不信，你看越是打他，他越要從
> 眼眶、鼻孔中跑出來。」（《俏皮話‧涕淚不怕痛》）〔註44〕

面因多夏皆不衣，故最不怕冷；而屁卻因放了出來，就馬上跑進鼻孔，所以最
怕冷，這一怕冷、一不怕冷是對比的論述。緊接於此，幽默家便以涕、淚因爲
愈痛卻愈出來，所以，斷言涕、淚是最不怕痛的。而此中所凸顯的矛盾點就在
於，人就是因爲被打痛了才會痛哭流涕，但是，在文中涕淚竟然成了最不怕痛
的勇者，眞是悖離基本的想法論述，所以諧趣就在此矛盾中展現。又如：

> 粵中拷綢，年已盛行於大江南北。其實粵中非僅出拷綢也，亦有拷
> 布，貧者多夏日衣之。有貧人丁憂而穿拷布者，一富家子見之曰：「是
> 物色近紅紫，死了老子娘的人，不宜穿此。」貧人曰：「汝家夏日所
> 穿者，白紗、白綢、白羅，想都是死了老子娘之故？」（《滑稽談‧
> 穿拷布》）〔註45〕

貧人依據富家子「丁憂不宜穿紅紫色之衣」的論述，順著富家子的邏輯推理
出紅色代表喜慶、白色代表喪事的結論，並且，反以「富家子所穿的白紗、
白綢、白羅都是死了老子娘之故」譏諷。其實，對貧人而言，倘能衣食無缺
就是最大的幸福了，哪裡還會有心思管衣服的顏色呢？富家子所言之語，足
見其眞是養尊處優慣了，著實不知民間疾苦。

### （二）故意模仿的學樣法

　　透過故意模仿的學樣法，或是讓可笑事物反覆出現的重複法、連環法，
都是借表現形象與另一對象的相似特點，以營造喜劇性氛圍。有時候是以其
人之道還治其人，有時候則會運用和對方完全相同的語言形式的仿擬，以仿
詞、仿成語、仿句、仿章的相同思維形式，表達不同的思維內容。因此，學
樣法的本質就是形式上相同，但是內容上卻大異其趣，而且形式上的相同如
果愈小，內容上的差異如果愈大，則愈能展現幽默感。以下茲舉例說明之：

> 甲乙兩人同謁張之洞，張問甲近看何書。甲欲諛之，對曰：「近看《勸
> 學篇》，獲益不淺。」張大喜，復問乙。乙本胸無點墨者，以甲言看
> 《勸學篇》，得張之喜，竊念類此之書，張亦必喜。乃對曰：「近日看
> 《勸學篇書後》，獲益亦復不淺。」（《新笑林廣記‧問看書》）〔註46〕

---

〔註44〕 海風主編：《吳趼人全集》第七卷，頁402。
〔註45〕 海風主編：《吳趼人全集》第七卷，頁473。
〔註46〕 海風主編：《吳趼人全集》第七卷，頁337。

張之洞當時因爲倡言變法而新舊之爭甚烈，所以作了《勸學篇》一書以規時勢而綜本末，甲乃據此而諂媚言己讀此書獲益良多，豈知胸無點墨的乙，竟然故意模仿甲，遂言看了《勸學篇書後》，期望也能同樣博得張之洞的歡喜。此文正是以故意模仿的學樣法引人發笑，乙只圖阿諛上司，卻盲目的仿效，隨口捏造了一本書，旁人聽了眞是要哄堂大笑了。又如：

> 守財虜生一子，既長成，猶不使出門一步，蓋恐其浪用也。故其子雖已弱冠，猶不辨牝牡，而吝嗇乃有父風。一日，所畜貓忽生小貓數頭，子見之，詫爲異事。問人曰：「貓何故而能生子？」人笑告之曰：「此雌貓也，配以雄貓，自能生小貓矣。」子默然久之。一日，持洋錢問父曰：「此洋錢不知是雌的，還是雄的？」父曰：「洋錢有何雄雌之別？」子嘆曰：「眞是可惜！倘洋錢亦有雌雄之別，一一代配合之，所生小洋錢，正不知幾許也。」（《俏皮話・守財虜之子》）
〔註47〕

吝嗇有乃父之風的守財虜之子，竟然想到要把錢分爲雌雄，像貓交配生出小貓一樣，生出更多的小洋錢。文中即以雌雄錢交配模擬雌雄貓交配的學樣法，揶揄吝嗇的守財虜。

　　復次，〈不少分寸〉亦是一例：

> 甲向乙借貸若干金，而定二分息，限日清償。詎借去之後，即避而不面。乙屢往索取無著，不得已乃致函詰責。甲乃先還十餘元；過數月，又還若干元。自是以爲例，積一年餘，始還清借本，利息一毛不拔。告乙曰：「吾本錢分文未欠，所叨光者利息耳。」乙甚銜之，乃向甲借一件寧綢袍，借後亦避而不面。過數月，始以寧綢一尺許還之，致書謂之曰：「所借尊衣，請先還一袖。」過數月，再以三尺許還之，曰：「今茲再還一襟。」亦積二年餘，始以一袍之表裡料作還清。告甲曰：「所借尊衣，不少分寸，所叨光者成衣匠之工價耳。」
> （《俏皮話・不少分寸》）〔註48〕

甲向乙借錢，先是避不見面，接著又不還利息，所以，乙也就如法炮製的向甲借了衣服，並且故意模仿甲的行徑，一樣先是避不見面，接著還將衣服分成袖、襟、表裡料歸還。本文就是在故意模仿的學樣法中，採用了「以其人

〔註47〕海風主編：《吳趼人全集》第七卷，頁374。
〔註48〕海風主編：《吳趼人全集》第七卷，頁386。

之道還治其人」的妙招，顯現笑點。

再者，仿詞也是學樣法的一種，如以下二則：

> 有欲學爲時事小說者，而苦於不知爵級之稱呼。或戲之曰：「向例小
> 說家，皇帝稱萬歲，王稱千歲。由此推之，郡王當稱百歲，貝勒當
> 稱十歲，貝子當稱一歲。」（《滑稽談・奇稱》）〔註49〕
>
> 或問：「婦致書於翁，當作何稱謂？」坐客一時皆偶忘「君舅」之說，
> 相與搔首致想。或曰：「婦致書於夫，例稱『夫子』。若以門生稱先
> 生爲『夫子』之例例之，當稱『太夫子』。」（《滑稽談・太夫子》）
> 〔註50〕

第一則文中的「百歲、十歲、一歲」之稱，是仿擬「萬歲、千歲」而來；第
二則文中將「君舅」講成了「太夫子」，就是仿擬「夫子」一詞而來，而這些
仿詞中所顯見的巧妙聯想，也就是諧趣的所在。

### （三）移花接木的倒錯法

偷換概念、詭辯、無稽之談的「倒錯法」，能在凸顯錯誤的本質中，激化
笑意，其諧趣可由旁人或由當事者自己本身揭示。「偷換概念」是指語詞替換
或是望文生義、曲解別解、虛語實解的情況；「詭辯」和「無稽之談」則是一
些似是而非的詭異狡詐之說或是胡言、謊言等沒有根據的話語。這些在倒置
移接中的倒錯法，使語義產生了變遷，從而營造語義的不諧調情形，遂產生
了諧趣。以下即對這些移花接木的倒錯法舉例說明之：

> 香港小銀圓，背有文曰「香港一毫」。故粵人稱小銀圓，皆以毫計，
> 如一毫、二毫之類。市肆記賬，又往往減筆寫作「毛」字。上海某廣
> 東店，向用同鄉人執事，旋以與客幫人交易，言語不通，兼延上海人
> 某甲爲賬房之助。甲視各賬，多二毛、三毛等字，不解所謂，以問同
> 事。同事曰：「此廣東人寫法，即『角』字也。如一毛即繫一角，二
> 毛即繫二角。以後都可改寫角字」甲領之。及月底開寫賬單，客戶中
> 有毛姓者，甲竟寫作「角先生台照」（《俏皮話・角先生》）〔註51〕

文中某甲將毛先生寫成了角先生，就是運用了倒錯法中偷換概念的字詞替換。
本文先以粵人將「毫」減筆爲「毛」字爲始，並經由上海人以「毫」稱銀圓，

---

〔註49〕 海風主編：《吳趼人全集》第七卷，頁 469。

〔註50〕 海風主編：《吳趼人全集》第七卷，頁 474。

〔註51〕 海風主編：《吳趼人全集》第七卷，頁 389。

廣東人則以「角」稱銀圓的不同，產生某甲對於毛字的不解，最後，再以某甲竟然在姓氏上面也把「毛」和「角」二字作替換，產生諧趣。職是，毫、毛、角三字的概念是一樣的，同爲稱銀圓之用，但是某甲卻偷換成了姓氏的概念，於是在姓氏方面的替換字詞，就展現了幽默。又如：

> 飛禽之中，以野雞之文彩斕斑爲最華麗，亦最悦目。故野雞亦最愛其羽毛，每誇示於同類。眾鳥亦推讓之。獨烏鴉不服，曰：「汝之文彩，何似我之潔白？」野雞笑曰：「他等猶可説，若之滿身漆黑者，猶自以爲潔白，不知何等顏色，方爲黑矣？」鴉曰：「我此説並非杜撰，有詩爲證的。唐人詩云：『玉顏不及寒鴉色』你想玉豈不是白的？尚不及我，其白可想。」公冶長聞之曰：「偏是這強詞奪理的畜生，會引經據典。」（《俏皮話・引經據典》）〔註52〕

文中以偷換概念的望文生義產生趣味，滿身漆黑的烏鴉，竟然自比爲潔白的顏色，甚至自認爲勝過文彩斑斕的野雞，就是因爲烏鴉將「玉顏」曲解別解成了「玉的顏色」，遂歪曲了「美女」的原意，而以「玉顏不及寒鴉色」之語，當作自己比玉潔白的證據。這種不正確解釋的倒錯法，也就是望文生義產生笑點之處。

再者，〈代吃飯代睡覺〉也採用了同樣的手法：

> 一人無論辦何事，必躬必親，一人獨任，絕不肯假手他人。一日，諸事麇集，幾至調排不開。而此人遂忙甚，手做、口説、眼視、耳聽、心想、腳行，五官並用，四體不停。因告人曰：「我今日忙極，連吃飯睡覺的工夫都沒有。」或曰：「何不請人代勞？」此人曰：「做事豈可請人作代？或者請一個人代我吃飯，或代我睡覺，倒可以商量。」（《俏皮話・代吃飯代睡覺》）〔註53〕

倒錯法中的詭辯，是指文句似是而非的情形，文中，事必躬親的人竟然堅持事情不可請人代勞，而願將吃飯、睡覺之事煩勞他人，一切看似理所當然，因爲符合著他不肯假手他人的性格，但是，只要一想到倘若真的把吃飯、睡覺都請人代作，那自己還會有氣力辦事嗎？就不禁會對他的想法感到可笑。又如：

> 朱璜曾權上海租界會審事，一日，捕房解竊犯一人至，請訊。朱訊

---

〔註52〕海風主編：《吳趼人全集》第七卷，頁389。
〔註53〕海風主編：《吳趼人全集》第七卷，頁385。

得繫竊西人之物者，朱怒且嘆曰：「中國人許多東西你不偷，你去偷外國人的東西，你的膽子還了得麼？」又某處失火，某鄰某甲負一衣箱出走。警察疑為搶火者也，拘之去，送公堂請訊。朱不問情由，喝令責打。責畢，方問究從何處搶來。甲曰：「此我己物也，箱內為某物某物。」發視之，良是。甲呼冤，朱乾笑曰：「我代你打脫點晦氣也。」（《新笑史・問官奇話》）〔註54〕

倒錯法中也有胡言、謊言等沒有根據的無稽之談，如文中的朱瑱，先是說偷外國人東西比偷中國人東西膽子大，後又把自己不問情由的誤打某甲，解釋為是幫他打點晦氣，除了顯見他的昏庸外，也讓人對他的行徑感到可鄙可笑。

## （四）矛盾烘托的對比法

在事物對比中，呈現所欲表現的事理，以引人發笑，就是對比法的運用。有時候是自相矛盾的行事言語前後不相應，有時候是欲揚先抑、形貶似褒的襯托，大抵是將矛盾對照，以強烈的對比或烘托，使目標明顯，從而產生出人意外的喜劇效果。以下即舉例說明之：

海狗，獸類也，而能入水。一日，水大至，淹沒山林，群獸盡逃。海狗游行水中徜徉自得曰：「我亦水族也。」他日，水大退，龍宮將涸，諸水族咸大奔，趨入海洋深處。海狗立岸上，傲睨自喜曰：「我獸類也，水雖盡退，幸能奈我何？」無何，獵者至，槍斃之，取其腎以配春藥，服之大效。龍王聞之，嘆曰：「我早知這依違兩可的畜生，只會在此等下流事業上去逞能。」（《俏皮話・海狗》）〔註55〕

海狗先是以水族自喜，後又以獸類傲睨，這種行事前後不相應的自相矛盾，就是對比法的運用。而海狗最後也因此遭槍斃，無怪乎要借龍王之口，慨嘆這種依違兩可的畜生，也只合做下等事業。又如：

差役捉得聚賭者，來稟本官。官得稟，即刻升座提訊，問：「汝聚賭耶？」直認不諱。官喝：「打！打！」卻不撤籤。隸半跪請曰：「大老爺，不知打多少？」時官已高坐矇矓，大有前仰後合之勢。聞隸言，含糊應曰：「打的是五索，怕放炮麼？」（《滑稽談・懲賭》）〔註56〕

官員是要懲賭犯人，但是自己卻先是大睡，後又說了「打五索，怕放炮麼？」

---

〔註54〕海風主編：《吳趼人全集》第七卷，頁325。
〔註55〕海風主編：《吳趼人全集》第七卷，頁351。
〔註56〕海風主編：《吳趼人全集》第七卷，頁421。

的話語，足見這位官員自己也是好賭成性的一員。而這種賭徒官員和懲賭行為的對比，除了凸顯了矛盾的笑點外，也諷刺了官員的品德敗壞。

復次，〈蝦蟆感恩〉也是一例：

> 凡縣官去任，則百姓、紳董必送萬民傘，幾幾乎沿爲成例。一知縣去任時，閤屬百姓無有肯送萬民傘者。縣官方在懊惱，忽見有許多蝦蟆送來一頂萬民傘。縣官大喜而受之。因問蝦蟆道：「你們何以肯送我萬民傘呢？」蝦蟆道：「自大老爺蒞任以來，雖沒有恩德及於百姓，卻還循例出示，禁食田雞。故我等亦循例送傘，以志德政也。」他日，縣官即以此傘誇示於人。某狂生見之，笑曰：「老父台可謂今恩足以及禽獸」（《俏皮話‧蝦蟆感恩》）〔註57〕

本文以對比法中欲抑先揚的筆法，先讚揚官員得到了蝦蟆的萬民傘，遂誇示於人；然後，再以貶抑的語氣點出此官雖然恩及於禽獸，但卻不及於百姓的可鄙。在一揚一抑的對比中，諷刺了官員的無能。又如：

> 蝶翩翩飛舞花間，顧影自憐，日以尋香摘蕊爲事。忽蠶蛾飛至，欲近與蝶語。蝶譏之曰：「吾與汝雖似同類，然吾文彩爛斑，翩翩多致，醉香飽艷，傅粉塗金；文人引入詩章，畫家摹爲粉本。其視汝之笨拙肥重，無所見長者，爲何如也！」蠶蛾默然遂退。他日，蛾與蝶皆死。冥王察得蛾能布散蠶種，吐絲成帛，衣被蒼生，命轉生爲富家子，以酬其功。蝶徒以文彩媚人，一無所長，且專以醉香迷色爲事，罰令轉世爲娼，俾仍以媚人爲業，且不失其迷醉本色。（《俏皮話‧蛾蝶結果》）〔註58〕

本文蛾與蝶兩者相互烘托對比，有功於世的蛾與一無所長的蝶，分別因爲有功而轉爲富家子，無功而罰令爲娼妓，可說是運用了這一正一反的對比，將人當求有功於世的重要顯現出來。

## 二、吳趼人諧趣文學的語言變異使用

　　形容事情、言行滑稽有趣或意味深長就是一種幽默的表現，詼諧的語言更是幽默理論中不可或缺的一部份，譚達人在《幽默與言語幽默》一書中提及〈言語幽默的技法〉時，便是從語言要素的變異技法、美辭格的妙用技法、

---

〔註57〕海風主編：《吳趼人全集》第七卷，頁363。
〔註58〕海風主編：《吳趼人全集》第七卷，頁378。

交際規律的順逆技法、邏輯法則的真假技法，四個方向來加以析分言語幽默的操作技巧。

語言要素的變異技法主要是透過語詞、語句、語法的變異達致諧趣的效果，詞義、句意、詞彙、句子、詞形、句型、造詞法、造句法、文字、標點的巧妙變化，都會令人有不同的感受。在譚達人《幽默與言語幽默》書中提及的語言要素變異技法計有七大項、二十三種，「意義違律之法」有望文生義、曲解別解、虛語實解、語意回歸、曲意轉化、易境易色、言多於義、說錯話講昏話；「詞語拆合之法」有強行拆開、強行搭配、巧妙嵌入、造客座詞語（特殊的外來詞語）、起綽號；「句式同異之法」有同行異句、同句異謂；「語句長短之法」有構造超長句、構造超短句、驗證句法遞歸律；「標點出新之法」有多標點、無標點；「文字結構之法」有文字拆析；「聲音變化之法」有語音停斷、語音飛白。〔註59〕

又林淑貞先生於《寓莊於諧：明清笑話型寓言論詮》一書提及寓莊於諧的表現技法時，乃分別從語詞、語句、語法三個視角加以論述語言變置、移轉所引發的笑意。

職是，筆者綜合二者之說，乃將意義違律、詞語拆合、文字結構、聲音變化之法，歸於「語詞技巧」方面的運用，即是利用語詞本身形音義的訛誤妙用來表述之，諸如：錯字、諧音、多義字、同音異義字、同字異音字、轉義字、謎語、歇後語都是這種表述法。而句式同異、語句長短之法則歸於「語句技巧」方面，是利用句式的變化來營造歪解、答非所問的情況。「語法」技巧方面，則為標點出新之法，即是透過標點符號的變更來造成諧趣，或是利用語法本身的語序顛倒或虛詞邏輯達致笑意的技法。以下則分舉例以說明語詞、語句、語法技巧的在諧趣文學中的運用：

### （一）語詞技巧的運用

就「語詞技巧」而言，諧趣的引發是利用語詞本身形、音、義的訛誤造成，而諧音、錯字、同音異義字、同字異音字、更是為趼人諧趣文學中所運用。以下即分別舉例說明。首先，因為「字形」的訛誤所造成的笑點如：

　　某甲夙短於視，近赴南京博覽會參觀，一切皆霧裡看花，隔簾窺影
　　而已。頗苦旅館中蟁蟲太多，有擾清夢，乃思遷地為良。一日，入

---

〔註59〕譚達人：《幽默與言語幽默》（北京：生活‧讀書‧新知三聯書店，1997年），
　　　　頁144～209。

會場中，見一處，大榜其門曰：「水族館定於某日開館。」甲大喜曰：
「我即遷居此中，豈不妙哉？」同遊咸笑之，甲曰：「他不是明明寫
著『本旅館』字樣麼？」（《滑稽談・近視》）〔註60〕

讀錯字是達致幽默的方法，某甲因為近視，將「水族館」看成了「本旅館」，
還大喜的說要搬進去住，於是，同行之友聽聞無不開懷大笑，文中就是以字
形訛誤的錯字來營造諧趣，揶揄了近視者的霧裡看花、隔簾窺影。

　　再者，因為「字音」的訛誤所造成的諧趣，則如〈誤字〉一文：

某生號吉人，遇一新識之友，彼此通姓名。他日此友以說帖致之，
乃書作「擊人」。迨相見時，生笑語之曰：「僕無縛雞力，不能擊人；
賤號乃大吉之吉也。」又他日，友與之書，又寫作「戟人」。及相見，
生又曰：「君何與僕戲？僕非武夫，焉能持戟？」友曰：「君自言大
戟之戟，我記得《本草》上『紅芽大戟』，是這個戟字。」生曰：「非
也，『牛眠吉地』之吉也。」他日此友又將其號寫作「棘人」，生大
怒，以為不祥，走與理論。友亦怒曰：「汝自言棘地之棘，難道『荊
天棘地』不是這個棘字麼？」（《俏皮話・誤字》）〔註61〕

新識之友互通姓名本是常事，但是文中卻因為同音異義字的關係，而造成了字
音曲解誤用的笑柄，友人因為諧音的關係，竟把號為「吉人」的某生，寫成了
「擊人、戟人、棘人」的錯字，遂造成了二人大怒和讀者莞爾的諧趣效果。

　　而因為「字義」的訛誤所造成的幽默效果，則如：

一人妻悍妒無度，或勸令休之，其人曰：「他既不死，我又不死，如
何可休？」或問：「何以必俟死而後可休？」其人曰：「豈不聞除死
方休？」（《滑稽談・「休」字之別解》）〔註62〕

文中以「休」字的字義誤用而產生笑果，主角將「除死方休」中「休」字的
停止之意，誤解為休妻的意思，於是，竟然認為非得等到死去才可能休掉悍
妒無度的妻子，令聽聞者不禁莞爾，想想倘真是如此，那此人還真是命苦呢。

## （二）語句技巧的運用

　　「語句技巧」是利用語句形式的變化，如句式同異之法，或語句長短之
法來營造歧解、答非所問的情況。如下文：

〔註60〕海風主編：《吳趼人全集》第七卷，頁479。
〔註61〕海風主編：《吳趼人全集》第七卷，頁360。
〔註62〕海風主編：《吳趼人全集》第七卷，頁425。

> 鄉老目不識丁，送其子入學堂讀書，每日放學，必向其子考查功課。
> 第一日放學，問其子今日讀何書，子曰：「今日先生教我讀第一課。」
> 第二日又問，子曰：「今日讀第二課也。」三日、四日皆然，十日、
> 二十日亦莫不然。鄉老勃然大怒曰：「我送兒子去讀書，是要教他作
> 文章的，如何先生只教他起課？」（《滑稽談‧鄉老查功課》）〔註63〕

文中透過兒子告訴鄉老，老師第一天教他讀一課，第二天教他讀二課⋯⋯的相似句法，造成了目不識丁的鄉老誤以爲老師只教他的小孩起課，而沒有教他作文章，於是鄉老竟然勃然大怒，當中就是運用目不識丁卻要查功課的對比，和對於第一天讀一課、第二天讀第二課⋯⋯的歧解，營造了語句技巧的歪解情形，予人幽默詼諧之感。

### （三）語法技巧的運用

「語法技巧」是透過標點符號的更動出新，或語法本身的語序顛倒、虛詞邏輯來引發笑意。如：

> 袁翔甫大令，爲隨園之孫，亦能爲詩，居滬上最久。其對人恆作一
> 常語，曰：「該死該死！」無論聞人何等言，輒先應之曰：「該死該
> 死！」其友某君，別已十年，及復遇，友已丁外艱，爲述其父得病
> 及死狀。袁不俟其說畢，每聽其一言，輒曰：「該死該死！」（《滑稽
> 談‧該死該死》）〔註64〕

文中利用了虛詞的語法手段，「該死」是袁翔甫無意識的習慣用語，並不表任何意義，但是，在文中卻因爲其友遭遇父喪，所以，當友人在敘述其父得病和死狀時，袁大令的口頭禪「該死該死」，卻也成了營造幽默語言的技法，令人莞爾。

## 第三節　吳趼人諧趣文學的諷刺藝術

諷刺是中國傳統文學的技法之一，所謂「主文而譎諫，言之者無罪，聞之者足以戒」（《詩‧大序》）〔註65〕，因此，能夠將莊嚴之意寓寄於諧趣之中，揭露嘲諷的意旨對象，使得諷者達到宣洩，受諷者得到警惕，這就是諷刺的

---

〔註63〕海風主編：《吳趼人全集》第七卷，頁463。
〔註64〕海風主編：《吳趼人全集》第七卷，頁420。
〔註65〕（漢）毛亨撰、（漢）鄭玄箋、《毛詩》（上海：上海商務，1965年），頁1。

意涵。又諧趣文學的可貴就在於在笑聲之後，仍有著發人深省的意涵，幽默理論、喜劇精神都可說是包裹著諷刺、譴責意涵的外衣，使我們能在不諧調的語言、性格、情境當中，體悟時代的意義與作者的苦心。

諷刺的藝術是指以隱微的方式嘲諷譏刺，往往具有鮮明的喜劇美學特徵，因此，在詼諧之筆當中寓意人生更可以使讀者聯想到現實社會的人情世態，體會笑裡的辛酸與諧趣的苦悶。職是，諧趣文學寓意人生的價值就是諷刺的藝術，「寫實性的諷刺」是直接描摹炎涼世態，揭露醜惡面貌；「寄寓性的諷刺」則是透過假、醜、惡託喻人生，達到指桑罵槐的譴責，二者同樣發揮著諷刺的藝術效果，使我們在能笑的社會中更加體認人生的悲劇。對幽默家而言，人生中沒有不可付諸一笑的事物，因此在諧趣的笑話和寓言中，可說是充滿了教化性、道德性。

## 一、醜惡面貌的直接揭露

寫實性的諷刺是指直接描摹炎涼世態，在諧趣文學作品中，即在行文當中就透過文字將醜惡面貌直截了當的揭露，冀能在冷嘲熱諷中達到針砭時弊的效果。而直截了當的揭露醜惡面貌，往往能在嘲諷社會各種不公平的現實時，也嘲笑了一些不光彩的行為；在建立各自的理論體系時，也辛辣詼諧的嘲笑了許多不合理的社會和日常生活現象，可說是頗具政治諷刺性和強烈的社會現實性。

茲以〈銅訟〉一文為例：

> 鑄錢之銅與鑄鼎之銅不相下，同訟於財神之前。鑄錢之銅曰：「我與彼同為銅質，同居金類之一。渠成此龐然大物，一無所長，陳設於聽事間，徒供觀瞻賞完而已，然世人每指為雅物，動以千金購求之。我為國寶，專司流通，以便商民，而世人每目我為銅臭。有功於人，反受此惡名，不平孰甚？伏求公斷。」鑄鼎之銅曰：「禹鑄九鼎，遂成為天子傳國之物，我如何不可貴？」財神嘆曰：「此案吾不能斷也。後世天子無鼎，卻仍不失為天子，而古人未必可以不用錢。然而世風不古，往往有功於人世者，反冒不韙之名；其有令譽者，皆粉飾升平，徒有其表之輩耳。滔滔皆是，吾其奈之何哉？」（《俏皮話・銅訟》）〔註66〕

---

〔註66〕海風主編：《吳趼人全集》第七卷，頁379。

本文以擬人的手法，透過鑄錢之銅與鑄鼎之銅的爭訟，形象鮮明的將世人邀功之情形表現出來，而財神斷案所說的話語，更是辛辣的嘲諷了世上虛有其表者甚多的現實，蓋有功於人世者反冒不韙之名，有令譽者皆是徒有其表之輩，即是揭露醜惡面貌的寫實字句。

又以〈作俑〉一文爲例：

> 孔子曰：「始作俑者，其無後乎！」吾則謂始作冥鏹者，亦必無後。
> 自神道設教之說起，香燭冥鏹，歲耗民財，不可以數計。然香可以解穢氣，燭可以取光，當爲有用之物。惟此冥鏹，一無所用，購歸即焚之，乃至再用，又當再買，絕無假借。彼遂以此一無所用之物，據爲一大利源，以耗民財。吾以其計之毒，敢武斷其無後也。（《俏皮話・作俑》）〔註67〕

始作冥鏹者竟然以此無用之物而歲耗民財，且據此爲一大利源，無怪乎趼人會斷言「始作冥鏹者，亦必無後」。本文所要撻伐的醜惡之事是耗民傷財者，字裡行間足見趼人對於始作冥鏹者的憤怒，以及對於深信神道設教之說而購焚冥鏹者的無奈。

職是，吳趼人在政治、道德、社會各方面都有所關心和批評，無非是希望整個中國能更趨美善，而寫實性的諷刺所具有的批判現實特性，就像是生活的明鏡，呈現著世界的眞實樣貌，不論是冷暖炎涼的市儈情態、功名富貴的熱中追求，都在嘲諷揶揄的諷刺批判中。

## 二、指桑罵槐的委婉譴責

透過假、醜、惡託喻人生的寄寓性的諷刺，往往採用「借彼喻此」的方式達致迂曲諷刺的效果，田啓文云：「『諷』乃微辭託意，是一種暗示性的傳達；『刺』則具有批判、指正之意。和二者言之，所謂『諷刺』即是『暗示性的批判』。」〔註68〕因此，以暗示性的手法來傳達意旨，並且具有批判、指正之意就是諷刺的意涵。或諷刺政治上的昏君、邪臣、惡制，或諷刺民風的民心邪曲、愚昧，或諷刺修身的心靈失持、生理欲求無節，諷刺總能在批判現實的特性和幽默的嚴肅態度中達致婉而能諷的特點。

寄寓性的諷刺可說是指桑罵槐的譴責，它能夠避開直截批判謾罵的不

---

〔註67〕 海風主編：《吳趼人全集》第七卷，頁407。
〔註68〕 田啓文：《晚唐諷刺小品文之風貌》（台北：文津，2004年3月一刷），頁8。

適，卻又能使得聽者從中契會言者的想法，有著迂曲解詬的效果。所以，作者往往藉由故意操作矛盾、錯誤來激化諧趣，而斷章取義的偏義諧趣更是在故意歪曲其意中達到嘲諷的目的。又笑話、寓言與諷刺是關係十分密切的，因為他們都有著「隱義性」〔註 69〕的特質，亦即每每能在「暗示」中達到宣揚主旨的目的。

　　茲以〈兩個杜聯〉為例

> 會稽杜聯，以翰林官内閣學士。一日，往謁其座主賈中堂楨。賈問貴姓，曰：「門生杜聯，專誠參謁師相也。」曰：「年誼耶？為鄉科，為會科耶？」曰：「某科會試，某受知於師相。」問籍貫，曰：「浙江會稽也。」問現居何職，曰：「内閣學士也。」語次，賈已俯首隱几，鼾然睡熟。杜坐待，不敢去。有頃，賈欠伸寤，見杜在，復問貴姓，問科甲，問籍貫、官階。杜一一對如故。問畢，即舉茶送客。他日，賈謂人曰：「試差放得太多，門生也攪不清楚。我前日曾見兩個杜聯，同姓名，同籍貫，同科甲，又同官階，我如何記得許多？」

　　（《新笑史·兩個杜聯》）〔註 70〕

賈中堂楨在接見門生時，在問答中竟然鼾然熟睡實是荒唐。所以，才會把前後兩次問話的同一個杜聯，誤以為是兩個同姓名、籍貫、科甲、官階的杜聯，這種行徑的確使人發噱。本文僅透過文字敘述情節發展，而未對事情直接加以評論諷刺，但卻同樣予人深厚的諧趣和諷刺意蘊，當中委婉迂曲的譴責即是對於這位昏庸官僚的訕笑。

　　又以〈烏龜與蟹〉為例：

> 烏龜有殼，蟹亦有殼。惟蟹殼薄，而龜殼厚。故龜能負重，而蟹不禁敲剝。然蟹能擁鉗自衛，龜惟能團縮避人而已。一日，蟹遇龜，將施其鉗以為戲。龜急將頭尾四足一齊縮入。蟹只鉗其殼，格格有聲，久之，絲毫無損。蟹笑曰：「這個厚皮的東西，一點也吃他不動。」

　　（《俏皮話·烏龜與蟹》）〔註 71〕

烏龜殼厚故能躲避螃蟹的攻擊，螃蟹只能鉗住龜殼，卻絲毫不能損之。行文中雖然只是寫龜與蟹的故事，但是，卻有著指桑罵槐的譴責功能，烏龜這個

---

〔註 69〕田啓文：《晚唐諷刺小品文之風貌》，頁 196。
〔註 70〕海風主編：《吳趼人全集》第七卷，頁 329。
〔註 71〕海風主編：《吳趼人全集》第七卷，頁 361。

厚皮東西，就算是有鉗的螃蟹也無可奈何，正如同世間橫行不法的厚臉皮之人，旁人也只能聽任其作威作福，而苦無應對之策。

職是，諧隱性作品的作者往往能通過笑聲來鞭撻現實，以詼諧諷刺之筆營造嬉笑怒罵的諧趣寓言和滑稽故事，用來反映社會生活、鞭撻現實弊端。故事的表層雖是詼諧可笑的，但是深層意蘊卻悲痛絕望。作者每每能在荒荒唐唐的笑話、寓言故事中，痛痛切切的說人情世故，譏刺了官場的腐敗和社會的黑暗。所以，諧趣文學在摹繪世故人情和幽默詼諧之外，所雜以的諷刺之意，更能在隱微中展現它的匕首作用、鏡鑑特質，提高諧趣的價值。

## 三、吳趼人諧趣文學的莊諧共生

社會生活的複雜與喜劇藝術的表現，使得諧趣文學在莊諧並生、悲喜交融、苦樂交錯、哭笑相參中，達到詼諧幽默、寓意諷刺的特徵。誠如蕭颯等所云：

> 諧與莊的關係是倒錯中顯真實，誇張中見本質，使人在歡愉中受教育。這樣才能化醜為美，以假顯真，抑惡揚善，使喜劇有任何藝術形式都不能取代的審美價值。〔註72〕

因此，充滿寫實性與批判性的作品，是以喜劇性的表現形式，悲劇性的描寫內容，達致諷刺譴責的目的。而在喜劇性動機的背後幾乎都隱藏著內在悲劇性的潛流，故能透過喜劇性的形象體現，更直接地逼視悲劇性的社會本質，使讀者能在意料之外，情理之中體認到莊諧共生的意蘊，故以下即從悲喜因素的和諧統一和審美情感的自然轉換特點，來揭示吳趼人諧趣文學作品中莊諧共生的悲喜交融。

### （一）悲喜因素的和諧統一

喜劇藝術的高峰是能將嚴肅性與諧謔性統一，在悲喜融合、婉而多諷中含蓄深厚地寫實與批判，將莊諧完善統一，因此，劉上生就說：「悲喜融合是喜劇藝術的理想的審美境界，它來源於生活內容本身的複雜和藝術表現的豐富深刻。」〔註73〕所以，在莊諧並寫、苦樂相交的轉化中，譴責的意涵方能在笑聲中綻放。

---

〔註72〕蕭颯、王文欽、徐智策：《幽默心理分析》，頁 38。

〔註73〕劉上生：《中國古代小說藝術史》（長沙：湖南師範大學出版社，2000 年），頁349。

王德威曾云：

> 我們對鬧劇式的情節或可給予嗤之以鼻的譏笑冷笑，或可發出無可
> 奈何的苦笑訕笑；但最具弔詭性的是，我們或在有意無意間「暫且」
> 放下道德禮法，投入鬧劇的世界，隨著情節流轉而開懷大笑。〔註74〕

職是，面對著醜惡面貌的社會人生，趼人即是以鬧劇的手法，營造喜劇氛圍
的效果，使得作者、讀者都能在情節流轉中一共開懷大笑，而這盈耳的笑聲，
即是悲喜因素和諧統一的體現。

復次，王德威又於《被壓抑的現代性：晚清小說新論》以「荒涼的狂歡」
〔註75〕一詞來形容晚清的醜怪譴責小說，因為，譴責小說常以諷刺、漫畫式、
鬧劇式的方法展現譴責意涵，而在「晚清作家有系統地推翻高貴與嚴肅的事
物，拉抬世俗與色情的一面時，巴赫汀式嘉年華會狂笑的觀念，正中肯綮。」
〔註76〕。身為晚清譴責小說作家的吳趼人，也同樣以這種手法表現在他所歸
類為「笑話小說」的諧趣文學作品當中，他的作品不論是笑話或寓言，都能
在歡愉的狂歡笑聲裡，迫使我們去面對政教機構的敗壞、社會風俗的醜惡，
因此，一種荒涼的無奈感也就油然而生。茲以〈德壽笑話〉一文為例：

> 曩歲廣東大學堂初開學時，德壽在座，姚道因問現在章程有須改良
> 者否。德正色曰：「似乎可改者甚多。如算學一科，將來此輩人才出
> 身為官，自有帳房代理，原不必自勞其力，似乎可刪；體操一科，
> 我輩文人可不必習，也覺無謂；地理一科，乃堪輿家言，亦何必叫
> 讀書人去做風水功夫呢？」姚但唯唯，堂上堂下，聞者莫不暗笑，
> 跟隨人亦為之低首云。（《新笑史·德壽笑話》）〔註77〕

德壽的教育改革理念倘若真的實現，那麼文人學士似乎就沒什麼好學的了，
如果不學數學將如何規劃預算？不習體操豈不是盡成文弱書生？不學地理如
何知道家國領土？在德壽正色的說出這些荒謬見解之時，喜劇因素使得聞者
莫不暗笑，但是就在訕笑的同時，也不禁會為這種教改理念感到悲傷，為國
家的前途擔憂，這種又悲又喜的感懷，正是悲喜因素和諧統一的體現。

---

〔註74〕王德威著：《從劉鶚到王禎和》（台北：時報文化出版企業股份有限公司，1990
　　　　年二版一刷），頁69。
〔註75〕王德威著、宋偉杰譯：《被壓抑的現代性：晚清小說新論》（台北：麥田，2003
　　　　年），目錄。
〔註76〕王德威著、宋偉杰譯：《被壓抑的現代性：晚清小說新論》，頁253。
〔註77〕海風主編：《吳趼人全集》第七卷，頁325。

因此，面對著歷史上陳腐落後的東西，大多數的人們往往是司空見慣，習焉不察的，但是諧趣文學的作家卻是能夠將這些不和諧特徵加以集中，透過笑來摒棄這些醜惡，用笑來彰顯譴責的意涵，所以喜中寓悲、悲中有喜就在交錯轉化中和諧統一著。

## （二）審美情感的自然轉換

借助笑聲不僅可以對於社會進行規勸匡正，更能展現豁達灑脫的精神理念，因此，諧趣文學的特點不僅在於能諧，它更能像李漢秋所說的「通過種種笑聲來揭示喜劇性格的種種矛盾、滑稽，展露醜的眞實面目」〔註78〕，因此，「寓莊於諧」的喜劇機趣就是在詼諧之筆寓意人生中，一步步地像薛寶琨《中國人的軟幽默》所云：「把嚴肅的思想感情，通過詼諧輕鬆的形式表現出來，做到悲劇與喜劇的結合。」〔註79〕。

而這種化憤怒爲嬉戲的幽默藝術，更得以展現笑的光輝，不論是爽朗的、嚴冷的、可悲的笑聲，我們都可以深刻感受到當中所擁有的一種高度濃縮、凝練的藝術情感。職是，審美情感的自然轉換也就是能充分地將寓哭於笑的情趣、寓莊於諧的意趣、寓奇於平的巧趣、寓智於愚的睿趣巧妙交替，誠如佴榮本：《笑與喜劇美學》所云：「作品中悲喜內容結合的眞實性是導引審美情感轉換的基礎。」〔註80〕，所以，哭笑、莊諧、奇平、智愚的趣味展現，都是營造情感自然轉換的關鍵。茲以〈性命沒了錢還可以到手〉爲例：

> 某甲本窶人子，忽發巨財，居然席豐履厚，面團團作富家翁矣。而素性多疑，所居室保有火險。每夜必手自關門下鑰，其鑰爲外洋上等貨，且鑰匙僅有一枚，甲自佩之，至明晨，始手自啓鑰。無間風雨寒暑，必躬必親。蓋旣恐外賊之入，復恐內賊之出也。人或謂之曰：「子防賊可謂周備矣，其如火燭何？」甲曰：「我保有火險，何妨？」人曰：「火燭自有賠款，然倘夜間失火，不及啓門，奈何？」甲聞言，頗以爲慮，尋思得一計：徑往保人壽險若干，並爲其家人子女各保若干。詡詡然告人曰：「從今而後，雖火燭亦無妨矣。」人又詰之曰：「子不懼燒煞耶？」甲狂笑曰：「我已保了人壽險，縱然

〔註78〕 李漢秋：《《儒林外史》研究》，頁186。
〔註79〕 薛寶琨：《中國人的軟幽默》（北京：科學出版社，1989年），頁44。
〔註80〕 佴榮本：《笑與喜劇美學》，（北京：新華書店北京發行所，1988年11月），頁228。

燒煞，我沒了性命，那賠款錢總可以到手也，怕他甚麼？」(《俏皮
話・性命沒了錢還可以到手》) 〔註81〕

素性多疑的竇人子，一旦發財也是視財如命之徒，凡事必躬必親即罷，不期
就連倘若遭遇火災之事，他還可狂笑的說自己就算沒了性命，只要錢可到手
也就心滿意足。而這個無命有財的想法，即是一個自以為智者的愚昧表現，
在竇人子狂傲的笑聲中，有的盡是對於愚人、窮人的慨嘆。這位自以為聰明
的愚夫，所產生的滑稽逗笑和寫實性的氛圍，除了自然而然的將聽者的審美
情感轉而為哭笑不得的情境外，也更加飽涵著諷刺的意味。

　　詼諧是幽默、喜劇美學的表現，諧趣文學的特點在於擁有「笑」的外衣，
而笑也正是一種藝術的和審美的態度，當人們接觸諧趣文學之時，很容易就
會被諧趣所吸引和同作者一起笑傲人間，但是當解下笑的外衣之時，呈現在
眼前卻也不免有些銳利的諷刺和深沈的慨嘆。諧趣文學所用的詼諧之筆，主
要是以幽默、喜劇理論為根基，運用滑稽與鬧劇筆法對社會弊病作出嘲弄，
並在誇張的笑聲中展現詼諧的風格。

# 第四節　小　結

　　本章主要在揭示趼人諧趣文學形式方面的藝術手法，首節先從敘寫技巧
著手，分述擬人手法形象鮮明、雙關妙語詼諧風趣、想像比喻寓意鮮明、倒
反語句諷刺辛辣的修辭敘寫特點，展現趼人在擬人、雙關、比喻、倒反修辭
方面的熟稔運用。第二節旨在介紹諧趣文學中的邏輯結構法則和語言變異的
使用情形。在邏輯結構的法則中，趼人充分運用了依循邏輯的推理法、故意
模仿的學樣法、移花接木的倒錯法、矛盾烘托的對比法，來展現幽默的特點。
再者，作品中語言變異使用的情形，有利用字形、字音、字義的訛誤而營造
的語詞技巧運用；有利用句式同異、語句長短造成岐解的語句技巧運用；有
透過標點符號的更動出新、語序顛倒、虛詞邏輯而引發笑意的語法技巧運用。

　　末節則進一步探討諧趣文學的諷刺藝術，分別從醜惡面貌的直接揭露，
和指桑罵槐的委婉譴責兩方面切入，總結作品中莊諧共生的悲喜因素統一及
審美情感轉換，顯現寓莊於諧的特點。職是，本章以揭示趼人諧趣文學作品
的藝術手法為旨，期能在修辭敘寫、邏輯結構、語言變異的探討中，呈現諷

---

〔註81〕 海風主編：《吳趼人全集》第七卷，頁391。

刺藝術的莊諧共生特點。使趼人筆墨精簡和筆觸辛辣的作品,所勾勒出的多
樣貌人生臉譜得以具體呈現,達到諷刺與鞭撻社會偽善、迂腐、貪婪、愚昧、
無能、欺詐、怠惰等現實意義。

# 第五章　吳趼人諧趣文學的價值與意義

　　本章擬從「意義」方面闡釋作者寓莊於諧，以伸己志的價值與意義，分別就文學價值和文化意義兩方面，探討趼人諧趣文學所能達致的傳承與新變。文學價值方面，主要是從趼人的文學觀探討起，將作品置入諧趣文學史和寓言文學史中加以論述，掘發作品在諧趣文學和寓言文學方面傳承與新變的貢獻。文化意義則從社會文化的展示和雅俗文化的會通加以論述，探討趼人所採用的寓莊於諧手法，所能展現的會通雅俗的幽默，和濃厚的譴責諷諭寓意。

## 第一節　文學價值：諧趣文學的傳承與新變

　　晚清的文學在時代變局的刺激和外國文學的衝擊下，小說理論不斷地推波助瀾，配合著出版事業發達、印刷技術進步、和新聞與出版事業繁榮的情況，文學也有了進一步的傳承與新變。以下先從吳趼人的文學觀談起，揭示他為何以寓莊於諧的筆觸，發揚諧趣文學的價值；接著，則分別論述趼人作品中譎諫隱詞的諧趣詩文，和中西合璧的寓言作品之傳承與新變，呈顯當中的文學價值。

### 一、吳趼人的文學觀

　　趼人於《近十年之怪現狀・序》中即以「學嬉笑怒罵之文，切自儕於譎諫之列」[註1]為期許，他的苦心創作在於砭愚訂頑，冀以通俗小說之趣味感

---

〔註 1〕海風主編：《吳趼人全集》第十卷，頁 28。

情，為德育之一助，挽救道德淪亡的景象。從趼人的〈月月小說‧序〉、〈歷史小說總序〉、〈兩晉演義‧序〉都可以得知他所強調的文學教誨作用和對於固守傳統道德的努力。〈月月小說‧序〉有言：

> 深奧難解之文，不如粗淺趣味之易入也。學童聽講，聽經書不如聽《左傳》之易入也，聽《左傳》又不如聽鼓詞之易入也。無他，趣味為之也。……當前之事物言論，無趣味以贊佐之也，無趣味以贊佐之，故每當前而不覺。讀小說者，其專注在尋繹趣味，而新知識即暗寓于趣味之中，故隨趣味而輸入之而不自覺也。〔註2〕

因此，趼人的文學觀可說是「寓莊於諧」的，稟性詼諧的他每每能將知識寓于趣味之中，一如其《新笑林廣記》一書之自序之言：「竊謂文字一道，其所以入人者，壯詞不如諧語。」〔註3〕所以，陳幸蕙即說「真實性、趣味性、教育性、大眾性」〔註4〕是他寫作的原則，孟瑤也說「潑辣灑脫，又多一份揶揄」〔註5〕就是他的文章特色。

復次，《俏皮話》一書之自序亦言：

> 余生平喜為詼諧之言，廣座賓客雜沓，余至，必歡迎曰：「某至矣！」及縱談，余偶發言，眾輒為捧腹，亦不自解吾言之何以可笑也。語已，輒錄之，必付諸各日報，凡報紙之以諧謔為宗旨者，即以付之。
> 〔註6〕

據此，可以知道性喜嬉戲，行尚滑稽，語多詼諧的趼人，閒談中往往夾雜玩笑，在聚會的場合，他的話語總會令人捧腹大笑，而他也深切體認出笑話、諧語在社會生活中的重要和入人之深，相信唯有紮根於社會現實，方可發揮諷刺社會、開通民智的作用。

因此，作者在荒荒唐唐、詼諧可笑的故事中，痛痛切切、悲痛絕望的說人情世故，譏刺官場的腐敗和社會的黑暗，他的「笑」是一種不平之鳴，是一種無可奈何的表現，表面上風光幽默、事實上卻無奈沉重。在他譴責鞭撻現實和寄託道德教誨之時，嬉笑怒罵的穿插反而更擴展了中國「寓莊於諧」的特色，和以「幽默」看待生命的能力。

---

〔註2〕 海風主編：《吳趼人全集》第八卷，頁199。
〔註3〕 海風主編：《吳趼人全集》第七卷，頁335。
〔註4〕 陳幸蕙：《愛與失望：《二十年目睹之怪現狀》研究》，頁30。
〔註5〕 孟瑤：《中國文學史》（台北：大中圖書公司，1980年），頁739。
〔註6〕 海風主編：《吳趼人全集》第七卷，頁347。

## 二、譎諫隱詞的諧趣詩文

中國「寓莊於諧」的諧趣文學史是淵源流長的，《史記・滑稽列傳》是最早系統記載的諧趣文學作品、《文心雕龍・諧讔》則是最早討論諧趣文學的專論、而歷來的笑話、寓言作品，更是諧趣文學的重要養分。趼人在這悠悠的文學薰陶下，也努力將他的文學觀付諸於創作，希冀透過喜劇性、世俗性、直觀性的表達方式，展現他的幽默本色。

上海的現代報紙，始自 1862 年的《上海新報》，而最有名的 1872《申報》都是外國人所辦的大報，至於小報，要到 1897 年才出現。海風主編的《吳趼人全集第十卷》即云：「報業上所開創的小報新境界，使得文人更加活躍，其中李伯元、吳趼人這兩個是好朋友，也互相影響，因而產生了許多諷刺小品文及許多譴責式的章回小說」〔註7〕。於是，晚清興盛的小報也給了諧趣文學和民間文學發展的空間，一如湯哲聲所說：「晚清時期極為興盛的小報的遊戲文也就成了現代滑稽文學的重要開端」〔註8〕。

職是，在辦報生涯階段的吳趼人，除了在創辦《月月小說》時，首開「滑稽小說」的欄目外，也親自動筆創作諧趣作品，而這些小報上所刊載的遊戲之文，也每每能在在消閑之餘，展現潛移默化的效用，在詼諧的文字中展現嚴肅的主題。因此，趼人可說是此階段重要的代表人物，無怪乎湯哲聲於《中國現代滑稽文學史略》即說：「吳趼人是第一位致力於寫滑稽詩文的現代滑稽作家。」〔註9〕，而這裡所說的滑稽詩文，也就是趼人自己所歸類的「笑話小說」，亦即本篇論文所討論的諧趣文學作品。

復次，在中國現代滑稽文學的濫觴——晚清小報上，趼人諧趣文學的作品《新笑史》、《新笑林廣記》、《俏皮話》、《滑稽談》，都曾先後在《新小說》和《月月小說》等雜誌上發表，而這些作品不論是趼人獨創或是再創作，都有著他個人的理解、分析、想像，是加以剪裁、修改、補充、編寫而完成的。所以，身為滑稽文學的作家，趼人也是在前人諧趣文學的養分中，努力結合自己的創作理念，才能完成這一則則譎諫隱詞的諧趣詩文。

誠如第三章「吳趼人諧趣文學的主題意蘊」，即提及妙語解頤供人笑柄的意旨，足見生性幽默的趼人，每每能在巧妙聯想中，展現令人莞爾的功力。

---

〔註7〕　海風主編：《吳趼人全集》第十卷，頁 94。
〔註8〕　湯哲聲：《中國現代滑稽文學史略》（台北：文津出版社，1992 年），頁 23。
〔註9〕　湯哲聲：《中國現代滑稽文學史略》，頁 45。

又第四章「吳趼人諧趣文學的藝術手法」裡，趼人不僅能巧妙運用擬人、雙關、比喻、倒反的敘寫技巧，更在邏輯結構的推理、學樣、倒錯、對比手法中展現主旨，而語詞、語句、語法技巧的語言變異使用也都充滿意蘊。無怪乎他譎諫隱詞的諧趣詩文，每每能在風趣的形象中展現鮮明的寓意及辛辣的諷刺，他的作品筆墨即使精簡，但是意義卻極為深遠。

又湯哲聲說：「在晚清文壇上，幾乎所有動筆者都有一個共同的思維模式，就是對現時政治的抨擊和對民眾思想上的啟蒙，吳趼人也沒有脫離這樣的思維模式。」〔註10〕，他的作品大抵是在客觀的寫實中，冷靜的諷刺社會，透過簡練生動的文字，展現富有彈力、韌度的意蘊。而這些譎諫隱詞的諧趣詩文，有的是插科打諢的笑料、有的是相互譏諷的調笑、更多的是對於晚清官吏的辛辣嘲諷，不論是強烈的時政性，或是世俗的趣味性，作品中所展現的社會風俗畫卷，都是頗具時代價值與社會現實意義。

## 三、中西合璧的寓言作品

鴉片戰爭後，門戶廣為開放，徐志平、黃錦珠即云：「有心人士的推動提倡，翻譯西方小說的風氣於是興盛起來。……開啟了中國作家的視野，讓中國作家看到許多前所未見的小說內容和形式，因而影響了中國的創作。」〔註11〕因此，中西文學的接觸大增，連帶著西方寓言的思想和技法也對中國寓言逐漸產生影響。而吳趼人的朋友周桂笙所做的泰西小品和故事的翻譯，除了為《采風報》增加了一些東西，更給了吳趼人很大的影響。

又在中國、印度、歐洲三大寓言體系中，中國寓言大抵以人物寓言為主，擬人寓言為輔。相對的，陳蒲清即說擬人寓言中「動物寓言的運用在歐洲寓言體系中佔的比重極大，以《伊索寓言》為例。動物寓言或有動物參與的寓言就佔了七十八點五，這些寓言中，有百分之八十以上採用了擬人化手法。」〔註12〕而吳趼人的《俏皮話》專著一書，總計有八十二則的擬人手法運用，意即在不含自序的一百二十七則中，擬人寓言就佔了百分之六十五的比率，無怪乎陳蒲清要說：

> 吳趼人的寓言專著《俏皮話》，在藝術上廣泛採用歐洲寓言的擬人化

---

〔註10〕湯哲聲：《中國現代滑稽文學史略》，頁46。
〔註11〕徐志平、黃錦珠：《明清小說》（台北：黎明文化出版社，1996年），頁259。
〔註12〕陳蒲清：《寓言文學理論・歷史與應用》，頁72～73。

手法，並承繼明清詼諧寓言的傳統，將兩者融爲一爐，並進一步開拓了中西合璧的道路。〔註13〕

職是，第三章第二節「吳趼人諧趣文學示現的萬物群相」中的動物、植物、無生物、人體器官群相，和第四章第一節「吳趼人諧趣文學敘寫技巧」的擬人手法形象鮮明，都呈現出趼人在寓言方面熟稔運用擬人手法的特點，又這個特點不僅是《俏皮話》專著的特色，《滑稽談》一書亦有擬人手法運用的展現，故趼人在寓言方面不僅利用擬人手法生動詼諧地展現寓意，更在中國寓言融合西方寓言特點方面有著重要的貢獻。

再者，李育中〈吳趼人生平及其著作〉亦稱揚：

> 趼人也是近代文學史上一位出色的寓言家，在今天看來，所登的寓言還有許多值得保留的，特別是寫水族的魚類，與俄國謝德林，有異曲同工之妙。〔註14〕

職是，趼人《俏皮話》以動物爲主人翁的創作，在中國古代寓言集中是獨一無二的。而從作品的題目中也可體會出當中的趣味，如題目中的狗、雞、鼠、虎、貓、蟲……等，都予人一種新穎之感，也因爲趼人把握時代脈搏、反映現實的創作意圖，使得讀者都可從動物中尋得趣味、倍感滑稽。

在諧趣文學的笑話、寓言創作中，趼人對於寓言的貢獻是備受肯定的。李富軒、李燕也說：「吳趼人的寓言手法上吸取了西方寓言特點，多用擬人的創作手法。其寓言在中國寓言史上，占有承前啓後的重要地位。」〔註15〕。所以，在中國寓言文學史中，趼人的寓言創作《俏皮話》一書和《滑稽談》中的數則寓言，都可說是在吸收西方寓言的擬人特點上，加以融匯了明清以來詼諧寓言的諷諭傳統，即是陳蒲清所說的堪爲「中國古代寓言向現代寓言過渡的藝術橋樑」〔註16〕。

# 第二節　文化意義：社會與通俗文化的展示

文化是人類在歷史發展過程中創造的總成果，包含了宗教、道德、藝術、

---

〔註13〕陳蒲清：《寓言文學理論・歷史與應用》，頁227～228。
〔註14〕李育中〈吳趼人生平及其著作〉海風主編、魏朝昌顧問：《吳趼人全集第十卷》，頁97。
〔註15〕李富軒、李燕：《中國古代寓言史》，頁403。
〔註16〕陳蒲清：《中國古代寓言史》（湖南：湖南教育出版社，1983年），頁366。

科學等各方面。晚清的腐敗、媚外，實是文人學者痛心憤慨之事，再加上西洋文化的傳入，知識和眼界都有了嶄新的開創，而印刷技術的發達，也更促使了知識份子，透過作品來抒發心中的塊壘。趼人的諧趣作品即符應著晚清的文化，反映了這個混亂複雜的時代，深刻地描摹社會事件，貪官污吏的敗壞、為富不仁的現實、沈迷鴉片的渾噩、黨政爭奪的情狀、剪髮議題、上海現況……等社會生活風俗。然而，這些嚴肅莊重的話題，趼人卻別出心裁的以詼諧俏皮之語表達，不僅在雅俗會通，融合中西寓言技法方面有進一步的開創，更深刻地譴責諷喻了這樣一個頹喪的時代。

## 一、社會生活風俗的展示

趼人的社會經驗豐富，他對於世道人心的諷刺，每每能在平澹中暗蘊機鋒之妙，從作品中可以窺見當時社會的生活風俗，所敘人物情狀自然生動：有官吏媚外之醜態，豪紳作惡之面目，人民貧苦不堪之悲痛；所記事件歷歷在目：庚子事變、立憲運動、反迷信、廢科舉、學洋務、吸鴉片、看彗星、倡剪髮、和上海娼妓興盛等，他的作品不僅反映晚清社會的真實面貌，也融入了歷次重大歷史事件，社會、經濟、宗教、文化等方面的史料，都是極為豐富的，可說是極好的歷史材料。

而他更以頗具政治諷刺性和強烈社會現實性的比擬，從社會生活各方面取材，熔鑄在他的天才想像中，編織出各種濃厚趣味的情節故事，以飛禽走獸、龜鱉蟲魚、牛鬼蛇神、神靈愚瞽、學究富者、窮人娼妓……等為主角，把當時的現實醜態反映出來，有著一定程度的政治暴露性。而這些如蛇蟲鼠蟻、豺狼虎豹、魑魅魍魎的社會醜惡面貌，也更增加了趼人作品的社會現實性、政治敏感性、文化思想性、和情感諷刺性。

在第三章第一節「吳趼人諧趣文學的主題意蘊」中，即可知道他的諧趣作品內容大抵以官僚腐敗、社會墮落、生活困苦的現實題材為主導，有社會貧富懸殊的情況、官商勾結謀取暴利的卑劣行徑、甚或是妓女賣笑、僧尼言行墮落、放高利貸、過度迷信和民間勾心鬥角、逢迎諂媚的嘴臉。趼人在這空前廣泛的現實題材裡，加上豐富的表現手法，著實顯現著晚清社會和封建制度行將就木、無可挽救的歷史命運。

然而，這一切對於功名富貴的文化病態與社會病態的深刻描摹都要歸因於他豐富的人生體驗，一如下文所述：

　　在上海的大都會生活經驗給了他文學修業的大好機會,《二十年目睹
　　之怪現狀》、三十餘種小說、寓言、笑話、花柳界見聞記、詩作等豐
　　富多采的創作活動,都是以大上海的經驗見聞為素材。……在上海
　　看到了中國逐漸半殖民地的積弱現狀,導致國家積弱腐敗的官吏橫
　　行霸道,使他意識到教育民眾的重要性。〔註17〕

所以,豐富的上海經驗讓他看透了科場、戰場、商場、洋場、官僚家庭、醫
卜星相、三教九流的種種卑鄙齷齪行徑,上位者無道、官府威凌百姓的黑暗
政治,和社會風氣、科舉制度、禮教道德的虛僞冷酷,以及人們對於權奸的
痛恨和對清官能吏的渴望,都是作品中所展示出的社會生活風俗。

## 二、通俗文化消遣的趣味

　　輕鬆詼諧的遊戲文字本來就很受讀者歡迎,趼人諧趣文學的作品,不論
是市民性、群眾性、通俗性都能充分掌握。題材、故事、寫法的出新,都使
得他能竭力開拓讀者的閱讀視野,用新的信息豐富讀者的審美經驗。誠如第
二章「諧趣文學的流變」中所探討,晚清時期趼人的諧趣文學即是在上承寓
莊於諧的笑話型寓言基礎上加以發展的。又笑話本來就是一種通俗文化,而
趼人言語曉暢、意義明白、善於學習和點化古人語言,又大量吸收民間的口
語詞彙的諧趣作品,配合著晚清興盛的小報事業,流傳於普羅大眾間,當中
俚俗、諧趣、戲謔的展現,都充分展現了諧趣文學通俗文化消遣趣味。

　　復次,文學所表現的趣味特質,本就是一種美學的境界,深具天然成趣、
旨趣宏遠的意味,因此,通俗文學或是滑稽文學、諧趣文學所能展現的消遣
趣味,也就是一種趣味的表現,而透過大眾傳播的報紙,通俗文學家們為了
滿足讀者的需要、意識與興趣,更容易以貼近市民階層心態來創作。於是,
趼人的諧趣作品便是在諷刺揶揄貪官污吏、探求奇聞軼事、描摹愚蠢舉止中,
增添生活樂趣、引人捧腹大笑的。職是,趼人的作品不論是自娛還是娛人,
都能在寓莊於諧、寓教於樂中,展露通俗文化消遣的趣味。

　　因此,在第二章第二節「吳趼人諧趣文學的理論基礎」中,不論是喜劇
創作主體的審美心理,諧趣作品的喜劇精神展現,讀者感知的證同啓迪效應,
都說明了通俗文化中的消遣趣味,即是喜劇美學審美效應的體現,有些人在

---

〔註17〕海風主編:《吳趼人全集》第十卷,頁74。

笑話和寓言中發現自己的影子並從中汲取教訓，有些人則可以在笑聲中品嚐到現實人生的悲喜滋味。

### 三、譴責諷諭深刻的寓意

根據《幽默心理分析》一書，將「中國幽默理論分為兩類：寓莊於諧的『諷諫說』和悅性達情的『自然說』。」〔註18〕諷諫說乃以諷刺為主軸，自然說則包羅了喜劇諧趣、插科打諢和機趣的愉悅，二者都是通過滑稽與鬧劇筆法對社會弊病所作的嘲弄，對笑聲和淚水極其自覺的誇張，從而暴露和諷刺醜惡的人和事。趼人的笑話和寓言，對於諷諫說和自然說的中國幽默理論，都有著承繼發揚，妙語解頤的笑話充滿了自然的喜劇諧趣，而寓意深遠的寓言則飽涵了諷刺譴責和現實精神。

誠如第四章第三節所探討的「吳趼人諧趣文學的諷刺藝術」，不論是醜惡面貌的直接揭露，抑或是指桑罵槐的委婉譴責，趼人諧趣作品所展現的莊諧共生，都是笑話寓言的寄寓性和諷刺性的表露。所以，洞達世情的趼人在笑話和寓言的創作上，不論是條暢、曲折，都顯現幽默、嘲諷的意旨以及對於生命的超悟。

作品中不論是寄現實理想於寓言幻想，或是現實與超現實交融的奇幻世界，都有著對政治黑暗、社會混亂的諷諭、批判，對世道人心的諷刺與對人生無常的啟悟。他每每能採用詼諧的筆調，寓沈痛於戲笑中，在寫世態人情時，融入了譴責諷諭深刻的寓意。

## 第三節　小　結

本章旨在總結吳趼人諧趣文學的價值與意義，除了歸結前文二、三、四章的理論基礎、主題意蘊、萬物群相、藝術手法外，更融入文學價值和文化意義加以探討。首節旨在探討趼人諧趣文學的文學價值，以趼人寓莊於諧的文學觀為始，再以其譎諫隱詞的諧趣詩文和中西合璧的寓言作品為佐證，掘發他在諧趣文學的傳承與新變。幽默風趣的趼人在根於現實、直陳弊端的作品中，充分體現文人關心社會掘發現實的苦心，並且對於文學史、寓言史，

---

〔註18〕蕭颯、王文欽、徐智策：《幽默心理分析》，（台北：智慧大學出版有限公司，1999 年），頁 138。

都能繼往開來，尤其是在諧趣文學的傳承新變方面，更是古代向現代過渡的
藝術橋樑。

　　末節旨在掘發諧趣文學的文化意義，分別從社會生活風俗的展示、通俗
文化消遣的趣味、譴責諷諭深刻的寓意三方面，凸顯作品中所展示的社會與
通俗文化意涵。面對著頹喪的社會，儘管心中傷感無奈，趼人依舊以其筆鋒
敘寫現實中的乖情悖理、滑稽荒誕，期能喚醒國人、匡正時弊，而作品中種
種現實面貌的描摹，也就飽涵了社會文化的意義。

# 第六章 結　論

　　本章結論的第一節，在於總承前文對於諧趣文學形式、內容、意義三方面的探究結果，有對於作品主題意蘊、萬物群相的內容探討，有對於諧趣文學形式上藝術手法的探究，更有對於趼人諧趣文學在文學價值、文化意義方面貢獻的肯定。第二節則是依據研究結果，進一步提出未來的研究方向建議，期能讓本研究更具參考價值與意義。

## 第一節　研究結果

　　一生境遇困頓，曾浪跡大江南北，接觸多方面社會生活的吳趼人，創作的作品內容和形式，都有著對人性和現實的思考。本研究即從晚清大社會的「面」，和趼人個人生平創作的「線」，進入其諧趣文學的「點」，由大而小、循序漸進的闡發他如何以詼諧諷刺之筆，營造嬉笑怒罵的諧趣寓言和滑稽故事，來反映社會生活、鞭撻現實弊端的苦心。

　　第一章緒論部分除了敘述研究動機、研究現況、研究目的與進路外，還對晚清社會與吳趼人的生平和作品作了一番概述，冀能充分瞭解社會情狀與趼人豐富的創作。從緒論中可以知道人生際遇多元的趼人，面對著戰爭頻仍、政治動盪，唯利是圖、社會黑暗，財政失策、經濟困頓，新舊雜陳、文學蓬勃的晚清社會，所創作的作品可說是形式和內容都極為豐富的。他的作品小說、詩歌戲曲、雜著均無所不包，內容或言歷史、或談社會、或是寫情、或述迷信，在在表現著他深入社會各階層，關心人民的心聲。此外，生性幽默的他更在諧趣文學方面有《新笑史》、《新笑林廣記》、《俏皮話》、《滑稽談》

四部作品，從而能在諧趣風格中表達他寓意譴責的苦心。

第二章探論趼人諧趣文學的流變和理論基礎，第一節諧趣文學的流變，是從笑話、寓言、笑話型寓言的流變中，窺見趼人所承襲的中國式寓莊於諧的幽默傳統，和他所揉合的詼諧之筆、寓意人生的喜劇特點。

再者，第二節諧趣文學的理論基礎方面，復以「喜劇美學」而言，依次從喜劇創作主體的審美心理，諧趣作品的喜劇精神展現，讀者感知的證同啟迪效應，來掘發含蓄委屈的喜劇美學審美效應。就創作主體而言，作者吳趼人的創作心理動因與藝術直覺都充滿著對諧謔風格的熱衷，善謔的他有著善於感知的心和達觀的審美情感，所以能在豐富的生活經驗中，將自己的感懷以諧趣文學來表現幽默的藝術。遂能於諧趣作品展現一以「倫理道德」為本位，以「謔而不虐」為規範的喜劇精神，在笑聲中用一種輕鬆詼諧的形式，表現嚴肅的主旨意蘊。再者，讀者在閱讀作品時，更因為相似的感知，有一種作者先得我心之感，於是受到了啟發和教育，這也就是美學上的證同效應與啟迪效應的表現。

第三章在探論吳趼人的諧趣文學內容方面，可以窺見吳趼人《新笑史》、《新笑林廣記》、《俏皮話》、《滑稽談》的主題意蘊和萬物群相。先就「主題意蘊」而言：有官僚傾軋怯懦無能、改革維新成效不彰、社會現實道德墮落、妙語解頤供人笑柄四大面向。此中，尤以政治面的官僚傾軋和統治者的無能，是最為趼人所詬病和諷刺的，據此足見他對於政治黑暗的痛惡。又社會面的澆薄世風也頗令他倍感無奈，人際間的爾虞我詐和貪圖鑽營，遂讓品德愈發敗壞。然而，生性詼諧的他當然也少不了以巧妙聯想的笑話、寓言來展現他情感面的幽默本質。

再就「萬物群相」而言：有官吏、書生、商人、娼妓、嫖客、庸醫、和尚、富者、窮人、愚夫、毒犯的人物群相；有飛禽、走獸、水游生物琳瑯滿目的動物群相；有樹木、藥材、蔬菜的植物群相；有衣物、船具、器具的無生物群相；有風雪的天象群相；有五官四肢的人體群相；有神明鬼怪的神鬼群相，內容真的是應有盡有無所不包，而這些託喻的萬物群相，也在在的以「寓莊於諧」的手法，展現了融笑話之諧趣和寓言之諷諭特點於一爐的特色，使讀者能在擬人託喻的群相中，領悟諷刺喜劇的意蘊。

在第四章的形式方面，是從喜劇的敘寫技巧和寓意人生的諷刺藝術加以探討的。以「敘寫技巧」而言：喜劇的敘寫技巧是十分多元的，與其羅列眾

多技巧，不如直陳諧趣作品中，最爲跰人所採用的技法，職是，形象鮮明的擬人手法、詼諧風趣的雙關妙語、寓意鮮明的想像比喻、和諷刺辛辣的倒反語句，堪爲跰人敘寫技巧的特色。擬人手法中人、物轉化，使人倍感生動；諧音、諧義的雙關修辭，予人巧妙連結；借物託喻的比喻手法，盡展寓意；正話反語互用的倒反法，更顯諷刺苦心。

　　在喜劇的「邏輯結構」部分，跰人充分運用了依循邏輯的推理法、故意模仿的學樣法、移花接木的倒錯法、矛盾烘托的對比法，四種結構法則來展現作品特色。不論是在推理中逐漸導出寓意，或是在仿擬學樣中展露笑點，甚或是倒錯詭辯和矛盾對比，都是跰人笑話、寓言達致寓莊於諧的重要技法。而在「語言變異使用」方面，可以知道跰人在語詞、語句、語法的運用，都能巧妙地利用語詞本身形音義的訛誤，語句形式的變化和語法的更動，以營造幽默語言，當中尤以諧音、錯字、同音異義字、同字異音字最爲跰人所採用。

　　又以「諷刺藝術」而言，主要可以窺見跰人不論是直截的揭露醜惡面貌，抑或間接的指桑罵槐譴責，都充滿著教化性、道德性，深具諷刺藝術的匕首作用和鏡鑑特質。又在「莊諧共生」的悲喜因素和諧統一和審美情感自然轉換方面，更凸顯著跰人諧趣文學在苦樂交錯、哭笑相參中所達致的詼諧幽默、寓意諷刺的特徵。

　　在第五章論述意義部分，即從文學價值、文化意義加以探討。就「文學價值」而言，跰人的文學觀本以喜劇、幽默爲主調，一再地肯定以「諧」入人心的他，即以譎諫隱詞的諧趣詩文來展現他的滑稽特點，而身爲寫滑稽詩文的滑稽作家，晚清時期的他是對於中國諧趣文學傳承、新變貢獻頗大的，不論是他的文學觀或是身體力行的創作，都影響了晚清文壇。再者，以寓言文學而言，他的寓言作品更被美譽爲「中西合璧」之作，乃因他能在上承明清詼諧寓言傳統中，復加以接受借用西方寓言的思想技法，尤以《俏皮話》的擬人爲代表作，堪爲中國古代寓言向現代寓言過渡的藝術橋樑。

　　在「文化意義」文面，則以社會生活風俗的展示、通俗文化消遣的趣味、和譴責諷諭深刻的寓意爲主。因爲作品中充分描摹了科場、戰場、商場、洋場、官僚家庭、醫卜星相、三教九流的種種卑鄙齷齪行徑，不僅反映出晚清社會的真實面貌，也融入了歷次重大歷史事件，在社會、經濟、宗教、文化等方面的都是極爲豐富的歷史材料，十足的展示了社會生活風俗。再者，因爲報業的興盛，刊載於晚清小報的這些諧趣作品，也有著通俗化、現實化的

消遣趣味，趼人為了滿足讀者的需要、意識與興趣，也更容易以貼近市民階層心態來創作。於是，諷刺貪官污吏、探求奇聞軼事、描摹愚蠢舉止的作品，在在的增添了生活樂趣，不論是自娛還是娛人，都有著寓莊於諧、寓教於樂的趣味。

綜而言之，晚清時期吳趼人的諧趣作品，除了是作者個人寓意人生的體現外，更是晚清社會生活風俗的展示，從他所運用的詼諧之筆中，有著諷刺喜劇藝術手法的掌握，譎諫隱詞的詩文和寓莊於諧的寓言，在文學、美學、文化方面，都有著一定程度的貢獻，他藉由琳瑯滿目的萬物群相，體現鞭撻社會現實的主題意蘊，更使得讀者能在笑聲過後，更能深感作者的苦心。

## 第二節　未來研究方向與建議

創作量多、影響力大的趼人，他的著作就像是一面鏡子，映照出晚清社會的各個面向。他的小說、寓言、笑話、花柳界見聞記、詩作等創作，也都有著現實的素材，和諷刺社會、開通民智的苦心。在研究的閱讀中，除了對趼人的大量創作感到欽佩外，也對於尚有作品未得研究感到遺憾，在作品分類中，可知趼人的作品大抵有長篇小說、短篇小說、筆記小說、笑話和寓言、詩作、戲曲、其他作品、評點和編輯過的作品幾類，筆者認為當中的詩作、小品、序跋、甚或是廣告，都有進一步探究的價值，除了可以更加瞭解趼人的生命體悟，也更能瞭解晚清的通俗文化、大眾文學。

復次，本文的研究是以趼人諧趣文學作品為切入的面向，呈現當中的主題意蘊、萬物群相、藝術手法、和文學文化的意義與價值。在研究過程中也發現，參與辦報事業的趼人，諧趣作品的刊載都能透過晚清小報與民眾接觸，身為辦報人或者說是全職的作家，賴此為生的他，不僅寫廣告，也創作戲曲，這些都足見他深入市民文化的情形。職是，倘以大眾文化、通俗文化、甚或傳播學的角度切入，或許更能驗證趼人詼諧之筆的來由。

# 參考書目

一、**圖書專著**（依作者姓氏筆畫為序）

（一）文本

1. 海風主編、魏朝昌顧問：《吳趼人全集》第一卷至第十卷哈爾賓市：北方文藝出版社，1998 年第一版。

（二）古籍

1. （梁）劉勰著、王更生注譯：《文心雕龍讀本》台北：文史哲出版社，1991年。

2. （漢）毛亨撰、（漢）鄭玄箋：《毛詩》上海：上海商務出版社，1965年。

3. （漢）司馬遷：《史記（全一冊）》臺灣：東華書局股份有限公司，1968年。

4. （漢）司馬遷著，楊家駱主編：《新校本史記三家注並附編二種（四）》臺灣：鼎文書局，1987 年。

（三）英文譯作

1. （日）中島利郎等著：《吳趼人傳記資料》出版地、出版者、出版年不詳。

2. （奧）西格蒙德•佛洛恩德（Sigmund Freud）著、彭舜、楊韶剛譯：《詼諧與潛意識關係》

3. 台北：胡桃木文化出版社，2006 年。

4. （美）伊麗莎白•佛洛恩德（Elizabeth Freund）著、陳燕谷譯：《讀者反應理論批評》台北：駱駝出版社，1994 年。

5. （美）特魯（True,Herb）著、鄭慧玲譯：《幽默的藝術》台北：桂冠圖書

股份有限公司，1986 年。

6.（美）羅勃 C.赫魯伯（Robert C. Holub）著、董之林譯：《接受美學理論》台北：駱駝出版社，1994 年。

7.（英）麥克達恩（John Macqueen）著、董崇選、顏元叔主譯：《談寓言》台北：黎明出版社，1973 年。

8.（英）帕勒得 Arthur Pollard 著、董崇選、顏元叔主譯：《何謂諷刺》台北：黎明出版社，1980 年。

## （四）中文雜著

1. 王建剛：《狂歡詩學——巴赫金文學思想研究》上海：學林出版社，2001年。

2. 王春元：《作品論》北京：社會科學文獻出版社，1989 年。

3. 王國偉：《吳趼人小說研究》濟南：齊魯書社，2007 年。

4. 王瑋：《笑之縱橫》台北：台灣高等教育出版社，1990 年。

5. 王德威：《從劉鶚到王禎和》台北：時報文化出版企業股份有限公司，1990年。

6. 王德威著、宋偉杰譯：《被壓抑的現代性：晚清小說新論》台北：麥田出版社，2003 年。

7. 王德威著：《從劉鶚到王禎和》台北：時報文化出版企業股份有限公司，1990 年二版一刷。

8. 田啟文：《晚唐諷刺小品文之風貌》台北：文津出版社，2004 年。

9. 朱光潛：《文藝心理學》台北：台灣開明出版社，1991 年。

10. 朱宗琪：《喜劇研究與喜劇表演》北京：中國廣播電視出版社，1999 年。

11. 艾斐：《時代精神與文學的價值導向》太原：山西教育，1999 年。

12. 吳友如等著：《清末浮世繪：《點石齋畫報》精選集》台北：遠流出版社，2005 年。

13. 吳秋林：《中國寓言史》福州：福建教育，1999 年。

14. 吳趼人：《吳趼人小說四種》吉林：文史出版社，1986 年。

15. 宋孟樵編著：《滑稽群相》台北：國家出版社，1991 年。

16. 李長利：《晚清上海社會的變遷：生活與倫理的近代化》天津：天津人民出版社，2002 年。

17. 李富軒、李燕：《中國古代寓言史》台北：志一出版社，2001 年。

18. 李漢秋：《《儒林外史》研究》上海：華東師範大學出版社，2001 年。

19. 孟瑤：《中國文學史》台北：大中圖書公司，1980 年。

20. 季素彩、朱金興、張念慈、張峻亭、陳惠玲：《幽默美學》河北：河北教

育出版社，1997 年。

21. 林太乙編：《論幽默：語堂幽默文選（上）》台北：聯經出版社，1994 年。

22. 林明德編：《晚清小說研究》台北市：聯經出版事業公司，1988 年初版。

23. 林淑貞：《寓莊於諧：明清笑話型寓言論詮》台北市：里仁書局，2006 年。

24. 林瑞明：《晚清譴責小說的歷史意義》台北：國立台灣大學出版委員會，1980 年。

25. 金耀基：《從傳統到現代》台北：時報出版社，1982 年。

26. 門巋、張燕瑾：《中國俗文學史》台北：文津出版社，1995 年初版。

27. 阿英：《小說三談》上海：上海古籍出版社，1978 年。

28. 佴榮本：《笑與喜劇美學》北京：新華書店北京發行所，1988 年。

29. 段寶林：《笑話：人間的喜劇藝術》北京：北京大學出版社，1991 年。

30. 胡適：《胡適文存》第二集卷一台北：遠東圖書公司，1953 年。

31. 孫燕京：《晚清社會風尚研究》台北：知書房出版，2004 年。

32. 徐志平、黃錦珠：《明清小說》台北：黎明文化出版社，1996 年。

33. 袁健：《吳趼人的小說》瀋陽市：遼寧教育出版社，1992 年。

34. 高洪鈞編著：《馮夢龍集箋注》天津：古籍出版社，2006 年。

35. 康有爲：《康有爲政論集（上）·京師保國會第一集演說》北京：中華書局，1981 年。

36. 梁啓超：《飲冰室文集（十）》台北：中華書局，1960 年。

37. 郭延禮：《中西文化碰撞與近代文學》濟南：山東教育，1999 年。

38. 郭慶藩撰、王孝魚點校：《莊子集釋》北京：中華出版社，1989 年。

39. 陳文心、魯小俊、王同舟：《明清章回小說流派研究》武漢：武漢大學出版社，2003 年。

40. 陳文心、魯小俊：《且向長河看落日：儒林外史》昆明：雲南人民出版社，2001 年。

41. 陳平原、夏曉虹編注：《圖像晚清》天津：百花文藝出版社，2006 年。

42. 陳克守：《幽默與邏輯》北京：中國人民大學出版社，1993 年。

43. 陳幸蕙：《愛與失望：《二十年目睹之怪現狀》研究》台北：駱駝出版社，1996。

44. 陳蒲清：《中國古代寓言史》湖南：湖南教育出版社，1983 年。

45. 陳蒲清：《寓言文學理論·歷史與應用》台北市：駱駝出版社，1992 年。

46. 湯哲聲：《中國現代滑稽文學史略》台北：文津出版社，1992 年。

47. 程正明：《巴赫金的文化詩學》北京：北京師範大學出版社，2001 年。

48. 程孟輝：《西方悲喜劇藝術的美學歷程》長春：東北師範大學出版社，1998 年。

49. 黃漢耀編著：《中國人的寓言性格》台北：張老師出版社，1992 年。

50. 黃慶萱：《修辭學》台北：三民書局股份有限公司，1990 年。

51. 楊明清：《晚清小說與社會經濟轉型》上海：東方出版社，2005 年。

52. 楊家駱主編：《中國笑話書七十一種》台北：世界書局，1973 年。

53. 楊曉明主編：《中國笑譚》台北：薪傳出版社，2000 年。

54. 萬書元：《幽默與諷刺藝術》台北市：商鼎文化出版社，1993 年。

55. 劉上生：《中國古代小說藝術史》長沙：湖南師範大學出版社，2000 年。

56. 歐陽健：《晚清小說史》浙江：浙江古籍出版社，1997 年第一版。

57. 歐陽健：《晚清小說簡史》瀋陽：遼寧教育，1992 年。

58. 蔡宗陽、余崇生主編：《中國文學與美學》台北：五南出版社，2000 年。

59. 鄭明娳：《通俗文學》台北：揚智出版社，1993 年。

60. 魯迅：《魯迅中國小說史論文集：中國小說史略及其他》台北市：里仁書局，1992 年。

61. 魯迅：《魯迅全集（一）》北京：人民文學出版社，1981 年。

62. 蕭颯、王文欽、徐智策：《幽默心理分析》台北：智慧大學出版有限公司，1999 年。

63. 賴芳伶：《清末小說與社會政治變遷》台北：大安出版社，1994 年。

64. 錢念孫：《中國文學史演義增定版（參）元明清篇》台北：正中書局股份有限公司，2006 年。

65. 閻廣林：《笑：矜持與淡泊——中國人喜劇精神的內在特徵》台北：雲龍出版社，1991 年。

66. 閻廣林：《喜劇創造論》上海：上海社會科學院出版社，1992 年。

67. 龍協濤：《文學解讀與美的再創造》台北：時報文化出版社，1993 年。

68. 龍協濤：《讀者反應理論》台北：揚智出版社，1997 年。

69. 薛寶琨：《中國人的軟幽默》北京：科學出版社，1989 年。

70. 魏紹昌：《晚清四大小說家》台北：台灣商務出版社，1993 年。

71. 譚達人：《幽默與言語幽默》北京：生活・讀書・新知三聯書店，1997 年。

72. 顧青、劉東葵：《冷眼笑看人間事——古代寓言笑話》台北：萬卷樓出版社，1999 年。

73. 龔鵬程：《中國小說史論》台北：台灣學生出版社，2003 年。

## 二、期刊論文（依作者姓氏筆畫為序）

1. 文際平：〈吳趼人與晚清短篇小說的重新崛起〉《湖北師範學院學報》（哲學社會科學版），2007 年第 3 期。

2. 王國偉：〈論吳趼人批判現實表達理想的傑作《新石頭記》——兼論吳趼人的「文明專制思想」〉《岱宗學刊》，2001 年第 1 期。

3. 甘慧傑：〈容易傷生筆一枝：吳趼人在上海的生活和經歷〉《史林》，1997 年第 4 期。

4. 田若虹：〈吳趼人小說創作論〉《韓山師範學院學報（社會科學版）》，1997 年第 4 期。

5. 段寶林：〈二十世紀的笑話研究〉《廣西梧州師范高等專科學校學報》，2001 年第 4 期。

6. 洪兆平：〈略論吳趼人小說的藝術風格〉《揚州大學稅務學院學報》，2000 年第 4 期。

7. 洪兆平：〈論吳趼人的小說創作〉《遼寧工學院學報》，2001 年 6 月第 3 卷第 2 期。

8. 夏曉鳴：〈歐風東漸中的曾樸與吳趼人〉《江漢論壇》，1996 年第 4 期

9. 張強：〈吳趼人文化觀探微〉《南京大學學報》（哲學.人文科學.社會科學版），2001 年第 4 期。

10. 梁豔：〈徘徊於新舊之間論晚清職業小說家的小說理論——以李伯元、吳趼人為例〉《杭州

11. 師範學院學報》（社會科學版），2003 年第 1 期。

12. 郭浩帆：〈也談《月月小說》對《新小說》精神的繼承〉《明清小說研究》，2005 年第 4 期。

13. 傅元峰：〈諷刺的跨度：從反諷到譴責〉《浙江社會科學》，2001 年第 5 期。

14. 蔡佩芬：〈多重話語對話空間——吳趼人《月月小說》的編輯創作及小說理論〉《中極月刊 5》，2005 年 12 月。

15. 薛元鍾：〈《二十年目睹之怪現狀》修辭技巧探究〉《中國現代文學理論 17》，2000 年 3 月。

16. 魏文哲：〈吳趼人：在保守與改良之間〉《明清小說研究》，2002 年第 4 期。

## 三、學位論文（依作者姓氏筆畫為序）

1. 王心玲：《諷刺之形態：兼談晚清四大小說》臺北：臺灣大學外國語文研究所碩士論文，1986 年。

2. 王國偉：《吳趼人中長篇小說研究》，山東：山東大學博士論文，2004 年。

3. 吳純邦：《晚清諷刺小說的人物研究》，臺北：輔仁大學中國文學研究所碩士論文，1982 年。

4. 李哲練：《傳統與新變——吳趼人思想及其小說研究》，武漢：華中科技大學碩士論文，2004 年。

5. 李梁淑：《吳趼人三部小說中的主人公研究》，臺中：東海大學中國文學研究所碩士論文，1994 年。

6. 胡全章：《傳統與現代之間的探詢——吳趼人小說研究》，中國：河南大學博士論文，2005 年。

7. 唐宏峰：《小說：現代性敘事的奇遇——吳趼人與晚清小說的興起》，中國：北京師範大學碩士論文，2005 年。

8. 張淑蕙：《《新石頭記》研究》，臺中：中興大學中國文學研究所碩士論文，1995 年。

9. 陳幸蕙：《《二十年目睹之怪現狀》研究》，臺北：國立臺灣大學中國文學研究所碩士論文，1975 年。

10. 楊雅玨：《吳趼人與魯迅小說中的第一人稱敘事觀點運用》，高雄：中山大學中國語文研究所碩士論文，2001 年。

11. 薛元鍾：《《二十年目睹之怪現狀》寫作技巧研究》，臺北：東吳大學中國文學研究所碩士論文，2001 年。

12. 嚴雪櫻：《《官場現形記》與《二十年目睹之怪現狀》比較研究》，臺北：臺灣師範大學國文研究所碩士論文，2002 年。

## 四、網路資源

1. 台灣地區晚清博碩士論文目錄
http：//printculture.nccu.edu.tw/webpage/taiwan.htm（2008/09/15）

# 附　錄

## 附錄一：吳趼人年表 [註1]

| 年　份 | 歲　數 | 個人遊歷 | 著　述 | 國　家　大　事 |
|---|---|---|---|---|
| 1865（清同治四年） | 〇歲 | | | 李鴻章在上海成立江南製造總局 |
| 1866（清同治五年） | 一歲 | 五月二十九日出生北京分宜故第 | | ※左宗棠在福州成立福州船政局<br>※孫中山生 |
| 1867（清同治六年） | 二歲 | 隨父母奉喪南歸，居佛山故宅 | | 李伯元生 |
| 1868（清同治七年） | 三歲 | | | |
| 1869（清同治八年） | 四歲 | | | |
| 1870（清同治九年） | 五歲 | | | |
| 1871（清同治十年） | 六歲 | | | |
| 1872（清同治十一年） | 七歲 | | | 李鴻章在上海辦輪船招商局，官督商辦 |

〔註1〕　本部分的年譜是參照王俊年：〈吳趼人年譜〉，收錄於海風主編、魏朝昌顧問：《吳趼人全集第十卷》，頁3～65。

| 年　份 | 歲　數 | 個人遊歷 | 著　述 | 國　家　大　事 |
|---|---|---|---|---|
| 1873（清同治十二年） | 八歲 | 從馮竹昆塾師受業 | | ※梁啟超生<br>※周桂笙生 |
| 1874（清同治十三年） | 九歲 | | | |
| 1875（清光緒元年） | 十歲 | | | 慈禧太后垂廉聽政 |
| 1876（清光緒二年） | 十一歲 | | | |
| 1877（清光緒三年） | 十二歲 | | | |
| 1878（清光緒四年） | 十三歲 | 入佛山學院肄業，學繪畫，惡宋儒之學 | | |
| 1879（清光緒五年） | 十四歲 | | | |
| 1880（清光緒六年） | 十五歲 | | | 李鴻章於天津設電報總局，又設水師學堂 |
| 1881（清光緒七年） | 十六歲 | | | |
| 1882（清光緒八年） | 十七歲 | 10月，父亡，家境益窘 | | |
| 1883（清光緒九年） | 十八歲 | 秋季離家赴滬謀，先投靠同鄉江裕昌茶莊，旋佣書江南製造局 | | 爆發中法戰爭 |
| 1884（清光緒十年） | 十九歲 | 在江南製造局當抄寫員 | | 下詔對法宣戰 |
| 1885（清光緒十一年） | 二十歲 | | 在江南製造局工作，業餘學習爲文 | 投降法國 |
| 1886（清光緒十二年） | 二十一歲 | | | ※全國各族人民反對外國教會侵略的戰爭風起雲湧<br>※《天津時報》創刊 |
| 1887（清光緒十三年） | 二十二歲 | | | |

| 年　份 | 歲　數 | 個人遊歷 | 著　述 | 國　家　大　事 |
|---|---|---|---|---|
| 1888（清光緒十四年） | 二十三歲 | 自制一長二尺許小火輪，能在黃浦江上自動往返 | | 慈禧太后修造頤和園 |
| 1889（清光緒十五年） | 二十四歲 | | | 光緒帝親政 |
| 1890（清光緒十六年） | 二十五歲 | 仲父卒 | | |
| 1891（清光緒十七年） | 二十六歲 | | | ※全國掀起反洋教鬥爭<br>※康有為《新學偽經考》刻板刊行 |
| 1892（清光緒十八年） | 二十七歲 | | | 康有為撰寫《孔子改制考》 |
| 1893（清光緒十九年） | 二十八歲 | | | 《新聞報》創刊 |
| 1894（清光緒二十年） | 二十九歲 | 繼續在江南製造局工作，任圖畫房繪圖員 | | 中日戰爭爆發 |
| 1895（清光緒二十一年） | 三十歲 | | | ※「公車上書」事件，康有為等要求拒和、遷都、練兵、變法<br>※嚴復天演論譯成 |
| 1896（清光緒二十二年） | 三十一歲 | 季父卒 | | ※康有為出版《強學報》<br>※梁啟超創辦《時務報》<br>※李鴻章簽訂中俄密約 |
| 1897（清光緒二十三年） | 三十二歲 | ※遊蘇州<br>※進入辦報生涯<br>※李伯元辦《遊戲報》每日即五千字，自稱以詼諧之筆寫遊戲之文，吳趼人開始投稿，盡情傾訴滿肚皮的不合時宜，兩人很快相識而訂生死之交 | ※11月，襄《字林滬報》，後繼為《采風報》、《奇新報》、《寓言報》等，至 1902 年止，是后，改寫詩為作文<br>※12月為南洋華興公司出品的燕窩糖精寫廣告文章《食品小識》<br>※是年冬始，作《趼藝外編》，陸續載滬上諸報 | ※康廣仁《知新報》宣傳資產階級改良主義思想<br>※江標、唐才常《湘學報》介紹西方科學文化知識，宣傳變法維新<br>※嚴復、夏曾佑《國聞報》介紹西方資產階級學術思想，宣傳變法維新 |

| 年 份 | 歲 數 | 個人遊歷 | 著 述 | 國 家 大 事 |
| --- | --- | --- | --- | --- |
| 1898（清光緒二十四年） | 三十三歲 | | ※6 月，辦《采風報》，據爲無風不采，但不采文謅謅之酸風，立意在洋狂諷世<br>※6 月，《海上名妓四大金剛奇書》（前後集各五十回）完稿，署名抽絲主人 | ※譚嗣同等創辦《湘報》，以「開風氣、拓見聞」爲宗旨<br>※光緒帝下「明定國是」詔，宣布變法維新<br>※袁世凱出賣維新派，慈禧太后再出訓政，光緒帝被禁，戊戌政變發生，戊戌六君子（譚嗣同、楊銳、林旭、劉光第、康廣仁、楊深秀）被殺，變法失敗<br>※12 月，梁啓超《清議報》創刊，鼓吹變法維新 |
| 1899（清光緒二十五年） | 三十四歲 | ※秋，與周桂笙（1873~1926，上海人，字莘庵、又作新庵，筆名知新室主人和無欣羡齋主）相識，漸爲至交，周桂笙使《采風報》增加了泰西小品和故事的翻譯。<br>※遊蘇州、無錫等地 | | ※山東義和團朱紅燈起義<br>※清被迫與法簽訂廣州灣租借條約 |
| 1900（清光緒二十六年） | 三十五歲 | 回家鄉一次 | ※辦《奇新報》<br>※寫《致消閑社主人函》 | ※1 月，資產階級革命派最早的報紙《中國日報》在港創刊<br>※2 月，清政府嚴拿康、梁，並毀其著作<br>※4 月，鄭貫一創《開智錄》鼓吹自由平等思想<br>※6 月，英法等八國聯軍，慈禧挾光緒西逃<br>※9 月，清下令鎮壓義和團 |

| 年　份 | 歲　數 | 個人遊歷 | 著　述 | 國　家　大　事 |
|---|---|---|---|---|
| 1901（清光緒二十七年） | 三十六歲 | 3月24日參加上海各界愛國人士在張園舉行的第二次反對俄約大會，並作演說 | 10月，辦《寓言報》，刊登許多精彩寓言，特別是寫水族的魚類和俄國謝德林有異曲同工之妙。 | ※1月，慈禧太后在西安發佈變法上諭，宣稱維新<br>※5月，秦力山、沈翔雲《國民報》創刊，鼓吹革命排滿<br>※9月清簽訂《辛丑條約》 |
| 1902（清光緒二十八年） | 三十七歲 | | ※3月，辭《寓言報》主筆職，歸家，辦小報生涯至此結束<br>※4月，赴鄂編《漢口日報》<br>※《吳趼人哭》五十七則出版，以詼諧之言傾訴天下可哭之事，表現作者對社會現實的不滿 | ※2月，梁啟超《新民叢報》創刊，宣傳改良主義，漸成反對革命的刊物，提出小說界革命的號召<br>※11月，陳天華等創辦《遊學譯編》，宣傳民主革命和民族獨立<br>※梁啟超在《新小說》雜誌發表《新中國未來記》 |
| 1903（清光緒二十九年） | 三十八歲 | ※歲冬東遊日本<br>※友周桂笙出版《新庵諧譯初編》，吳趼人為他寫序 | ※4月，任職《漢口日報》，並為周桂笙《新庵諧譯初編》作序<br>※是年起致力於小說，1903年10月5日至1906年1月止，在《新小說》雜誌第8至第24期上陸續發表：<br>《痛史》二十七回，未完，於1911年出版單行本，小說具強烈愛國主義思想，歌頌愛國的民族英雄<br>《二十年目睹之怪現狀》四十五回，未完，後續至108回，至1911年出全，全 | ※6月發生蘇報案，報館被封、章太炎被捕下獄<br>※李伯元《官場現形記》印行，劉鶚《老殘遊記》等揭露政府腐敗、社會黑暗的作品陸續發表 |

| 年　份 | 歲　數 | 個人遊歷 | 著　　述 | 國　家　大　事 |
|---|---|---|---|---|
| | | | 書以官場為重點，暴露和譴責晚清的腐敗和社會的黑暗 | |
| | | | 《電術奇談》（一名《催眠術》）二十四回，寫英人喜仲達與林鳳美的愛情波折，原譯六回，吳氏演為二十四回，1905年出單行本 | |
| | | | 《新笑史》22則諷刺官吏仕紳的殘暴橫行評《毒蛇圈》（法國鮑福著）二十三回 | |
| | | | 《新笑林廣記》22則嘲笑官吏逢迎諂媚的醜態 | |
| | | | 《九命奇冤》三十六回，全部完，該書據安和先生《警富新書》改編，揭露滿清腐敗和封建禍害，寫作運用倒敘法，受西方小說影響 | |
| | | | 《小說叢話》4則說明小說富潛移默化的教育作用 | |
| | | | 評《知新室新譯叢》（周桂笙譯述）12則 | |
| 1904（清光緒三十年） | 三十九歲 | ※秋，得虛怯之症<br>※冬，遊山東 | | ※1月《女子世界》創刊宣傳男女平等和愛國精神<br>※冬，蔡元培《警鐘日報》創刊，揭露帝國主義的惡行 |

| 年　份 | 歲　數 | 個 人 遊 歷 | 著　述 | 國 家 大 事 |
|---|---|---|---|---|
| 1905（清光緒三十一年） | 四十歲 | | ※春，任美商英文《楚報》新闢的中文版編輯，7月辭職歸滬，參加反美華工禁約運動，到處寫文演說，很受群眾歡迎<br><br>※1月6日至3月20日止，分別在《繡像小說》第41至46期，發表共八回的《瞎騙奇聞》，小說集中揭露迷信的危害 | ※5月，軍機處命查禁《浙江潮》、《新民叢報》、《新小說》等書刊<br><br>※8月，中國同盟會在東京成立，推孫中山爲總理，11月發行《民報》 |
| 1906（清光緒三十二年） | 四十一歲 | | ※3月9日至3月5日在《繡像小說》第70、71期發表《活地獄》第40.41.42回（前四十回爲李伯元作），此書集中描寫晚清官吏差役的橫行無忌 71～41.42<br><br>※4月《中國偵探案》34則出版，書前的凡例、弁言說明爲「塞崇拜外人者之口」而輯，故事據故老傳聞或近人筆記改編<br><br>※9月，《糊塗世界》出版單行本，揭露晚清官場及社會的卑污苟賤；《胡寶玉》（一名《三十年上海北里之怪歷史》）出版 | |

| 年　份 | 歲　數 | 個人遊歷 | 著　述 | 國　家　大　事 |
|---|---|---|---|---|
| | | | ※10 月，《恨海》十回出版，描寫兩對青年情人的離散，側面反應庚子事變的混亂 | |
| | | | ※11 月 1 日《月月小說》在上海創刊，任總撰述 | |
| | | | ※於 1906 年 11 月 1 日至 1908 年 12 月的《月月小說》第一號至第二十三號陸續發表： | |
| | | | 《月月小說‧序》強調小說的教育作用，務使導之以入於道德範圍之內 | |
| | | | 《歷史小說總序》說明歷史小說的目的是寓旌善懲惡之意的歷史，通過易於引人入勝的小說來教育讀者 | |
| | | | 《兩晉演義‧序》撰歷史小說者當以發明正史事實為宗旨，以藉古鑒今為誘導，要寓教育於閒談中 | |
| | | | 《兩晉演義》二十三回，小說未完 | |
| | | | 點定《情中情》（俠心女史譯述）第五章 | |
| | | | 《慶祝立憲》、《預備立憲》、《立憲萬歲》對清廷的假立憲作了無情的揭露與嘲訕 | |

| 年　份 | 歲　數 | 個人遊歷 | 著　述 | 國　家　大　事 |
|---|---|---|---|---|
| | | | 《俏皮話》127則，作品把晚清統治者比作蛆蟲蚊蠅、蛇鼠豬狗，諷刺社會現實黑暗 | |
| | | | 評《新庵譯萃》16則 | |
| | | | 評新作《譏彈‧送往迎來之學生》 | |
| | | | 《李伯元傳》 | |
| | | | 《大改革》嘲諷晚清統治者大改革徒有虛名 | |
| | | | 《義盜記》讚揚一盜之仁義道德 | |
| | | | 《黑籍冤魂》反映吸食鴉片的禍害 | |
| | | | 《趼廛詩刪剩》37題84首 | |
| | | | 《柳絮》9首 | |
| | | | 《平步青雲》嘲諷晚清官吏趨勢媚上之醜態 | |
| | | | 《快升官》揭露官吏賣友求升的行徑 | |
| | | | 《上海游驂錄》十回，面對黑暗現實，作者終於悲觀失望，走向厭世主義的道路 | |
| | | | 評《新庵隨筆》一則 | |
| | | | 《賈鳧西鼓詞‧序》表現對現實社會的不滿及由此產生的厭世思想 | |
| | | | 《趼廛剩墨》17則，諷刺禍國殃民的統治者 | |
| | | | 《附告》 | |

| 年　份 | 歲　數 | 個人遊歷 | 著　述 | 國　家　大　事 |
|---|---|---|---|---|
| | | | 《曾芳四傳奇》，該劇譜流氓曾芳四誘騙女學生，僅完成前三齣 | |
| | | | 《黃勛伯傳》，表彰其徒手搏賊的義勇行為 | |
| | | | 《查功課》揭露晚清以查功課之名，深夜闖進學堂查抄 | |
| | | | 《民報》的惡劣行徑 | |
| | | | 《說小說・雜說》 | |
| | | | 《譏彈》2 則 | |
| | | | 《劫餘灰》十六回，寫一對青年情人經過種種波折終於團聚的故事，透露晚清社會黑暗和華工的悲苦生活 | |
| | | | 《人鏡學社鬼哭傳》痛詆上海紳商忘美華工禁約　之辱，對到滬的美大臣的無恥諂媚的醜態 | |
| | | | 《雲南野乘》三回，未完。記雲南史事，為使人讀了知古人開闢的艱難，就不容今人割棄的容易 | |
| | | | 《發財秘訣》（一名《黃奴外史》）十回，痛詆為虎作倀，出賣國家的無恥行徑 | |
| | | | 《鄔烈士殉路》第一、二折，此劇原擬寫十折，未完。 | |

| 年　份 | 歲　數 | 個人遊歷 | 著　述 | 國　家　大　事 |
|---|---|---|---|---|
| | | | 《無理取鬧之西遊記》影射賣國害民的晚清統治者和貪婪兇惡的外國侵略者<br>《光緒萬年》，揭露立憲是一騙局，這種黑暗局面要等一萬年後地球受一次重大撞擊，南北易位後才會改變<br>評周桂笙譯之《自由結婚》 | |
| 1907（清光緒三十三年） | 四十二歲 | ※冬，辦居滬粵人廣志小學 | ※1 月，出版《二十年目睹之怪現狀》第四、五冊（46 至 65 回）<br>※秋以前，仍編《月月小說》，並積極從事小說創作<br>※11 月 29 日於《競立社小說月報》第 2 期發表《剖心記》第一、二回，小說未完，因該報停刊而輟筆，後寫成《山陽巨案》載於《我佛山人札記小說》 | ※1 月，秋瑾創辦《中國女報》<br>※8 月，《新民叢報》停刊<br>※曾樸在《小說林》發表《孽海花》第 21～25 回 |
| 1908（清光緒三十四年） | 四十三歲 | 2 月，廣志小學開學，日從事於學務 | 9 月，為周桂笙編《新庵譯屑》並作序 | 11 月，溥儀繼位 |
| 1909（清宣統元年） | 四十四歲 | ※禁其女纏足<br>※本年 7 月至次年去世前曾遊南京 | ※春，作《近十年之怪現狀》二十回，未完，是《二十年目睹之怪現狀》的續篇<br>※出版《二十年目睹之怪現狀》第六冊（66 至 80 回） | |

| 年　份 | 歲　數 | 個人遊歷 | 著　述 | 國　家　大　事 |
|---|---|---|---|---|
| | | | ※10 月 15 日在《民吁日報》發表《中霤奇鬼記》 | |
| 1910（清宣統二年） | 四十五歲 | ※10 月 21 日，從乍浦路多壽里遷至漲寧路鴻安里新居。親友相集慶賀，宴飲談笑甚歡，當夜喘疾發作，卒於滬寓 | ※在 3 月 25 日至 6 月 20 日出版的《輿論時事報》連續刊載《我佛山人札記小說》五十六則<br>※7 月爲上海中法大藥房作廣告文章《還我魂靈記》<br>※9 月 18 日出版《二十年目睹之怪現狀》第七冊（81 至 94 回）<br>※自春至秋作《我佛山人滑稽談》172 則，1915 年出單行本，與《俏皮話》同一類型<br>※《情變》，刊至七回餘，因作者病故而輟 | |
| | | | ※1911 年 1 月，《趼廛筆記》出版單行本 73 則，爲拾其遺稿刊布者<br>※1911 年 1 月出版《二十年目睹之怪現狀》第八冊（95 至 108 回）<br>※1914 年上海胡德編印《滬諺》收入吳趼人作《滬上百多談》一文，寫作年月及原載不詳 | |

# 附錄二：吳趼人作品發表先後一覽表〔註1〕

（依時間先後排序）

## 一、長篇小說：

| 書名 | 內容概述 | 發表時間 | 類別備註〔註2〕 |
|---|---|---|---|
| 《海上名妓四大金剛奇書》100回 | 探析四妓林黛玉、陳蘭芬、金小寶（後以傅鈺蓮補之）、張書玉之來歷，及爭風吃醋之事、一切淫妓形狀皆羅列書中 | 1898年上海書局出版石印本，1937年《辛報》載前集50回，標吳趼人遺著 | 社會小說 |
| 《痛史》27回（未完） | 具強烈愛國主義思想，痛斥賈似道為代表的賣國求榮、靦顏事敵之徒，熱烈歌頌文天祥等不惜犧牲、抗敵救國的民族英雄，阿英推為「晚清講史中最好的一部」 | 1903〜1905年原載《新小說》8〜13、17、18、20〜24號，1911年由上海廣智書局出版單行本 | 標「歷史小說」 |
| 《二十年目睹之怪現狀》108回 | 以官場為重點，從政治、軍事、外交等各方面暴露和譴責晚清從上到下整個統治集團的腐敗和社會的黑暗，在當時產生了很大的影響 | 1903〜1905年原載《新小說》8至15，17至24號，只連載至45回，後續至108回，陸續由上海廣智書局分卷出版單行本，至1911年出全 | 標「社會小說」 |
| 《電術奇談》（又名《催眠術》）24回 | 係日本人菊池幽芳原著，方慶周譯，趼人演述譯本而成，周桂笙評點，寫英人喜仲達與林鳳美的愛情波折，原譯六回且是文言，吳氏演為二十四回，並改為俗語，地名是中國地名、人名改為中國人習見之人名，實則為趼人再創作 | 1903〜1905年原載《新小說》8〜18號，1905年由上海廣智書局出版單行本，書名上改題奇情小說 | 標「寫情小說」（後改題「奇情小說」） |

〔註 1〕　參照海風主編、魏朝昌顧問：《吳趼人全集》（第一卷至第十卷）。
〔註 2〕　以下的細項標目主要依照吳趼人刊登作品時，自行標注於文章之前的分類而定。

| 《九命奇冤》36 回 | 該書據清嘉慶時粵人安和所著《梁天來警富新書》（又名《七尸八命》）40 回改編，趼人取原作梗概，進行全新的創作。揭露滿清腐敗和封建禍害，寫作運用倒敘法，受西方小說影響，胡適譽爲「中國近代的一部全德小說」，夏志清稱「怵目驚心，一輩子忘不了」 | 1904～1905 年原載《新小說》12～24 號，1906 由上海廣智書局出版單行本 | 標「社會小說」 |
| --- | --- | --- | --- |
| 《瞎騙奇聞》8 回 | 集中揭露迷信的危害，是反迷信、反命定的小說，迷信足以使人傾家蕩產、毀滅一生 | 1904～1905 年發表於《繡像小說》41～46 號，1908 年上海商務印書館出版單行本 | 標「迷信小說」 |
| 《新石頭記》40 回 | 作者按照自己的世界觀，借寶玉下山後的見聞，反映當時社會面貌，借寶玉遊歷文明境界，寫其理想的科學世界，借寶玉回國後的言論，述其對於政治改革的主張，故吳氏自詡爲「兼理想、科學、社會、政治而有之的小說」，書中可見傳統文化對現代文明的介入和超越 | 1905 年原載《南方報》第 28 期開始連載，僅 13 回，1908 年由上海改良小說社出版單行本，題爲《繪圖新石頭記》，改標「理想小說」共 40 回 | 標「社會小說」 |
| 《活地獄》40.41.42 回 | 集中描述晚清官吏差役的橫行無忌、敲詐勒索和監獄中暗無天日、慘不忍睹的情景，吳趼人中續三回，寫縣吏之栽贓誣害和用刑之慘毒殘酷 | 原爲李伯元作（前 40 回爲李伯元作，43 回後由茂苑惜秋生（歐陽巨源）賡續），1906 年載於《繡像小說》第 70～71 期：40.41.42 回 | |
| 《糊塗世界》12 回（未完） | 揭露晚清官場及社會的卑污苟賤 | 最初發表於 1906 年《世界繁華報》，據阿英稱至少發表到 19 回，同年世界繁華報館出版單行本，線裝六冊，僅收 12 回 | 社會小說 |

| | | | |
|---|---|---|---|
| 《恨海》10 回 | 寫婚姻問題，以庚子事變爲背景描寫兩對青年情人的離散，側面反應庚子事變的混亂 | 由上海廣智書局於1906 年出版單行本。共十回 | 標「寫情小說」 |
| 《兩晉演義》23 回（未完） | 以通鑑爲線索，以晉書、十六國春秋爲材料，一歸於正而沃以意味,其目的在繼《三國演義》爲續書撰歷史小說者當以發明正史事實爲宗旨,以藉古鑒今爲誘導,要寓教育於閒談中 | 1906～1907 原載《月月小說》1～10號，共刊23回，未完。1910 年由上海勤學社出版單行本 | 標「歷史小說」 |
| 《上海遊驂錄》10回 | 寫一鄉下書生辜望延被誣爲革命黨而經歷一番磨難，使他意識到已活在一個不講道理的世界，決定投身改革，卻發現了只要有錢革命派也都出賣宗旨、信念、良心、道德。由此可見趴人的政治思想，反對僞革命黨、反對名士、反對官僚軍人危害人民。而面對黑暗現實，作者終於悲觀失望，走向厭世主義的道路 | 1907 原載《月月小說》6～8 號，1908年由上海群學社出版單行本，每回有眉批。 | 標「社會小說」 |
| 《劫餘灰》16 回 | 寫一對青年情人經過種種波折終於團聚的故事，透露晚清社會黑暗和華工的悲苦生活 | 1907～1908年原載《月月小說》10、11、13、15～21、23、24 號，1909年由上海廣智書局出版單行本 | 標「苦情小說」 |
| 《剖心記》（未完） | | 1907 原載《竟立社小說月報》 第 二期，僅刊兩回，因該報停刊而輟筆，後作者又將此故事梗概寫成《山陽巨案》一文，收入《我佛山人札記小說》 | 標「法律小說」 |
| 《雲南野乘》3 回（未完） | 記雲南史事，始自莊蹻開闢滇池，直到晚清的情形，爲使人讀了知古人開闢的艱難，就不容今人割棄的容易 | 1907～1908 原載《月月小說》11、12、14 號，僅刊三回，未完 | 標「歷史小說」 |

| 《發財秘訣》（又名《黃奴外史》）10回 | 寫爲了發財而出賣軍事情報和依仗外國人的勢力欺壓同胞的走狗。痛詆爲虎作倀，出賣國家的無恥行徑，阿英推爲「當時反買辦階級的一部代表作」 | 1907～1908 原載《月月小說》11～14號 | 標「社會小說」 |
|---|---|---|---|
| 《最近社會齷齪史》20回（初名《近十年之怪現狀》，是《二十年目睹之怪現狀》的續篇） | | 1909年發表於《中外日報》，1910年由上海廣智書局出版單行本，二冊，收20回，未完 | 標「社會小說」 |
| 《情變》8回 | 是趼人的絕筆，作品原擬寫楔子一回，正文十回。因作者病故而中斷 | 1910年刊於《輿論時事報》七回多，八回未完 | 標「奇情小說」 |
| 《白話西廂記》》12回 | | 是趼人逝世後12年，1921年由上海國家圖書館出版單行本，前有陳幹青題識，陳仲子悍戚飯牛的序言，並附有袁枚、俞樾兩人的《西廂記》評語，金聖嘆、楊鶴汀等人的考證文章，合爲一冊 | |

二、短篇小說：（以下除了《慶祝立憲》、《中雷奇鬼記》外，其餘11篇又收入《趼人十三種》）

| 書　名 | 內容概述 | 發表時間 | 類別備註 |
|---|---|---|---|
| 《慶祝立憲》 | 寫慶祝立憲的會場上，只慶祝「預備立憲」，地方官只擔心立憲後沒了官威，反成了百姓公僕，對清廷的假立憲作了無情的揭露與嘲訕 | 1906年原載《月月小說》第1號 | 短篇小說 |
| 《預備立憲》 | 寫一個自以爲深諳預備立憲之術的鴉片鬼，自明奉上諭即盡出囊中資，以達於有被選的資格，對清廷的假立憲作了無情的揭露與嘲訕 | 1906年原載《月月小說》第2號 | 短篇小說 |

| | | | |
|---|---|---|---|
| 《大改革》 | 嘲諷晚清統治者大改革徒有虛名 | 1906 年原載《月月小說》第 3 號 | 短篇小說 |
| 《義盜記》 | 讚揚一盜之仁義道德 | 1906 年原載《月月小說》第 3 號 | 短篇小說 |
| 《黑籍冤魂》 | 反映吸食鴉片的禍害 | 1907 年原載《月月小說》第 4 號 | 短篇小說 |
| 《立憲萬歲》 | 以神話形式諷刺現實的滑稽小說，寫玉皇大帝聽說下界已立憲，忙召群仙諸佛商議此事，竟引來上界一致反對並商議阻止，最後，立憲不過改換兩個官名，諸佛都照舊供職，群畜大喜遂齊呼立憲萬歲。對清廷的假立憲作了無情的揭露與嘲訕 | 1907 年原載《月月小說》第 5 號 | 短篇小說滑稽體 |
| 《平步青雲》 | 嘲諷晚清官吏趨勢媚上之醜態 | 1907 年原載《月月小說》第 5 號 | 短篇小說笑枋 |
| 《快升官》 | 揭露官吏賣友求升的行徑 | 1907 年原載《月月小說》第 5 號 | 短篇小說，題下注「記事」，副題為「頌舊社會乎？警舊社會乎？」 |
| 《查功課》 | 揭露晚清以查功課之名，深夜闖進學堂查抄《民報》的惡劣行徑 | 1907 年原載《月月小說》第 8 號 | 短篇小說 |
| 《人鏡學社鬼哭傳》 | 痛詆上海紳商忘美華工禁約之辱，對到滬的美大臣無恥諂媚的醜態 | 1907 年原載《月月小說》第 10 號 | 短篇小說 |
| 《無理取鬧西遊記》 | 影射賣國害民的晚清統治者和貪婪兇惡的外國侵略者 | 1908 年原載《月月小說》第 12 號 | 目錄標「詼諧小說」，正文題前標「滑稽小說」，副題為「涸轍魚哀求援救，通臂猿大顯神通」 |

| 《光緒萬年》 | 揭露立憲是一騙局，這種黑暗局面要等一萬年後地球受一次重大撞擊，南北易位後才會改變 | 1908 年原載《月月小說》第 13 號 | 目錄標「理想、科學、寓言、諷刺、詼諧小說」，正文題上標「理想、科學、寓言、譏諷、詼諧小說」，題下標「短篇」 |
| 《中霤奇鬼記》 | 此蓋為抵制美貨事，指 1905 年反美華工禁約運動 | 1909 年《民吁日報》 | 短篇小說 |

## 三、筆記小說：

| 書名 | 內容概述 | 發表時間 | 類別備註 |
|------|----------|----------|----------|
| 《中國偵探案》34 篇 | 書前的凡例、弁言說明為「塞崇拜外人者之口」而輯，故事據故老傳聞或近人筆記改編，如同古公案短篇小說，雖偶有無謂之作，亦反映中國人民智慧，於改良社會亦有益 | 1906 年上海廣智書局出版，收筆記小說 34 篇，其中 18 篇末附作者自評，1915 年上海瑞華書局石印本出版汪維甫《我佛山人筆記四種》（計收《趼廛隨筆》、《趼廛續筆》、《中國偵探三十四案》、《上海三十年艷迹》），其中的《中國偵探三十四案》即為此書 | 筆記小說 |
| 《上海三十年艷迹》，原名《胡寶玉》，又名《三十年來上海北里之怪歷史》 | 寫上海妓院生活的筆記 | 1906 年上海樂群書局出版，1915 年上海瑞華書局石印本出版汪維甫《我佛山人筆記四種》，改題《上海三十年艷迹》 | 筆記小說 |
| 《趼廛剩墨》17 篇 | 諷刺禍國殃民的統治者 | 1907～1908 年原載《月月小說》7.9.11.12 號，後收入《趼人十三種》 | 標「札記小說」 |

| 《我佛山人札記小說》 | | 1910 年原載《輿論時事報》，凡 54 題 56 篇，1915 年上海瑞華書局石印本出版汪維甫《我佛山人筆記四種》，其中的《趼廛續筆》即爲此書 | 筆記小說 |
|---|---|---|---|
| 《趼廛筆記》 | | 1910 年上海廣智書局出版，收筆記小說 71 題 73 篇，1915 年上海瑞華書局石印本出版汪維甫《我佛山人筆記四種》，其中的《趼廛隨筆》即爲此書 | 筆記小說 |

## 四、笑話和寓言：

| 書名 | 內容概述 | 發表時間 | 類別備註 |
|---|---|---|---|
| 《新笑史》凡 19 題 22 篇 | 諷刺官吏仕紳的殘暴橫行、互相傾軋，和統治者昏庸老朽、貪生怕死、賣國求榮的可恥，揭露他們寡廉鮮恥、苦心鑽營的嘴臉 | 1903 年《新小說》第 8 期：11 則<br>1905 年《新小說》第 23 期：11 則 | 笑話 |
| 《新笑林廣記》凡 22 篇，首冠作者自序 | 嘲笑官吏逢迎諂媚的醜態，也表達帝國主義進逼下，對國家命運的擔憂。鞭撻官吏和人民對鴉片吸食者的厭惡，諷刺社會不良的風氣，揭露崇洋媚外之風，對國家危亡深表憂慮，嘲笑科舉之士，反映一般知識份子的窘迫生活 | 1904 年《新小說》第 10 期：7 則<br>1905 年《新小說》第 17 期：7 則<br>1905 年《新小說》第 22 期：8 則 | 笑話 |
| 《俏皮話》凡 126 題，127 篇，首冠小序一篇 | 把晚清統治者比作蛆蟲蚊蠅、蛇鼠豬狗，揭露了他們各種各樣的醜態嘴臉，反映了當時政治、軍事、外交方面的腐敗情形，對專橫跋扈的后黨和懦弱無能的皇帝進 | 最初散見於光緒年間各報刊，後經作者輯錄、修訂、續寫，1906～1908 年連載於《月月小說》1～5、7、12～16、 | 笑話型寓言 |

| 書名 | 內容概述 | 發表時間 | 類別備註 |
|---|---|---|---|
| | 行了辛辣的諷刺,對社會上那些蠅營狗苟之夫、趨炎附勢之徒、圖財害人之輩也作了無情的暴露和鞭笞 | 18~20 號,1909 年上海群學社據《月月小說》抽印爲單行本 | |
| 《滑稽談》,又名《我佛山人滑稽談》凡 154 題 172 篇 | 與《俏皮話》爲同一類型的作品,把官場比作妓院,官吏擬爲強盜、衣冠禽獸和吸人血的臭蟲,揭露和諷刺了黑暗社會的種種惡俗和不正之風,如貪污受賄、敲詐勒索、崇洋媚外、吃喝嫖賭等荒淫無恥的生活 | 1910 年初載《輿論時事報》,1915 年上海掃　山房石印單行本 | 笑話 |

## 五、詩作:

| 書名 | 內容概述 | 發表時間 | 類別備註 |
|---|---|---|---|
| 《趼廛詩刪剩》37 題 84 首 | 詩作均作於 1897 年之前,作者刪汰舊作,僅存二三 | 1907 年連載於《月月小說》第 4、5、7 號,首冠作者自序,又收入《趼人十三種》 | 詩 |
| 《趼廛詩刪剩》外詩 20 題 34 首 | | | 詩 |

## 六、戲曲:

| 書名 | 內容概述 | 發表時間 | 類別備註 |
|---|---|---|---|
| 《曾芳四傳奇》(僅完成前三齣) | 該劇譜流氓曾芳四誘騙女學生,標目爲「曾芳四徒起奸淫心,劑梁氏詭串陰陽配,鄧七妹險遭強暴污,瑞觀察科定棍徒罪」 | 1907 年原載《月月小說》第 8、9 號 | 戲曲 |
| 《鄔烈士殉路》二折(未完) | 譜當時鄔烈士殉路實事,內容爲反清廷賣國 | 1907~1908 年原載《月月小說》第 11、12 號 | 標「時事新劇」 |

## 七、其他作品：

| 書名 | 內容概述 | 發表時間 | 類別備註 |
|---|---|---|---|
| 《食品小識》 | 為南洋華興公司出品的燕窩糖精寫廣告文章 | 1898 年 2 月 1 日起連載 40 天於《遊戲報》 | 廣告文章 |
| 《吳趼人君演說（摘錄）》 | 《在上海紳商第二次拒俄約大會演說詞》，原題《吳君沃堯演說》 | 載於 1901 年《中外日報》 | 演說詞 |
| 《趼藝外編》（政治維新要言）2 卷 60 篇，附錄 1 篇，卷首有序 | 全書分上下卷，共六十篇，為經國濟民類論著，時朝廷方議變法，趼人暇則自課一篇，積織成帙 | 寫於 1897～1898，於 1902 年由上海書局石印出版，改題為《政治維新要言》 | 雜論 |
| 《吳趼人哭》57 則 | 各條均無題目，以詼諧之言傾訴天下可哭之事，表現作者對社會現實的不滿 | 1902 年據趼人手跡石印，1937 年《辛報》轉載，並增《引言》 | 小品文 |
| 《說狗》 | | 1902 年《寓言報》論說欄 | |
| 《小說叢話》4 則 | 說明小說富有潛移默化的教育作用，並對當時穿鑿附會地評論小說的風氣表示不滿 | 1905 年《新小說》第 19 期 | 小說評論 |
| 《譏彈》6 篇 | | 1907 年前四篇載《月月小說》第 5 號，後兩篇載第 8 號 | 雜文 |
| 《主筆房之字紙簍》7 篇 | 各篇皆為嬉笑怒罵之文，與其他小說、筆記一致 | 1907 年原載《月月小說》第 8 號 | 標「雜錄」 |
| 《說小說‧雜說》5 則 | 為小說隨筆、小說評論 | 1907 年載《月月小說》第 8 號 | 標「雜錄」 |
| 《還我魂靈記》（附《致黃楚九書》） | 上海中法大藥房作廣告文章《還我魂靈記》 | 1910 年載《漢口中西報》第 1493 號 | 藥品廣告 |
| 1898 年《〈繪圖海上名妓四大金剛奇書〉出售》、1898 年《〈續集海上名妓四大金剛奇書〉出售》、《應酬告白》、1902 年《〈吳趼人哭〉徵訂啟事》、《上海慶祝會小啟》、《廣東同鄉暨各幫鈞鑑》、1906 年《〈說小說〉徵稿啟》、1907 年《本社撰述員附告》、1907 年《〈兩晉演義〉分卷啟》、《廣志兩等小學招生廣告》、《廣志學校附屬國文補習夜塾》 | | | 啟事（出版廣告） |

| | | |
|---|---|---|
| 1900 年《致消閑社主人函》、1903 年《致梁鼎芬書》、1905 年《致曾少卿書》、1907 年《復大武函》、1910 年《致黃楚九書》 | | 書信 |
| 1906 年《月月小說序》、1906 年《歷史小說總序》、1906 年爲《羅春馭〈月月小說・敘〉附識》、1907 年《〈四海神交集〉識》、1907 年《吳榮光手書立軸跋》、1907 年《〈雲南野乘〉附白》、1909 年《〈筠清館法帖〉跋》、1909 年《多木老人畫冊跋》（未刊）、1910 年《〈東魯靈光〉跋》 | | 序跋 |
| 1906 年《李伯元傳》、1907 年《黃勖伯傳》 | | 傳記 |
| 《滬上百多談》 | | 原刊不詳，收入1914 年胡德編《滬諺》 | 小品文 |

## 八、評點和編輯過的作品：

| 書名 | 內容概述 | 發表時間 | 類別備註 |
|---|---|---|---|
| 評《新庵諧譯初編》分 1、2 卷，卷 1 收《一千零一夜》、《漁者》，卷 2 收《貓鼠成親》 | 署「上海周樹奎桂笙戲譯」，趼人編次 | 1903 年上海清華書局出版，首冠吳趼人序及周桂笙序 | |
| 評《毒蛇圈》23 回（未完），所加眉批計 18 回 166 條，又爲 15 回加回評 | 《毒蛇圈》爲法國鮑福著，上海知新室主人（周桂笙）譯，趼廛主人評，每回都有眉批和總評 | 1903～1906 年連載於《新小說》第 8、9、11～14、16～19、21、23、24 期 | 標「偵探小說」 |
| 《新庵譯屑》90 題94 篇 | 應新庵主人周桂笙之請，爲之加評、編輯並作序，所收作品來自四個部分：《知新室新譯叢》、《新庵譯萃》、《自由結婚》、散作 10 題 11 篇 | 1908 年 | |
| 點定《情中情》5 章（未完） | 署「俠心女史譯述」，我佛山人點定（文字加工） | 1906～1907 年 | 標「寫情小說」 |
| 評《譏彈・送往迎來之學生》 | 周桂笙著，趼人評 | 1906 年 | |
| 評《新庵隨筆・禁煙當先製藥》 | 周桂笙著，趼人評 | 1907 年 | |
| 《賈鳧西鼓詞》 | 署「木皮散人賈鳧西著」，趼人加有眉批四條。表現對現實社會的不滿及由此產生的厭世思想 | 1907 年 | 標「彈詞小說」 |

# 附錄三：吳趼人研究相關論文目錄（依時間後先排序）

| | 作者 | 論文名稱 | 畢業校系 | 畢業年度 |
|---|---|---|---|---|
| 1 | 李永 | 《吳趼人寫情小說論》 | 曲阜：曲阜師範大學碩士論文 | 2006 年 |
| 2 | 唐宏峰 | 《小說：現代性敘事的奇遇——吳趼人與晚清小說的興起》 | 北京：北京師範大學碩士論文 | 2005 年 |
| 3 | 胡全章 | 《傳統與現代之間的探詢——吳趼人小說研究》 | 河南：河南大學博士論文 | 2005 年 |
| 4 | 王國偉 | 《吳趼人中長篇小說研究》 | 山東：山東大學博士論文 | 2004 年 |
| 5 | 李哲練 | 《傳統與新變——吳趼人思想及其小說研究》 | 武漢：華中科技大學碩士論文 | 2004 年 |
| 6 | 嚴雪櫻 | 《《官場現形記》與《二十年目睹之怪現狀》比較研究》 | 臺北：臺灣師範大學國文研究所碩士論文 | 2002 年 |
| 7 | 楊雅珺 | 《吳趼人與魯迅小說中的第一人稱敘事觀點運用》 | 高雄：中山大學中國語文學研究所碩士論文 | 2001 年 |
| 8 | 薛元鍾 | 《《二十年目睹之怪現狀》寫作技巧研究》 | 臺北：東吳大學中國文學研究所碩士論文 | 2001 年 |
| 9 | 張淑蕙 | 《《新石頭記》研究》 | 臺中：中興大學中國文學研究所碩士論文 | 1995 年 |
| 10 | 李梁淑 | 《吳趼人三部小說中的主人公研究》 | 臺中：東海大學中國文學研究所碩士論文 | 1994 年 |
| 11 | 王心玲 | 《諷刺之形態：兼談晚清四大小說》 | 臺北：臺灣大學外國語文研究所碩士論文 | 1986 年 |
| 12 | 吳純邦 | 《晚清諷刺小說的人物研究》 | 臺北：輔仁大學中國文學研究所碩士論文 | 1982 年 |
| 13 | 陳幸蕙 | 《《二十年目睹之怪現狀》研究》 | 臺北：國立臺灣大學中國文學研究所碩士論文 | 1975 年 |

# 附錄四：吳趼人研究相關期刊目錄（依時間後先排序）

## 一、生平思想類研究：

| | 作者 | 論文名稱 | 期刊名稱 | 年　度 | 頁　碼 |
|---|---|---|---|---|---|
| 1 | 李國文 | 〈我佛山人在上海〉 | 《同舟共進》 | 2007 年第 7 期 | 60～62 |
| 2 | 裴效維 | 〈吳趼人生於「分宜故第」考〉 | 《徐州師範大學學報》（哲學社會科學版） | 2006 年第 1 期 | 26～30 |
| 3 | 任百強 | 〈佛山大樹堂《吳氏族譜》的新發現〉 | 《明清小說研究》 | 2003 年第 2 期 | 237～248 |
| 4 | 夏曉虹 | 〈吳趼人與梁啓超關係鉤沉〉 | 《安徽師範大學學報》（人文社會科學版） | 2002 年第 6 期 | 636～640 |
| 5 | 李峰 | 《《吳趼人致商會函》小議〉 | 《歷史檔案》 | 2002 年第 3 期 | 131～135 |
| 6 | 張強 | 〈吳趼人文化觀探微〉 | 《南京大學學報》（哲學.人文科學.社會科學版） | 2001 年第 4 期 | 45～53 |
| 7 | 李娟 | 〈補天的悲劇——論吳趼人的"道德救國"思想〉 | 《徐州教育學院學報》 | 2001 年第 3 期 | 38～39 |
| 8 | 裴效維 | 〈吳趼人家世考略〉 | 《明清小說研究》 | 1998 年第 3 期 | 225～234 |
| 9 | 田若虹 | 〈吳趼人小說與晚清社會〉 | 《明清小說研究》 | 1998 年第 2 期 | 212～216 |
| 10 | 梅慶吉 | 《《吳趼人全集》出版〉 | 《明清小說研究》 | 1998 年第 2 期 | 154 |
| 11 | 甘慧傑 | 〈"容易傷生筆一枝"：吳趼人在上海的生活和經歷〉 | 《史林》 | 1997 年第 4 期 | 89～93 |
| 12 | 南敏洙 | 〈近代西方文學對吳趼人的影響〉 | 《岱宗學刊》 | 1997 年第 2 期 | 22～24 |
| 13 | 張強 | 〈吳趼人"文明專制"思想探微〉 | 《鄭州大學學報》（哲學社會科學版） | 1996 年第 4 期 | 98～103 |

| 14 | 夏曉鳴 | 〈歐風東漸中的曾樸與吳趼人〉 | 《江漢論壇》 | 1996 年第 4 期 | 29～50 |
|---|---|---|---|---|---|
| 15 | 郭長海 | 〈吳趼人雜俎〉 | 《長春師範學院學報》 | 1995 年第 3 期 | 44～50 |
| 16 | 蕭宿榮 | 〈茫然的選擇與不盡的困惑——吳趼人的救世思想芻議〉 | 《明清小說研究》 | 1994 年第 2 期 | 65～133 |

## 二、小說類研究：

| | 作者 | 論文名稱 | 期刊名稱 | 年度 | 頁碼 |
|---|---|---|---|---|---|
| 1 | 文際平 | 〈吳趼人與晚清短篇小說的重新崛起〉 | 《湖北師範學院學報》（哲學社會科學版） | 2007 年第 3 期 | 35～37 |
| 2 | 胡全章 | 〈限制敘事意識的自覺——吳趼人小說敘事特徵研究之一〉 | 《明清小說研究》 | 2007 年第 2 期 | 151～166 |
| 3 | 關詩珮 | 〈如何重探"小說現代性"——以吳趼人為個案〉 | 《汕頭大學學報》（人文社會科學版） | 2006 年第 4 期 | 12～19 |
| 4 | 何宏玲 | 〈論吳趼人最早的一部章回小說〉 | 《南京師範大學文學院學報》 | 2006 年 3 月第 1 期 | 67～71 |
| 5 | 何宏玲 | 〈最新發現的吳趼人佚文〉 | 《明清小說研究》 | 2006 年第 1 期 | 76～87 |
| 6 | 蔡佩芬 | 〈多重話語對話空間——吳趼人《月月小說》的編輯創作及小說理論〉 | 《中極月刊 5》 | 2005 年 12 月 | 117～136 |
| 7 | 欒梅健 | 〈嚴肅寫實的言情小說——吳沃堯的《恨海》〉 | 《中國語文》 | 2005 年 10 月 | 76～78 |
| 8 | 郭浩帆 | 〈也談《月月小說》對《新小說》精神的繼承〉 | 《明清小說研究》 | 2005 年第 4 期 | 153～161 |
| 9 | 胡全章 | 〈晚清言情小說中的雙璧——《禽海石》與《恨海》之比較〉 | 《聊城大學學報》（社會科學版） | 2005 年第 4 期 | 82～101 |
| 10 | 魏文哲 | 〈衛道者言——論吳趼人的寫情小說〉 | 《明清小說研究》 | 2005 年第 2 期總第 76 期 | 77～84 |

| 11 | 蔡愛國 | 〈略論吳趼人的歷史小說觀〉 | 《浙江學刊》 | 2005 年第 2 期 | 115～118 |
|---|---|---|---|---|---|
| 12 | 胡全章 | 〈百年吳趼人小說研究述評〉 | 《山西師大學報》（社會科學版） | 2005 年第 2 期 | 41～49 |
| 13 | 蔡娉婷 | 〈論「九命奇冤」的敘事技巧〉 | 《親民工商專科學校學報 8》 | 2004 年 10 月 | 207～218 |
| 14 | 范紫江 | 〈吳趼人小說《發財秘訣》的材料補充與考證〉 | 《韶關學院學報》 | 2003 年第 8 期 | 6～12 |
| 15 | 梁豔 | 〈徘徊於新舊之間論晚清職業小說家的小說理論——以李伯元、吳趼人為例〉 | 《杭州師範學院學報》（社會科學版） | 2003 年第 1 期 | 107～111 |
| 16 | 范紫江 | 〈中外懸隔夾縫中滋生的新的社會力量——重評吳趼人的《發財秘訣》〉 | 《深圳大學學報》（人文社會科學版） | 2003 年第 1 期 | 73～77 |
| 17 | 魏文哲 | 〈吳趼人：在保守與改良之間〉 | 《明清小說研究》 | 2002 年第 4 期 | 207～218 |
| 18 | 李潔 | 〈淺析《月月小說》與《新小說》之承繼淵源〉 | 《明清小說研究》 | 2002 年第 2 期 總第 64 期 | 241～244 |
| 19 | 傅元峰 | 〈諷刺的跨度：從反諷到譴責〉 | 《浙江社會科學》 | 2001 年第 5 期 | 146～150 |
| 20 | 洪兆平 | 〈論吳趼人的小說創作〉 | 《遼寧工學院學報》 | 2001 年 6 月第 3 卷第 2 期 | 36～38 |
| 21 | 陳文新 | 〈《新石頭記》的文化解讀〉 | 《紅樓夢學刊》 | 2001 年第 3 期 | 192～201 |
| 22 | 王國偉 | 〈論吳趼人批判現實表達理想的傑作《新石頭記》——兼論吳趼人的「文明專制思想」〉 | 《岱宗學刊》 | 2001 年第 1 期 | 42～46 |
| 23 | 薛元鍾 | 〈「二十年目睹之怪現狀」修辭技巧探究〉 | 《中國現代文學理論 17》 | 2000 年 3 月 | 114～132 |
| 24 | 洪兆平 | 〈略論吳趼人小說的藝術風格〉 | 《揚州大學稅務學院學報》 | 2000 年第 4 期 | 57～60 |

| 25 | 王萱 | 〈吳趼人小說《恨海》的形式探析〉 | 《山東社會科學》 | 1999 年 6 月 | 72～73 |
|---|---|---|---|---|---|
| 26 | 黃錦珠 | 〈論吳沃堯的短篇小說〉 | 《國立中正大學學報》（人文分冊） | 1998 年 12 月 | 117～143 |
| 27 | 胡冠瑩 | 〈吳趼人和「小說界革命」〉 | 《中央政法管理幹部學院學報》 | 1998 年第 6 期 | 60～61 |
| 28 | 王偉康 | 〈晚清社會的折光　理想世界的藍圖——吳趼人《新石頭記》初探〉 | 《南京經濟區域廣播電視大學學報》 | 1997 年 3 月 | 27～31 |
| 29 | 宋一兵 | 〈從《恨海》、《劫餘灰》看吳趼人對小說表現手法的探索與嘗試〉 | 《學術交流》 | 1997 年第 6 期 | 110～111 |
| 30 | 田若虹 | 〈吳趼人小說創作論〉 | 《韓山師範學院學報》 | 1997 年第 4 期 | 51～59 |
| 31 | 歐陽健 | 〈傳統文化對現代文明關係的介入與超越——新石頭記新論〉 | 《青海社會科學》 | 1995 年第 4 期 | 67～84 |
| 32 | 蕭宿榮 | 〈伊紫旒與新興都市——吳趼人小說人物研究之一〉 | 《廣東教育學院學報》 | 1995 年第 3 期 | 28～31 |
| 33 | 郭長海 | 〈吳趼人寫過哪些長篇小說〉 | 《長春師範學院學報》 | 1994 年第 4 期 | 45～50 |

# 附錄五：《新笑史》故事素材與主題意蘊一覽表

| 篇次 | 題目 | 故事素材 | 主題意蘊 |
|---|---|---|---|
| 1 | 推廣朝廷名器 | 以四五品之頂戴，置諸絕無功名之人（車站站長），譏爲推廣名器之用 | 官僚腐朽無能 |
| 2 | 兩個製造局總辦 | 以撙節之名，就算必要之物亦不能購 | 官僚腐朽無能 |
| 3 | 另外一個崇明鎮 | 官僚相傾軋，只怕官位被搶奪 | 官僚互相傾軋 |
| 4 | 郭寶昌揮李秉衡 | 官位有高低，豈容低位者氣焰囂張 | 官僚互相傾軋 |
| 5 | 梁鼎芬蒙蔽張之洞 | 爲矇騙上層不惜上下交相賊 | 官僚腐朽無能 |
| 6 | 梁鼎芬被窘 | 無能之官只怕有爲之民，爲官者窘況百出 | 官僚怯懦膽小 |
| 7 | 對聯三則之一 | 以聯語揭示考場賄賂的惡習 | 官僚橫行舞弊 |
| 8 | 對聯三則之二 | 公局的紳董恃勢橫行、營私舞弊 | 官僚橫行舞弊 |
| 9 | 對聯三則之三 | 梁鼎芬聲名狼藉，以梁上君子之聯刺之 | 官僚橫行舞弊 |
| 10 | 問官奇話 | 竊西人之物反告知當偷中國人之物。昏官不問情由，喝令責打冤枉之人，反告知幫忙打晦氣 | 官僚腐朽無能 |
| 11 | 德壽笑話 | 德壽的教育改革是算學、體操、地理都可不學 | 官僚腐朽無能 |
| 12 | 陳寶渠 | 要竊賊到法租界去偷，不要到自己的英租界偷 | 官僚腐朽無能 |
| 13 | 亨利 | 被亨利王發現以空槍套好招，使得閱兵時槍發眾響一聲 | 官僚腐朽無能 |
| 14 | 牙牌數二則其一 | 占卜云：「七十二戰，戰無不利；忽聞楚歌，一敗塗地」，前兩句應驗時得到鉅資，然而終日戚戚恐後兩句成眞 | 官僚迷信占卜 |
| 15 | 牙牌數二則其二 | 對於官位虎視眈眈，故造言以譏之 | 官僚迷信占卜 |
| 16 | 犬車 | 直譯外語，遂貽留笑柄，譯西文忌率、泥 | 翻譯失當 |
| 17 | 兩個杜聯 | 賈中堂槓問杜聯姓氏官位時，竟然酣然睡熟，杜聯不敢去，賈起來又再問一次，誤以爲是兩個杜聯 | 官僚腐朽無能 |
| 18 | 皮鞭試帖詩 | 偷生才得所 | 官僚怯懦膽小 |

| 篇次 | 題目 | 故事素材 | 主題意蘊 |
|---|---|---|---|
| 19 | 一字千金 | 昏官為得清譽不惜酬金請人更改字句。宰相合肥天下壽，司農常熟世間荒 | 官僚怯懦膽小 |
| 20 | 詠張松詩 | 以詩刺張樵野出賣祖國的惡行 | 官僚怯懦膽小 |
| 21 | 視亡國為應有之事 | 不知救亡圖存，反視亡國為應有之事，可笑至極 | 官僚逢迎諂媚 |
| 22 | 避諱 | 官場惡習，諱及上官，卑諂之俗，令人可笑 | 官僚逢迎諂媚 |

# 附錄六：《新笑林廣記》故事素材與主題意蘊一覽表

| 篇次 | 題目 | 故事素材 | 主題意蘊 |
|---|---|---|---|
| 1 | 自序 | 文字之道，壯詞不如諧語，思以改良鄙俚不文 | 妙語解頤 |
| 2 | 新小說 | 望文生義，則新小說豈不是新疆人出版邪？ | 語詞新解 |
| 3 | 家字 | 內地風氣不開，人蠢如豬，此家字殆其先兆乎 | 風氣不開冥頑守舊 |
| 4 | 聖人不利於國 | 竊謂聖人不利於國，國不利有聖人，孔子為吾國聖人，不知吾國之前途當若何？ | 改革維新成效不彰 |
| 5 | 問看書 | 胸無點墨者為逢迎張之洞，竟然捏造自己看了《勸學篇書後》 | 官僚逢迎諂媚 |
| 6 | 排滿黨之實行政策 | 滿人請安之禮卑諂行徑，倡議革去之 | 官僚逢迎諂媚 |
| 7 | 皇會 | 欲除保皇會而有所不及，割去保字，聊當殺保皇會也 | 官僚怯懦膽小 |
| 8 | 誤蒙學 | 將啟蒙之學（蒙學），誤為蒙古之學 | 語詞新解 |
| 9 | 罵畜生 | 不知自愛者慣罵兒女「畜生」，殊不知自視為何物，尤不知視其祖宗父母為何物？ | 品德敗壞 |
| 10 | 帽子不要擺在頭上 | 習中國語而未精者，就某學堂教習之聘，對一忘了脫帽的學生言：「帽子不要擺在頭上」 | 故意唐突 |
| 11 | 和尚宜蓄髮辮 | 髮辮無用且累贅，和尚終日無事、亦不動作，即令蓄髮打辮，亦不礙事 | 巧妙聯想 |
| 12 | 剛毅第二 | 剛毅、鐵良奉命南下以搜刮為宗旨，剛（鋼）搜刮淨盡，鐵胡能為？ | 官僚橫行舞弊 |
| 13 | 漢官威儀 | 發議光復漢官威儀者，竟著短衣禿帽取法歐美 | 改革維新成效不彰 |
| 14 | 兩袖清風 | 戲劇中官穿馬蹄袖，謂兩袖清風，而兩袖清風又指為官清廉者。某日本人每見一中國官必曰此清官也，蓋著馬蹄袖之故 | 官僚橫行舞弊 |
| 15 | 絕鴉片妙法 | 倡議於鴉片中摻入毒藥使人毒發斃命，使吸煙之種絕矣 | 好吸鴉片 |
| 16 | 祖家 | 粵中市井之流稱英之倫敦、法之巴黎、美之華盛頓為祖家 | 崇洋媚外 |
| 17 | 小牛小馬 | 某君謙其子女小牛、小馬，蓋中國亡後，國人皆牛馬之故 | 生活困苦 |

| 篇次 | 題目 | 故事素材 | 主題意蘊 |
|------|------|----------|----------|
| 18 | 會計當而已矣 | 會計，當而已矣。當字爲質當 | 生活困苦 |
| 19 | 咬字嚼字 | 咬文嚼字指字面上的功夫和賣文謀生二義 | 生活困苦 |
| 20 | 旗色 | 中國招商局之商旗紅底黃心，或指之笑曰：是危險而患心病者 | 巧妙聯想 |
| 21 | 羽毛 | 滬人稱較羽紗略粗者羽毛，亦取以制衣，人被以羽毛，可發一大噱 | 崇洋媚外 |
| 22 | 神號鬼哭 | 廢科舉而文昌帝君、魁斗星君不復祀之，故神號。含冤負屈於重泉之下者不復修怨之地，故鬼哭。 | 巧妙聯想 |
| 23 | 長短嘲 | 嘲短者寸身（射），長者無所取裁（材） | 巧妙聯想 |

# 附錄七：《俏皮話》故事素材與主題意蘊一覽表

| 篇次 | 題目 | 故事素材 | 主題意蘊 |
|---|---|---|---|
| 1 | 自序 | 生平喜詼諧之言，報紙以諧謔爲宗旨者，即以付之 | 妙語解頤 |
| 2 | 畜生別號 | 以豬諷刺以慈禧太后爲首的頑劣封建集團和腐朽的官僚機構 | 上層統治愚昧頑固 |
| 3 | 蟲類嘉名 | 光後先生意即屁股後頭光躂躂，以螢詣無子者 | 巧妙聯想 |
| 4 | 指甲 | 無用之人在中國仍有出頭之日，中國人衛生習慣較差，有蓄長指甲的陋習 | 上層統治愚昧頑固 |
| 5 | 背心 | 以背心諷本不完全之人豈可得完全之名 | 品德敗壞 |
| 6 | 蒼蠅被逐 | 以蠅喻逐臭之夫 | 品德敗壞 |
| 7 | 田雞能言 | 以上海胡家宅之野雞喻妓女 | 巧妙聯想 |
| 8 | 海狗 | 以海狗喻依違兩可、盡作下流事的無恥之徒 | 品德敗壞 |
| 9 | 野雞 | 以野雞告狀來諷刺流娼和二品官 | 官僚腐朽無能 |
| 10 | 蝗蟲爲害 | 以蝗蟲爲害刺知縣官是害民賊 | 官僚怯懦膽小 |
| 11 | 烏龜雅名 | 以烏龜詣臣之無能 | 上層統治愚昧頑固 |
| 12 | 豬講天理 | 以瘟豬不死喻瘟官倒長命，眞是好人不長命，禍害遺千年 | 官僚怯懦膽小 |
| 13 | 狗懂官場 | 以狗懂官場刺官場的馬屁文化 | 官僚逢迎諂媚 |
| 14 | 地方 | 刺頑頓固執之輩 | 風氣不開冥頑守舊 |
| 15 | 地棍 | 水流至南北極則爲冰，地球將呈長圓式 | 巧妙聯想 |
| 16 | 貓辭職 | 以貓辭職之因，刺天下作官的都是鼠輩 | 官僚怯懦膽小 |
| 17 | 狼施威 | 以狐、豬、羊的奴性刺天下之人，任人宰割還以此爲榮；刺在西方列強前束手無策的大臣，動不動就邀功，實際上庸碌無能 | 官僚互相傾軋 |
| 18 | 膝 | 以行禮方式刺官場卑躬屈膝之行爲和奴顏媚骨之人 | 官僚逢迎諂媚 |
| 19 | 面 | 以面無文飾之具刺厚臉皮者的厚顏無恥 | 品德敗壞 |
| 20 | 蛇 | 以蛇貪快樂喻要圖過分之福必有一番意外，刺自討苦吃者 | 世態炎涼 |

| 篇次 | 題目 | 故事素材 | 主題意蘊 |
|---|---|---|---|
| 21 | 雞 | 雞開眼界而死喻想飛黃騰達者遭遇禍害 | 世態炎涼 |
| 22 | 龍 | 以龍為雜種刺天子，可見晚清皇帝權威已日益式微 | 上層統治愚昧頑固 |
| 23 | 虎 | 以蠅喻弱者、蒼蠅老虎喻強者，表現強者仗勢欺人的可惡 | 世態炎涼 |
| 24 | 論蛆 | 以棺中尸蛆刺貪官污吏魚肉百姓的醜態 | 官僚橫行舞弊 |
| 25 | 腌龍 | 刺學究子弟「驅蛇龍而放之菹」的「菹」字誤讀為側魚切，遂使意思成為驅龍蛇而為腌菜 | 故意唐突 |
| 26 | 借用長生 | 素喜重利的富人連棺材也不肯借，難怪求借者會想出，歸還時再多添二、三具小棺材當作利息 | 世態炎涼 |
| 27 | 捐軀報國 | 官吏暴斂橫徵，連娼家亦要花捐，美其名為捐軀報國 | 官僚橫行舞弊 |
| 28 | 誤字 | 吉、擊、戟、棘，音讀近而造成訛字，以諧音雙關展露幽默笑點 | 巧妙聯想 |
| 29 | 送匾奇談 | 以棺材店送匾給醫生刺庸醫的無能 | 世態炎涼 |
| 30 | 烏龜與蟹 | 以龜喻厚臉皮者，縮頭烏龜是遇事團縮躲避的人 | 品德敗壞 |
| 31 | 鳳凰孔雀 | 鄉下人學識有限，誤將孔雀指為鳳凰，遂以孔雀刺欺世盜名的人 | 品德敗壞 |
| 32 | 鷦鴣杜鵑 | 以燕子喻沒有自我主見的人，以杜鵑和鷦鴣刺愛管閒事、惹是生非者 | 世態炎涼 |
| 33 | 蜘蛛被騙 | 以蜘蛛和蜂喻貪心的人易受騙上當 | 世態炎涼 |
| 34 | 蝦蟆感恩 | 以蝦蟆感恩反諷縣官不知恩及百姓，刺貪官污吏對人民沒有好處 | 官僚橫行舞弊 |
| 35 | 大字名片 | 以妓女之大字名片諷官場崇洋之心 | 崇洋媚外 |
| 36 | 紅頂花翎 | 以兔欲得紅頂花翎不惜冒險忍痛，刺為得官者的醜態 | 官僚互相傾軋 |
| 37 | 平升三級 | 以狗官刺為官者懶惰、自鳴得意之情況 | 官僚腐朽無能 |
| 38 | 賞穿黃馬褂 | 以狗為了穿黃馬褂不惜遍染穢物，刺貪官的不知恥 | 官僚互相傾軋 |
| 39 | 活畫烏龜形 | 以烏龜大臣刺臣之無能懦弱 | 上層統治愚昧頑固 |

| 篇次 | 題目 | 故事素材 | 主題意蘊 |
|---|---|---|---|
| 40 | 財帛星君 | 因為五路財神之說一出，轉覺落寞非常，而慨嘆如同皇帝徒挪虛名高位，卻被群小弄權。 | 上層統治愚昧頑固 |
| 41 | 觀音菩薩 | 他人以眼觀色、以耳聽音，但觀音菩薩卻名為「觀音」，顯見其不能聽 | 巧妙聯想 |
| 42 | 文殊菩薩 | 誚家有悍婦者 | 巧妙聯想 |
| 43 | 臀宜受罪 | 人宜惡居下流，自居下流者，罪不可逭。以臀刺飽食終日、養尊處優者 | 品德敗壞 |
| 44 | 人種二則其一虱子自誇 | 以虱刺無所長之人亦不足為貴，嘲笑盲目自大、愚蠢無知的人 | 妄自尊大 |
| 45 | 人種二則其二不曾成人 | 以田雞喻不曾成人者難以保全性命，嘲笑盲目自大、愚蠢無知的人 | 妄自尊大 |
| 46 | 手足錯亂 | 以捷足之義展露幽默笑點 | 語詞新解 |
| 47 | 民權之現象 | 刺中國對民權觀念的無知 | 故意唐突 |
| 48 | 思想之自由 | 刺窮人終日想發財，不切實際 | 生活困苦 |
| 49 | 蝦蟆操兵 | 老鳥看到蝦蟆學洋操也不足為懼，就是將持洋砲的清兵比喻成這群無用的蝦蟆，諷刺盲目仿效西洋的情況 | 盲目仿效 |
| 50 | 日疑 | 以日疑刺政府不恤輿論 | 官僚橫行舞弊 |
| 51 | 空中樓閣 | 喜造謠者總能憑空捏造，如建空中樓閣 | 巧妙聯想 |
| 52 | 貓虎問答 | 以貓虎問答刺天下沒有一個像人的和居高位者如鼠輩鑽營 | 官僚怯懦膽小 |
| 53 | 赤白不分 | 以盲人赤白不分喻無知者 | 故意唐突 |
| 54 | 肝脾涉訟 | 以肝刺不知自我反省，反指他人盜襲虛名者 | 妄自尊大 |
| 55 | 金魚 | 刺空有威儀顯赫之官，不敵橫行不法之輩 | 官僚怯懦膽小 |
| 56 | 銀魚 | 以銀魚送命刺只知巴結而枉顧性命者 | 世態炎涼 |
| 57 | 驢辯 | 以驢辯刺閉門造車的秀才 | 妄自尊大 |
| 58 | 守財虜之子 | 以妄想雌雄洋錢生出小洋錢的守財虜之子刺吝嗇之人 | 世態炎涼 |
| 59 | 外國人不分皂白 | 從不分皂白和肥皂的皂字之義，表達幽默 | 故意唐突 |
| 60 | 蠹魚 | 以蠹魚刺滿腹詩書卻食古不化者 | 妄自尊大 |
| 61 | 蚊 | 以蚊喻英雄途窮、蚤喻滑賊之行徑，刺世道黑暗、盜賊橫行 | 世態炎涼 |

| 篇次 | 題目 | 故事素材 | 主題意蘊 |
|------|------|----------|----------|
| 62 | 骨氣 | 虎尚知敬重骨氣，而人卻不及，把沒有骨氣的文人看成一錢不值得臭忘八 | 品德敗壞 |
| 63 | 松鼠 | 尾大不掉者難逃被人玩弄之命，影射中國龐大渙散，統治者無能以致在西方列強前失去自由 | 盲目仿效 |
| 64 | 鴉鷹問答 | 以鴉刺不自量力、盲目仿效者 | 盲目仿效 |
| 65 | 腳權 | 以腳權喻民權之重要，在上位者當以民為貴；亦影射了權力相爭及戰亂的時代，百姓遭殃的社會現實 | 上層統治愚昧頑固 |
| 66 | 蛇教蚓行 | 以蚓刺無骨者烏能通行於世 | 品德敗壞 |
| 67 | 蛾蝶結果 | 以蝶刺專以醉香迷色為事之娼者，以蛾言人當求有功於世 | 品德敗壞 |
| 68 | 銅訟 | 有功者反冒不韙之名，有令譽者皆粉飾升平 | 品德敗壞 |
| 69 | 木嘲 | 只圖受人叩拜是虛有其表的，人宜以作棟樑為志 | 品德敗壞 |
| 70 | 轎夫之言 | 刺買官之情狀和大人重外在裝飾、虛有其表的情形 | 官僚橫行舞弊 |
| 71 | 孔雀篡鳳 | 孔雀因官員放在頭上的「花翎」，是他的尻下之毛，卻也妄想自命為王。 | 品德敗壞 |
| 72 | 誤入紫光閣 | 刺學究子弟將百鳥圖誤為紫光閣 | 故意唐突 |
| 73 | 辱國 | 刺喪師辱國者如縮頭烏龜，將洋務派比作烏龜，一旦風頭不對就縮頭曳尾而遁 | 上層統治愚昧頑固 |
| 74 | 不開眼 | 刺世人之作為都令神明看不上眼 | 品德敗壞 |
| 75 | 強出頭 | 是非只為多開口，煩惱皆因強出頭 | 巧妙聯想 |
| 76 | 徒負虛名 | 鶺鴒只有夫婦，沒有兄弟，卻以鶺鴒喻兄弟，刺世人不明五倫大義，徒負虛名 | 品德敗壞 |
| 77 | 民主國舉總統之例 | 刺民主國舉總統幾經顛倒錯亂、不安於位 | 盲目仿效 |
| 78 | 狗 | 刺富人壓榨剝削窮人的人吃人現象 | 世態炎涼 |
| 79 | 貓 | 鼠食鹽百日則化為蝙蝠，遂不怕貓 | 巧妙聯想 |
| 80 | 手足 | 手足相約抵制口，但最後卻也因口不能食，而造成手足癱瘓，揭示群體互助方能共生共榮的道理 | 世態炎涼 |
| 81 | 代吃飯代睡覺 | 嘲諷事必躬親、不相信他人者，豈有休息之時 | 風氣不開冥頑守舊 |

| 篇次 | 題目 | 故事素材 | 主題意蘊 |
|---|---|---|---|
| 82 | 只好讓他趁風頭 | 帆順風時則洋洋自得，逆風時則縮頭不敢出，以此諷刺順風得意的趾高氣揚者，必遭人冷眼旁觀 | 妄自尊大 |
| 83 | 居然有天眼 | 無知者竟相信天眼之說，若以閃電為天眼，則天只有一眼，可謂獨具隻眼 | 故意唐突 |
| 84 | 不少分寸 | 以牙還牙，一報還一報，過於計較 | 品德敗壞 |
| 85 | 記壁虎 | 壁虎無自知之明，一心妄想形軀變大，遂猛噬人臂，終被撲殺 | 妄自尊大 |
| 86 | 獬豸 | 獬豸見不正之人，則以角觸之，但因為天下均為不正之人，若不大發慈悲，則天人無人類了 | 品德敗壞 |
| 87 | 記鼠 | 鼠自誇狂妄，自以為天下除貓外，其他的動物都不足畏，所以命喪狗下 | 妄自尊大 |
| 88 | 記狗 | 某說部載：狗醫好皇上之病，遂娶公主為妻。今人男女老幼皆愛狗乃源於此 | 巧妙聯想 |
| 89 | 角先生 | 以毛先生成角先生展露幽默笑點 | 巧妙聯想 |
| 90 | 引經據典 | 烏鴉引經據典以「玉顏不及寒鴉色」之句，強詞奪理說自己是潔白的 | 語詞新解 |
| 91 | 關痛癢不關痛癢 | 言民權之重要和刺國中居高位者皆為無用之人 | 上層統治愚昧頑固 |
| 92 | 聰明互用 | 反諷作官者以耳為目、以目為耳，皆為道聽塗說之輩 | 官僚腐朽無能 |
| 93 | 蛇象相爭 | 蛇纏繞象鼻數匝，愈收愈緊之下，象只好求饒，聽任蛇到處鑽地。以蛇刺鑽營者的可怕和可惡 | 世態炎涼 |
| 94 | 吃馬 | 為了下棋獲勝，竟然自家吃自家的黑馬，還義正辭嚴。對不講理者，多說無益 | 品德敗壞 |
| 95 | 性命沒了錢還可以到手 | 貪財者，金錢重於生命，就算沒了性命，只要錢可以到手，就沒什麼好怕的 | 世態炎涼 |
| 96 | 空心大老官 | 以蔥之虛衷喻空心老官，刺沒有學問才能之人，和飽食終日無所用心的官員 | 官僚腐朽無能 |
| 97 | 無毒不丈夫 | 甘美、臭惡、辣味、苦味，人皆啖之，獨狠毒之性者得以自存。影射世道黑暗、弱肉強食 | 世態炎涼 |
| 98 | 龍 | 刺學究子弟深信龍之存在，且以龍的存在與否調侃皇帝，因為二者都是跡涉疑似 | 故意唐突 |

| 篇次 | 題目 | 故事素材 | 主題意蘊 |
|------|------|---------|---------|
| 99 | 虎 | 刺買官者學識不足，竟將「大人虎變」誤解為大人上司都是老虎變的 | 語詞新解 |
| 100 | 羊 | 羊跪乳之禮乃骨節之故，以此勸人為孝，一何可笑 | 故意唐突 |
| 101 | 榆錢 | 乞丐至榆樹下拾榆錢，藏於深山中，以此誚守財虜恆窖藏有用之錢而不用 | 品德敗壞 |
| 102 | 紈扇 | 以竹夫人不過媚人於床笫間，誚徒具人之名，而無人之實者 | 品德敗壞 |
| 103 | 變形 | 以狐欲修練成人卻不得，反倒是人卻成了人面獸心者 | 品德敗壞 |
| 104 | 論像 | 猴子只是像人就放恣，若真是人不就狂妄至極，諷刺人的自大 | 妄自尊大 |
| 105 | 洋狗 | 吃中國百姓膏血的蚊，要向外國狗學洋務，不期洋狗竟是吃外國屎的 | 盲目仿效 |
| 106 | 水蟲 | 水蟲以齊天大聖自稱，反被魚吃入肚內，刺說大話者終將原形畢露 | 妄自尊大 |
| 107 | 牛的兒子 | 祭丁之牛例由典史先向之行禮，此牛遂顧盼自雄，等到就屠時方領悟，無端而獲非常之福，必有非常之禍隨之的道理。復以官向牛行禮，譏笑官是牛的兒子 | 妄自尊大 |
| 108 | 蛇著甲 | 把武官指為蛇著甲的烏龜，一旦得勢便忘了貧賤之交，諷刺人情勢利處處皆是 | 世態炎涼 |
| 109 | 孔子嘆氣 | 自命為文士之人卻咸來就觀不禽不獸之物；歐美格致之學大明仍有不可解之事 | 世態炎涼 |
| 110 | 開門揖盜 | 人家因養狗開狗竇而接連失竊，諷刺設置總理衙門如同此開門揖盜的行徑般愚蠢 | 盲目仿效 |
| 111 | 骨氣 | 文彩斑斕、儀表不俗的金魚，卻像是個沒骨氣的讀書人 | 品德敗壞 |
| 112 | 蛇想做官 | 以蛇想捐了功名、鑽了路子、刮著地皮，再學縮頭烏龜，諷刺官吏買官、鑽營、怯懦的行徑 | 官僚逢迎諂媚 |
| 113 | 羽毛訟 | 寫羽、毛依照官員的配戴穿著，互爭高貴，爭執不已，點出官員之貴賤爭奪，互相傾軋就像是羽、毛一樣，實是無足輕重的。 | 官僚互相傾軋 |
| 114 | 水火爭 | 新舊黨派之爭如水火爭長，攻擊不已，天下不寧 | 上層統治愚昧頑固 |

| 篇次 | 題目 | 故事素材 | 主題意蘊 |
|---|---|---|---|
| 115 | 涕淚不怕痛 | 越是被打涕淚越流，故涕淚不怕痛 | 巧妙聯想 |
| 116 | 蛆 | 世上庸碌無能之輩，連吃屎的蛆都不如 | 品德敗壞 |
| 117 | 蟲族世界 | 皇帝先後以蛆和蠹魚治國，國家均腐敗萎靡，顯見國無能臣 | 上層統治愚昧頑固 |
| 118 | 走獸世界 | 貓紛向獸恭辭北上，欲入京謀食，蓋因京師為鑽營之地，鼠輩必多 | 官僚逢迎諂媚 |
| 119 | 火石 | 火石和火鐮相撞相擊而生火，在背道而馳中瞭解相依之可貴，陳述剛柔相濟、分工合作的重要 | 世態炎涼 |
| 120 | 水晶 | 水結冰乃投琢工，但卻觸手即化，無法像水晶般質堅透明，遂知徒有其表者未足以為材 | 品德敗壞 |
| 121 | 黃白 | 中國人想賺外國人銀子，故尚黃；外國人想賺中國人銀子，故尚白。所尚顏色不同，乃因人心皆想發財 | 世態炎涼 |
| 122 | 團體 | 以雪於空中隨風飄揚，不能自主，但是落地後卻相互凝結，風也吹不動，說明團結力量大的道理 | 世態炎涼 |
| 123 | 放生 | 放生是起於憐憫之心，對體弱或病者放生，但人卻誤用，必成禽獸逼人之情況 | 故意唐突 |
| 124 | 送死 | 送死和宋史的諧音產生笑點，刺紈袴子弟藏書卻不讀書的情形 | 巧妙聯想 |
| 125 | 作俑 | 始作冥緡者，亦必無後，因為此一無用之物，耗民傷財 | 品德敗壞 |
| 126 | 山神土地 | 刺賣礦賣地之大地蛀蟲，濫採山地平地 | 生活困苦 |
| 127 | 雌雄風 | 引經據典以佐證風有雌雄之荒謬臆說 | 故意唐突 |
| 128 | 投生 | 有血氣者以有用為貴，安於無用者如無血氣之草木耳，僅是苟延歲月 | 品德敗壞 |

# 附錄八：《滑稽談》故事素材與主題意蘊一覽表

| 篇次 | 題　目 | 故事素材 | 主題意蘊 |
|---|---|---|---|
| 1 | 不必有用 | 戒指必戴無名指，以鬚眉代表面，調侃無用之人必享福 | 官僚腐朽無能 |
| 2 | 酒中三鬼 | 以酒中三鬼的秀才、武弁、乞兒的行徑，揭示喝酒的醜態 | 巧妙聯想 |
| 3 | 打滑頭之彈子 | 獵流妓滬諺稱爲打野雞，隱語以銀元爲洋槍，枇杷（妓院）實爲打滑頭之彈子 | 巧妙聯想 |
| 4 | 雞有七德 | 鄉人待師殊吝，終歲蔬食，師回以雞有七德之說，除本有五德外，加上我吃得，汝捨不得 | 巧妙聯想 |
| 5 | 擋耳光 | 近日妓女衣服喜用高領，笑之乃因其語言跋扈，恆得人怒，怕被人打耳光故著高領 | 品德敗壞 |
| 6 | 《淮南子》校勘記 | 《淮南子》載：「鬼夜哭」，宜爲兔夜哭，因兔知作字之後，必將取其毛以爲筆 | 巧妙聯想 |
| 7 | 商界之見解 | 築路時樹赤幟以警告行人勿近，然而邇來租界商店亦樹之，不知何所取義 | 崇洋媚外 |
| 8 | 鴉片鬼開歡迎會 | 鴉片鬼開歡迎會以迎哈雷慧星，因其出現在天將亮時，其時眾人皆睡，惟鴉片鬼獨醒 | 沉迷鴉片 |
| 9 | 只要裝扮得時髦 | 西式便帽爲一時風會所趨，竟有人戴了綠色的帽子 | 崇洋媚外 |
| 10 | 哈雷慧星是張文襄 | 張文襄在世時僚屬求見，終不可得；有幸得一見，而彼熟睡，謁者亦不得達一意。 | 官僚腐朽無能 |
| 11 | 秦始皇學得蜑蟲法 | 荊軻刺秦王時，秦王環柱而走，當是學得蜑蟲繞指法 | 巧妙聯想 |
| 12 | 外交人才 | 以富貴家姬妾爲外交人才，因其善守秘密主義 | 上層統治愚昧頑固 |
| 13 | 酒囊飯袋 | 罵人之無用者曰口，因爲人之五官皆有所司，口司飲食，謂其酒囊飯袋 | 巧妙聯想 |
| 14 | 洋裝 | 租界之狗均頸繫皮圈，口銜鐵勒，蓋因租界禁令之故，某人見之以爲洋裝如此，便仿效 | 崇洋媚外 |
| 15 | 武松打虎 | 賭博無賴者擔任武松打虎之虎，演武松者久打虎而虎不死，蓋因無賴者欲借貸而其不應之故。至答應借貸，虎則死 | 品德敗壞 |

| 篇次 | 題　目 | 故事素材 | 主題意蘊 |
|---|---|---|---|
| 16 | 四馬路之貓行將餓煞矣 | 非粵人之客於四馬路杏花樓舉箸擊杯盤，則堂倌必操粵語曰：「拌貓飯去」，後此店停交易，那四馬路之貓不將餓煞耶 | 巧妙聯想 |
| 17 | 天圓地方耶天方地圓耶 | 天圓地方意謂天圓如張蓋，地方如棋局，而謂天方地圓者竟是依據外國天方教而言 | 語詞新解 |
| 18 | 拾金 | 吸煙成癮者終歲日夜顛倒，言苟天雨金在三四鼓時，則其拾盡而無人覺也 | 沉迷鴉片 |
| 19 | 還是吃鴉片好 | 夫購鴉片一次則妻如其數私藏之，故歲末妻出數十金爲爲夫償債。而夫戒鴉片後以爲則妻無所蓄也。 | 沉迷鴉片 |
| 20 | 官派 | 官人日以吸民脂膏爲事，故投胎做臭蟲，日吸人膏血，取其仍帶有幾分官派 | 官僚橫行舞弊 |
| 21 | 吳牛喘月 | 吳趼人咳喘經年，友笑之曰：「莫有月乎？」蓋以吳趼人爲牛笑之也 | 巧妙聯想 |
| 22 | 該死該死 | 袁翔甫對人恆常語：「該死該死」，某友述其父得病及死狀，袁不俟其說畢，每聽一言輒曰該死該死 | 巧妙聯想 |
| 23 | 古人無線電報 | 或曰無線電報精絕奇絕，當非古人所有。不服者言：「封神榜的順風耳，何嘗有線報來」 | 巧妙聯想 |
| 24 | 鹿死誰手 | 富貴人得病，必群醫雜進，鹿中堂久病，正不知鹿死誰手 | 巧妙聯想 |
| 25 | 井井有條 | 「清明不插柳，死了變黃狗」是「清明不插柳，死在黃巢手」的訛用。某士人戲稱柳插井旁可以避疫，於是人皆效之，士人笑曰：「今而後，井井有條矣」 | 風氣不開冥頑守舊 |
| 26 | 懲賭 | 官在提訊聚賭者時打瞌睡，隸問曰：「打多少」，官含糊應曰：「打的是五索，怕放炮麼？」 | 官僚腐朽無能 |
| 27 | 可惜不做臭蟲巡撫 | 市面衰落，空屋日多，室內臭蟲無所得時，亦鬧飢荒，但卻無暴動情事，可見臭蟲程度比人還高 | 生活困苦 |
| 28 | 老鼠也遭劫 | 禁絕煙館於是臭蟲、老鼠都同樣失所依據，一同遭劫 | 沉迷鴉片 |
| 29 | 電報診脈 | 人言電報之用，日趨於奇，能認筆跡、能攝影千里之外，古不及今甚矣，某一不服者遂將古人懸絲診脈喻爲電報診脈 | 風氣不開冥頑守舊 |

| 篇次 | 題　目 | 故事素材 | 主題意蘊 |
|---|---|---|---|
| 30 | 說死話蒙住活人 | 前日英皇電訃至，某人言德宗皇帝派員前去向英皇問好，旁人竟受騙回應未曾見此上諭 | 故意唐突 |
| 31 | 別字 | 某婦難產，有人獻策請大家別急，因為本月二十七日立下（立夏） | 巧妙聯想 |
| 32 | 臭蟲遭劫 | 鴉片之為害，物亦受其痼，近來烟管禁絕，臭蟲將一齊瘟殺矣，豈非大為遭劫 | 沉迷鴉片 |
| 33 | 是亦有祖師耶 | 歐西白種人皆西方之帝曰白帝之後，《史記‧封禪》在秦文公用三牲郊祭白帝，非崇拜白人之祖師耶？ | 崇洋媚外 |
| 34 | 好大運動力 | 玉皇大帝敕令群仙預備立憲，先設立諮議局，齊天大聖得票最多，乃因一萬三千五百斤的定海神珍鐵，他都運動如風，沒人比得上他的運動力 | 上層統治愚昧頑固 |
| 35 | 休字之別解 | 或勸一人休其悍妻，其人曰：「除死方休」（她既不死，我也不死，如何可休？） | 語詞新解 |
| 36 | 吃羊肉 | 一貧而饞者，取石塊欲煮食，對人曰：「此乃羊肉」，或疑其痴，則應曰：「黃初平叱羊成羊，此寧非羊肉？」 | 生活困苦 |
| 37 | 放屁不是這樣放法 | 一人與人因事齟齬，而起筆墨之爭，誤發一言不可得改，遂登報悉易原文，明眼人見而笑之，此人竟在被人齕破底蘊時，撒一極屁，明眼人掩鼻曰：「放屁不是這樣放法」 | 品德敗壞 |
| 38 | 八仙慶壽 | 粵人稱銅圓為仙，有壽日稱觴者，一人餽銅圓八枚，以為壽禮，取八仙慶壽之義 | 巧妙聯想 |
| 39 | 招租 | 某甲性喜狎邪游，歸宿極少，同事戲書招租二字貼其榻上。上海縣前所設站籠亦久虛置，滑稽者戲書招租二字貼其上 | 巧妙聯想 |
| 40 | 打樣 | 起造房屋必先繪圖，買賣大宗貨物必先以貨樣來，均謂之打樣。店鋪關門謂之打烊，久之，樣與烊音近而無別矣。滑稽者戲之曰：「世無永不倒閉之店，故此時能打一倒閉的樣子看看」 | 故意唐突 |
| 41 | 沒有兒子 | 新學少年忽欲涉獵舊學，見《百子全書》之中，有了老子，又有孫子，卻偏偏沒有兒子，嘆曰：無怪乎外人譏我倫理之不完全 | 語詞新解 |

| 篇次 | 題　目 | 故事素材 | 主題意蘊 |
|---|---|---|---|
| 42 | 五臟俱全 | 或敘周桂笙：「肝膽照人，今之有心人也。沈默寡言，而偶作俳言，又似別有肺腸者」桂笙見而笑曰：「可謂五臟俱全」 | 巧妙聯想 |
| 43 | 羅漢 | 滬上以四大金剛稱妓女，有人認爲宜稱羅漢，因羅者，羅致之羅，漢者，對漢子之稱 | 語詞新解 |
| 44 | 也是一個問答 | 官階大小別以頂色，而八旗之外尚有一種綠旗，但卻沒有作成綠頂。於是有人便譏以：「近來大人爬到紅頂之後，每每廣置姬妾，制爲綠頭巾，以補此缺憾」 | 品德敗壞 |
| 45 | 也是書畫專家 | 一揮霍頗豪者，被書畫發起者利用，但在被識破此富者是名實不符者時，竟然言其是牌九麻雀永不贏錢的大輸（書）家；言大而誇的大話（畫）家 | 巧妙聯想 |
| 46 | 女子不如雞 | 慨嘆晚近女子社會之墮落，復以雞有五德，女子有四德，言女子不如一雞也 | 品德敗壞 |
| 47 | 子乘父業 | 父死而烝其庶母者，竟然以富貴人家之父死後，一切財產奴婢盡歸於子，言此亦爲子承父業之舉 | 品德敗壞 |
| 48 | 天然材料 | 富家翁髦年蓄姬妾，有人戲擬爲是以天然物產爲綠帽 | 品德敗壞 |
| 49 | 無藥可醫卿相壽 | 鹿芝軒相國明明有弟鹿芝館（廣東丸藥店名），是專賣好藥的，居然要死 | 巧妙聯想 |
| 50 | 騎坐反常 | 西國婦女騎馬別爲一種女鞍，騎時兩足偏於一邊謂之坐馬。乘車則狀若據鞍，謂之騎車。 | 崇洋媚外 |
| 51 | 甚似憂時君子 | 山東滎陽之亂，流離失所令人不忍卒讀，或曰：「吾所戚戚於心者，辜負一年好滎陽梨耳」 | 世態炎涼 |
| 52 | 敲冰煮茗 | 某人欲作韻事，於冬日敲冰煮茗，求之不得。遂於盛夏購機器冰，折柬招友，圍爐煮茗 | 風氣不開冥頑守舊 |
| 53 | 紅丸案 | 明光宗朝，李可灼進紅丸而帝崩，一時朝士譁然，終成疑案。聞者轉疑而成笑柄，市面販售紅丸者各詡其功效之神 | 故意唐突 |
| 54 | 讀別字 | 天下無不是（死）之父母，便委屈些（殺）也不該煩惱 | 巧妙聯想 |

| 篇次 | 題　目 | 故事素材 | 主題意蘊 |
|---|---|---|---|
| 55 | 花旦 | 蛋殼鏤花之花蛋（旦）可置入劇場 | 巧妙聯想 |
| 56 | 冬暖夏涼 | 冬日擁衾睡足，則周身溫暖；夏日汗後撫之，則遍體清涼，自己肌膚便是冬暖夏涼之無價寶 | 巧妙聯想 |
| 57 | 高車所以防搶帽 | 黃包車車身低，較立地反矮，故宵小易施搶掠手段 | 品德敗壞 |
| 58 | 驗收兵船 | 驗兵船不用上船去看，反指欄杆曰：「堅固得很」 | 上層統治愚昧頑固 |
| 59 | 只怕死也無益 | 某甲貧甚，向人求借一文而不可得，其妻死，往唁之，見餽冥鏹者眾，即欲尋死，想死後亦有餽他者 | 生活困苦 |
| 60 | 亦是一問題 | 天、地二字久為配偶之名詞，甚至有父天母地之說，何以吾國向稱皇帝為天子，獨不聞皇后為天媳 | 巧妙聯想 |
| 61 | 符籙世界 | 昔者法官，僅江西龍虎山張天師處有之，今且求之於各行省，豈不成符籙世界 | 故意唐突 |
| 62 | 未免有屈警官了 | 警兵晨夕為人巡邏，特狗耳。倘警兵皆狗則警官豈不是個狗頭 | 巧妙聯想 |
| 63 | 貧人多子之原因 | 貧人每每藜藿自甘，藿類之中有一種淫洋藿，《本草》稱其補命門火，扶陽種子，特貧人子女獨多 | 巧妙聯想 |
| 64 | 戴藍眼鏡者一笑 | 藥房以藍玻璃作毒品之記號，以免人誤嘗。戴藍眼鏡者豈非尊目有毒 | 巧妙聯想 |
| 65 | 旅館大王 | 新鹿鳴西式旅館棧開幕，或疑為何稱旅館又稱棧，或解之曰是欲為各處旅館之棧房，使各旅館都歸於此一家，同於旅館大王之意也 | 巧妙聯想 |
| 66 | 輕身 | 《本草》注茯苓、澤瀉均謂久服輕身，能行水上。那世界有一等人，骨頭沒有四兩重，想是多服了此物 | 故意唐突 |
| 67 | 蘇州人曰纏格哉 | 呼人之發語詞為阿，一翁入妓院，翁問兩侍何名？一曰阿寶、一曰阿娥，翁誤為阿飽？阿餓，答之尚飽、不餓 | 巧妙聯想 |
| 68 | 買路錢 | 鬼向守路旁、窮餓欲死，近始廁列要津，所得買路錢竟被一人誤踩破壞，遂附身作祟 | 生活困苦 |
| 69 | 敬告實業家 | 蜜蜂責紡織娘無實業之實，而冒實業之名，終宵作軋軋聲，恐人不知也 | 品德敗壞 |

| 篇次 | 題　　目 | 故事素材 | 主題意蘊 |
|---|---|---|---|
| 70 | 歡迎會 | 某人夜來以觀劇，故不及回家，借某旅館中，不期床隙蜑蟲盈千累萬，開歡迎會以迎他 | 巧妙聯想 |
| 71 | 做鐵甲船材料 | 官場中人笑罵由他，個個是厚面皮者，都是做鐵甲船的材料 | 官僚逢迎諂媚 |
| 72 | 涓滴歸公 | 言甲滴酒不飲，某日取口杯中之少許，傾內杯中，乙見而笑之曰：使子管理財政，必大佳。蓋因「涓滴歸公」 | 巧妙聯想 |
| 73 | 聰明互用 | 市井傳述新聞，事無鉅細，皆聞而知之，於是，看新聞是以目為耳，聽書是以耳為目，蓋聰明互用 | 巧妙聯想 |
| 74 | 叔齊遠遁 | 春秋時，孔子言必夷齊並舉；戰國時，孟子唯獨舉伯夷，豈非叔齊他遁之證耶？ | 巧妙聯想 |
| 75 | 不共戴天 | 吸食鴉片者，俾晝作夜，與妻曾無共戴天之一日，妻曰二人有父母之仇 | 沉迷鴉片 |
| 76 | 斷章取義 | 某官將公入而賦大隧之中，誤用為公出而赴大隧之中，遭人指正還暢言偶爾掉文，本是無關出入的 | 語詞新解 |
| 77 | 誤鼠 | 老學究將暑假誤為鼠假，詫曰：暑假（鼠假）之後不知放不放貓假 | 巧妙聯想 |
| 78 | 五洲大同之聲音 | 噴嚏、放屁、啼笑、咳嗽、之音，小兒學語時，稱爸爸、媽媽，亦歐亞同 | 巧妙聯想 |
| 79 | 司非所司 | 五官百骸各有所司，一入文士之筆，則顛倒錯亂。如目聽、目語、手談、耳食、腹誹、頤指 | 巧妙聯想 |
| 80 | 此人之將死其言如何 | 善諧謔之老翁，將死仍言：吾瞬即死，死後得妙齡女尼繞吾旁，任吾飽看，豈非一樂哉？ | 品德敗壞 |
| 81 | 叫車 | 內地人到上海誤呼人力車為包車，包車例不受顧，訝曰：車夫是聾子。車夫聞之，亦曰：那個客人是瞎子 | 故意唐突 |
| 82 | 黨眷 | 某甲奉上官命接取黨眷，於逆旅中聞人言又有某乙的黨眷，當下自疑為難道是一房外黨的姨太太 | 品德敗壞 |
| 83 | 茶醉 | 一人喜飲紅茶，至茶室每呼曰：泡紅的。一日至友人家，亦曰此，或笑曰：當是茶醉，不然何以說起亂話來？ | 巧妙聯想 |

| 篇次 | 題　目 | 故事素材 | 主題意蘊 |
|---|---|---|---|
| 84 | 蘋果瘡 | 甲眷一妓曰蘋香，其同事先後因嫖而得病，告知他要小心，沒想到他卻笑言倘得病也是蘋果瘡，不擔心會是楊梅毒 | 品德敗壞 |
| 85 | 鼻窮于術 | 書香、心香、埋香、天香、梅花香，銅臭、逐臭遺臭，這些香臭是從何處嗅得？ | 巧妙聯想 |
| 86 | 特別徽章 | 某喜做狎邪游之人，日喜攜其少妾入妓院，或獻策謂寵妾宜佩一寫著非賣品三字的徽章 | 品德敗壞 |
| 87 | 無本生利 | 多才善賈為經商不易之名言，斷無無本生利之法，但是士夫估名、妓女賣笑、賣礦、賣路、賣域豈不是無本生意？ | 生活困苦 |
| 88 | 也算糟蹋外國人 | 中國巡警著外國裝束，也算糟蹋外國人，意謂穿外國衣服之人也有如此腐敗者 | 品德敗壞 |
| 89 | 其不文明與中國等 | 某國人誇其本國之文明，力詆中國之野蠻。但是仍用其國之鎖，或笑曰，其國亦有竊賊，不文明與中國等 | 風氣不開冥頑守舊 |
| 90 | 病容 | 某大人煙癮極大，入戒煙所查驗到煙容滿面，但是，總辦委員礙於其為長官大人，遂將所驗得的煙容改為病容。 | 官僚逢迎諂媚 |
| 91 | 四不像 | 政府不像要立憲、市面不像衰落、縣官不像要賠累、彩票不像要禁得 | 風氣不開冥頑守舊 |
| 92 | 上海酷暑八景 | 泥城瀑背、暖閣圍爐、酒陣排寒、竹林賞雪、寒林落葉、野店解貂、荒原野燒、北郊冬狩 | 品德敗壞 |
| 93 | 百像圖 | 百種社會亂象（趺人日課滑稽談，像造言生事） | 品德敗壞 |
| 94 | 破缺不完之水滸 | 以水滸傳故事刺時局 | 官僚腐朽無能 |
| 95 | 破碎不完之西遊 | 以西遊記故事刺時局 | 官僚腐朽無能 |
| 96 | 四隻腳 | 穿兩雙洋襪以顯其潔白，或笑曰是四隻腳故著四隻襪 | 崇洋媚外 |
| 97 | 先河之導 | 日韓合併殊非韓所願，以欲為中國先河之導之故 | 盲目仿效 |
| 98 | 剪髮問題一 | 滑頭少年最不願自己剪髮，因無以炫耀其油光辮子。租界巡撫最不願他人剪髮，因抓人時不便當 | 風氣不開冥頑守舊 |

| 篇次 | 題　目 | 故事素材 | 主題意蘊 |
|---|---|---|---|
| 99 | 剪髮問題二 | 舊俗莽男子調戲婦女為其夫所捉，則剪髮以辱之。今朝士日議剪髮則莽男子無所忌憚，婦女須別籌對待之策 | 風氣不開冥頑守舊 |
| 100 | 剪髮問題三 | 冠西冠、衣西衣、御中國履，因杭州帽業、服裝業都起而反抗，唯獨鞋業則無 | 風氣不開冥頑守舊 |
| 101 | 剪髮問題四 | 剪髮後戲班中做三上吊之開口跳最吃虧，鬅鬙頭最便宜 | 風氣不開冥頑守舊 |
| 102 | 剪髮問題五 | 和尚是剪髮之益者，因只須換一套俗家衣服即可偷婆娘打野雞 | 風氣不開冥頑守舊 |
| 103 | 剪髮問題六 | 剪髮不是法外國人，而是中國之俗，因為昔者斷髮文身，為荊蠻之俗 | 風氣不開冥頑守舊 |
| 104 | 剪髮問題七 | 剪髮後最吃苦者是專代人裝甲辮者 | 風氣不開冥頑守舊 |
| 105 | 剪髮問題八 | 剪髮必有二三月似孝子、和尚 | 風氣不開冥頑守舊 |
| 106 | 剪髮問題九 | 剪髮後多一個出口貨物，就是男子所用之梳 | 風氣不開冥頑守舊 |
| 107 | 資政院人物 | 齷齪起家之人，捐納可得官 | 官僚橫行舞弊 |
| 108 | 轉貧為富 | 官剝削民脂民膏，蓋洋式宮房、到外洋開逛 | 官僚橫行舞弊 |
| 109 | 返老還童 | 中國由老大帝國忽轉入幼稚時代，謂之返老還童 | 上層統治愚昧頑固 |
| 110 | 二之與兩 | 吳人二之音近一，故禮拜二每被誤為禮拜一，故豎二指曰禮拜兩 | 巧妙聯想 |
| 111 | 紅豆腐湯 | 富家兒將豬血湯誤為紅豆腐湯 | 巧妙聯想 |
| 112 | 國會請願之目的可達 | 請願雖可達目的，但是卻時光消磨、費時甚巨 | 上層統治愚昧頑固 |
| 113 | 太遲太早 | 甲訪乙時，來太早因蛋尚未孵成雞；乙訪甲時來太晚，因竹已非嫩竹 | 巧妙聯想 |
| 114 | 冥王之言 | 為官者乃人面獸心 | 官僚橫行舞弊 |
| 115 | 喜鑲金牙者其聽之 | 牙本不缺的人為追流行而鑲金牙，人詈其為烏龜，乃借龜無齒之說，詈之無恥 | 盲目仿效 |
| 116 | 三皇五帝 | 眼見三皇（英、德、日），躬逢五帝（道光、咸、同、光、宣） | 上層統治愚昧頑固 |

| 篇次 | 題　目 | 故事素材 | 主題意蘊 |
|---|---|---|---|
| 117 | 鄉老查功課 | 目不識丁的鄉老，以爲先生只教其子起課 | 故意唐突 |
| 118 | 暮夜金錢 | 官場與嫖界一樣要饋以鉅金，以博其歡心、得其好處 | 官僚逢迎諂媚 |
| 119 | 作壁上觀 | 相率訪妓而不得，僅得作壁上觀（看牆上妓之小影） | 巧妙聯想 |
| 120 | 應了一句蘇州人罵人語 | 正午舉行婚禮，身御棉衣的新人渾身是汗，眞是應了蘇人的熱昏（婚） | 風氣不開冥頑守舊 |
| 121 | 鼠輩之言 | 西人防疫，鼠輩恐歸於淘汰，致函於保畜會。刺聯俄、聯日者智與此鼠等耳 | 上層統治愚昧頑固 |
| 122 | 姓到千字文上 | 有一人姓諸，告人言爲「諸姑伯叔」之諸，人或不解，此人乃告知是《千字文》，而非《百家姓》 | 巧妙聯想 |
| 123 | 豈所以便貧民耶 | 開押店、米店，因貧民無以維生，並典當押衣物，兩店屹然並峙，所以便民也 | 生活困苦 |
| 124 | 窮鬼終窮 | 乞丐死後欲投富貴人家，見富貴家便入內，不料終究是窮人，父母只是爲人典嗣者 | 生活困苦 |
| 125 | 讀別一個字 | 姑媳二人皆有外遇，父子二人知之，捉姦送辦，官人竟然告訴父子二人此早有姑息（媳）養奸之成語，二人何苦多事 | 官僚腐朽無能 |
| 126 | 還有一片瓦 | 揮霍殆盡的嫖相公者，以草繩繫片瓦，藉垂胯下，某日遇相公，問其房屋是否屋漏，若漏則可將此片瓦拿去用 | 品德敗壞 |
| 127 | 一生不醉 | 某甲滴酒不入，或疑甲能飲，以巨觥酬之，甲甚窘。或解之曰吾輩飲酒不醉不休，甲一生不醉，非量最豪者哉？ | 巧妙聯想 |
| 128 | 自外生成 | 有無子而妻妒不敢納妾者，在外生一子，十餘年後告訴其妻，妻怒曰是個不孝子，因爲是自外生成的 | 品德敗壞 |
| 129 | 臭蟲大少爺 | 稱歡場中的輕薄少年臭蟲大少，因其於此時此際，乃得在枕席上討便宜耳 | 巧妙聯想 |
| 130 | 自治會缺點之現象 | 某省自治會辦理多缺點，鄉人將自治各缺一筆，成目治會 | 官僚腐朽無能 |
| 131 | 互問貴姓 | 甲乙互問貴姓，對姓孫者言原來是我子孫的孫，對姓宗者言原來是你祖宗的宗 | 巧妙聯想 |
| 132 | 奇稱 | 皇帝稱萬歲、王稱千歲、郡王稱百歲、貝勒稱十歲、貝子稱一歲 | 巧妙聯想 |

| 篇次 | 題　目 | 故事素材 | 主題意蘊 |
|---|---|---|---|
| 133 | 世界是一家大藥店 | 人中黃、人中白為藥品，未聞有人中紅、人中棕、人中黑者 | 巧妙聯想 |
| 134 | 鐵面 | 男子是鐵面，流娼是吸鐵石者，因流娼過處，諸人面皆隨之以轉 | 巧妙聯想 |
| 135 | 剪鬚與亡國之關係 | 某中堂有剪髮即亡大清之語 | 風氣不開冥頑守舊 |
| 136 | 別有見解之韓人 | 日韓合併，一韓人喜從亡國之民，一躍而為強國之民 | 盲目仿效 |
| 137 | 會議阻止剪髮 | 剃髮匠遍發傳單阻止剪髮，以保全生計 | 風氣不開冥頑守舊 |
| 138 | 髮辮之價值 | 聞外人能以頭髮織為衣料，而朝士適倡剪髮，故提議設一頭髮總行，將所截之髮統納於官，，一條以小銀元計，還可賺錢 | 風氣不開冥頑守舊 |
| 139 | 也是引經據典 | 行酷刑竟然說是遵湯武之（吊民罰罪）弔民伐罪 | 官僚腐朽無能 |
| 140 | 諧對 | 以「過鱖船搔背」對「砍柴山剃頭」 | 巧妙聯想 |
| 141 | 商量買棺材 | 舊家子中落而喪其親，商量買棺材時希望能得富家用過之舊物，肯減價相讓者最佳 | 品德敗壞 |
| 142 | 穿拷布 | 貧人丁憂而穿拷布，富家子言此物色近紅紫，死了老子娘的人不宜穿此。貧人反對曰：汝家穿白紗、白綢、白羅，都是死了老子娘之故 | 生活困苦 |
| 143 | 世態炎涼 | 世態炎涼（天氣忽大涼、忽大熱） | 世態炎涼 |
| 144 | 隨緣樂助 | 妓院記備酒之冊籍為堂簿，某客改堂為緣，旁注隨緣樂助四字 | 巧妙聯想 |
| 145 | 太夫子 | 婦致書於翁，當稱君舅，而客忘此，言婦致書於夫曰夫子，則此言太夫子 | 巧妙聯想 |
| 146 | 引經據典 | 大出喪隨行之僧，各以逍遙傘一頂罩之，或曰此引經據典，河上（和尚）乎逍遙 | 語詞新解 |
| 147 | 虛題實做 | 中秋作月餅，蓋因某西書內載其婦人對月，忽作遐想，安得此月化作麵包？ | 巧妙聯想 |
| 148 | 忌諱鬧成笑話 | 某督素夙多忌諱，遇節日，避僚屬謁賀。某次門生請安，某督怒，且要門生也躺下來，讓自己請安 | 上層統治愚昧頑固 |

| 篇次 | 題　目 | 故事素材 | 主題意蘊 |
|---|---|---|---|
| 149 | 大潮已經來了 | 四馬路一班荷花大少，平日吃酒叫局，到了今日八月十五，莫不以漂了之。一漂了之，非大潮何能為？ | 巧妙聯想 |
| 150 | 題小照詩 | 某君遊西湖於蘇小墓前攝影，跅人遂題詩曰：「得與美人作翁仲，縱僑頑石也風流。」 | 巧妙聯想 |
| 151 | 招租（一） | 壽材也能招租 | 世態炎涼 |
| 152 | 招租（二） | 某辦事員流連酒食之處，其室被標一招租之紙 | 世態炎涼 |
| 153 | 招租（三） | 某翁多寵妾，一失寵者請翁幫他貼一張招租之紙 | 世態炎涼 |
| 154 | 招租（四） | 某文士困餓不堪，一日於頰上貼一招租紙，租口給人家吃飯 | 世態炎涼 |
| 155 | 招租（五） | 某大令以站籠監禁流痞，雷厲風行下，邑肅然，站籠無用，或貼一招租紙於上 | 世態炎涼 |
| 156 | 不怕他不來做我兒子 | 僧曰克家令子乃還債，敗家蕩子乃索債，甲聽完囊本欲還錢之金而歸，心想渠欲索債，不怕他不來當我兒子 | 品德敗壞 |
| 157 | 近視 | 一近視者將水族館看成本旅館，大喜日要遷居此中 | 巧妙聯想 |
| 158 | 保護商務 | 禁彩票後，仍陽奉陰違，更有一警兵植立於攤販旁，或曰此在保護商務 | 風氣不開冥頑守舊 |
| 159 | 醫窮妙術 | 一小康之子以喜嫖故中落，醫生要為他去此病源，將脫其褲操刀於前 | 品德敗壞 |
| 160 | 改革之比例 | 吳娘之腳，似天足而不免有縛束痕，似小足又不免露臃腫狀，滑稽者言，近日朝政之改革何以異是 | 盲目仿效 |
| 161 | 室人別解 | 亂及女僕謂之搭腳，某甲妻死即以搭腳之女僕為妻，對人恒稱室人。或言用男僕則稱家人，用女僕則稱室人，正宜室宜家之道 | 世態炎涼 |
| 162 | 寓言（一） | 富翁之狗在他中落之後仍相隨如故，別具俠性 | 世態炎涼 |
| 163 | 寓言（二） | 狐欲幻人形，將入市求人；人欲學狐媚，將入山求狐。今人無一非人面獸心者，狐欲幻人形只需持一假面即可 | 世態炎涼 |
| 164 | 寓言（三） | 猴因多一尾，遂終不得為人類，有思以斷尾者，然持反對者甚眾，要力保此猴粹 | 世態炎涼 |

| 篇次 | 題　目 | 故事素材 | 主題意蘊 |
|---|---|---|---|
| 165 | 寓言（四） | 猥謂蛇獵人至則自可張剌以俟之，但獵人至時，猥只蜷伏而被獵人抓走 | 世態炎涼 |
| 166 | 寓言（五） | 鼠穴於牆下，生齒日繁，逐憎其穴隘，將擴充之。但是穴愈廣則牆下基礎愈虛，於是風雨來時牆圮穴陷 | 世態炎涼 |
| 167 | 寓言（六） | 魚請鳶負之，遨翔雲外，已而下集，釋其魚，視之腐矣 | 世態炎涼 |
| 168 | 寓言（七） | 主人畜貓將以補鼠，鼠以餌賄賂貓，主人設補鼠機，置餌以待，不料貓先見之，蹈焉，先鼠而死 | 世態炎涼 |
| 169 | 罵自己 | 某甲購得照相之快鏡，卻百照不得法，自沈吟曰：畫虎不成，沒想到倒是罵了自己 | 巧妙聯想 |
| 170 | 又罵了自己了 | 趼人日課滑稽談一則，俾閱者發一大噱，自言此是自己特別的賣笑生涯 | 巧妙聯想 |
| 171 | 聽訟 | 某書腐僥倖一第，出山做宰，初聽訟欲拉座椅卻椅重不得動，斥差役無用。問案到一半起身退入，差役曰退堂，急反身說是要去撒尿 | 官僚腐朽無能 |
| 172 | 湊壽禮 | 有了八樣壽禮卻想要湊到十樣，人家要他親自去拜壽變得十樣，因為加上壽頭、壽腦 | 巧妙聯想 |